8,20

FOLIO POLICIER

Gunnar Staalesen

Le loup dans la bergerie

Traduit du norvégien
par Olivier Gouchet

Gallimard

Cet ouvrage a fait l'objet d'une précédente publication aux Éditions du Rocher, 1994.

La traduction proposée ici a été revue et corrigée par Olivier Gouchet et Gaïa Éditions.

Titre original :

BUKKEN TIL HAVRESEKKEN

Gunnar Staalesen est né à Bergen, Norvège, en 1947. Il fait des études de philologie avant de créer en 1975 le personnage de Varg Veum qu'il suivra dans une douzaine de romans policiers. Ses thèmes de prédilection via son personnage de privé, chaque fois impliqué plus qu'il ne le voudrait dans des affaires qui le burinent et le blessent sans jamais le blinder, demeurent l'effondrement du rêve social-démocrate, les désillusions du mariage et la pression criminogène qui en découle, l'enfance et, de fait, le conflit des générations. L'amour n'est jamais loin. Le ton est profondément humaniste et cache, dans un humour désabusé parfois cynique, une violente tendresse pour les personnages décrits servis par des enquêtes merveilleusement ficelées, réalistes et pourtant bien souvent surprenantes. Les premiers volets de cette série ont été publiés en France par Gaïa Éditions.

Gunnar Staalesen est par ailleurs l'auteur d'une saga en six volumes, *Le roman de Bergen*, dédiée à sa ville natale.

1

Au commencement était le bureau et au bureau il y avait moi. Les pieds sur la table. Le bureau était rangé, on s'y retrouvait facilement. À gauche il y avait une pile de factures. À droite il y avait ce que je possédais en argent liquide : dix couronnes et trente øre. Dans un coin de la pièce se dressait une armoire de classement grise. Elle était vide. Un coffre-fort mural contenait tout ce que j'avais de valeur : le livret d'un compte-épargne affichant 503,75 couronnes. La porte double donnant sur la salle d'attente était entrouverte, mais personne n'y passa la tête.

Mon bureau se trouvait au bout d'un long couloir poussiéreux. J'avais pris la succession d'un médecin généraliste qui n'avait pas su diagnostiquer sa propre mort. L'air de la pièce était encore plein à craquer des soucis et tracas d'une génération entière. Mon bureau se situait au troisième étage d'une maison du Strandkai et seul le panorama m'empêchait de mourir d'ennui. Depuis la fenêtre, je voyais la vie grouillante du Marché aux poissons. De mon fauteuil j'avais le spectacle de tout le Fløi. Le flanc de la montagne était comme un miroir tendu aux années. La neige le recouvrait quinze jours par an. Les arbres dépouillés y courbaient l'échine et s'arc-boutaient contre le printemps. La pente s'y faisait grassouillette de verdure au mois de mai. Elle se prélassait au soleil jusqu'à ce que juillet fît son entrée, chargé de pluie et de grisaille. Elle changeait peu à peu de couleur quand l'automne approchait, passant du vert au rouge et or, et puis au brun. Seuls les sapins sombres, éternellement verts, et les pins florissants sauvaient la face. Nous vivions l'un des derniers jours d'octobre et la montagne s'apprêtait à prendre ses quartiers d'hiver. C'était un jour gris dans l'attente de la neige, avec, comme seul fait notable, le perpétuel va-et-vient du funiculaire du Fløi. Monter, descendre — monter, descendre. Et pour moi, c'était du déjà-vu.

Je bâillai, je recomptai les factures pour m'assurer qu'aucune n'avait fugué depuis la dernière fois. Électricité, loyer, assurance, un emprunt bancaire de mille couronnes à rembourser, la traite d'une vieille dette, la facture d'un magasin de meubles de bureau. Il n'en manquait aucune.

C'est alors que le téléphone sonna.

Je le fixai, effrayé, puis décrochai :

« Ici, Veum. »

Une voix mélodieuse répondit :

« Ici William Moberg, l'avocat. »

Je m'enquis :

« Le seul ? L'unique ? »

Il y eut un court silence. Puis la voix reprit :

« Pardon ? »

Le regard sur la pile de factures, je répondis :

« À votre service.

— Euh. Vous êtes Varg Veum, le détective privé ?

— C'est moi-même.

— Je... j'ai un travail pour vous. Pouvez-vous passer à mon cabinet ? »

Il m'indiqua une adresse, à dix minutes de là à pied.

« De quoi s'agit-il ?

— Je préfère ne pas en discuter au téléphone. Quand cela vous conviendrait-il ?

— N'importe quand. Je suis surmené à force de ne rien faire.

— Dans une heure ?

— Dans une heure, c'est très bien.

— Bon. On en parlera à ce moment-là.

— Difficile de faire autrement.

— Au revoir.

— Au revoir. »

Je restai assis encore un peu, mais le calme était rompu. Je me sentais nerveux. Je sortis dans la salle d'attente, m'installai sur une chaise et commençai à feuilleter un hebdomadaire. Il datait de deux ans. Je l'avais hérité du médecin et je l'avais déjà lu.

Une porte avec une vitre de verre dépoli donnait

dans la salle d'attente. On y lisait, peints en belles lettres neuves, mon nom et ma profession.

Je me nomme Varg Veum*. Pour ne pas faire fuir d'éventuels clients, je l'avais raccourci de la façon suivante :

V. VEUM
Détective privé

Provisoirement cela s'était révélé suffisant.

Après avoir lu un article passionnant sur les techniques de reproduction du bousier, je me levai, regagnai mon bureau et intimai l'ordre aux factures de rester à leur place. Je passai une veste, fermai la porte à clef, puis me rendis à mon rendez-vous avec William Moberg, « l'avocat ».

2

William Moberg, l'avocat, avait une secrétaire. La couleur de ses cheveux faisait penser aux neiges du Kilimandjaro. Ses yeux étaient grands et bleus, sans le moindre nuage. Assise auprès d'un téléphone gris perle, elle tapait sur une machine élec-

* « Varg Veum » est une formule ancienne désignant un proscrit et qui signifie : « le loup dans le sanctuaire ». (*Toutes les notes sont du traducteur.*)

trique gris perle. Sa robe marron et vert la serrait de très près et avait à l'évidence précédemment fait une carrière de peau à saucisse. Je me présentai et elle me lança un regard sceptique. Elle demanda :

« Veum ? Vous avez rendez-vous ? »

Je fis oui de la tête.

L'air tout aussi sceptique, elle décrocha quand même le combiné du téléphone, le porta à son oreille, composa un numéro et dit :

« Un Monsieur... Veum. Il prétend avoir rendez-vous. »

Je regardai autour de moi. C'était une antichambre comme toutes les antichambres. Un bureau, une rangée d'armoires de classement, qui renfermaient vraisemblablement un contenu plus riche que le mien, quelques chaises, deux grands tableaux représentant des paysages, un coffre-fort qui, à en juger par sa taille, aurait pu abriter toutes les réserves d'or de la Banque de Norvège.

La secrétaire reposa le combiné et me fit un splendide sourire, absolument gratuit.

« Vous pouvez entrer directement, Monsieur Veum », modula-t-elle.

Je remerciai et entrai directement.

Le bureau de William Moberg était vaste et décoré avec goût : les murs brun sombre, la moquette verte, et sa table de travail, si grande que l'on aurait pu y jouer au tennis, était en acajou.

William Moberg se leva et vint à ma rencontre : un petit homme vif, la cinquantaine, les cheveux presque blancs, mais fournis autour des oreilles et dans le cou, ce qui, associé à sa courte frange, lui donnait un air juvénile. Le visage large et viril, il se tenait droit comme un vieux gymnaste. Il empoigna ma main et lui imprima un certain nombre de fois un mouvement de pompe.

Ses vêtements m'en disaient plus long sur son compte en banque qu'un mois de recherches minutieuses. Il portait un costume gris avec un léger reflet vert mousse coupé avec la précision d'un spécialiste de la chirurgie du cerveau. Sur sa chemise vert pâle s'étalait une large cravate vert et bleu où étincelait une épingle d'or.

« Asseyez-vous, Veum », dit-il.

Je disparus dans le fauteuil qu'il m'avait désigné, lui-même reprit sa place derrière son bureau. Le fauteuil était confortable et, une fois assis, nous nous regardâmes sans rien dire. Il s'éclaircit la gorge.

« Dites-moi, ne vous ai-je pas déjà rencontré, Veum ? »

J'acquiesçai.

« Quand j'étais à la Protection de l'Enfance. J'ai témoigné dans différentes affaires de drogue. Vous assuriez la défense dans quelques-unes. »

Il opina, visiblement satisfait de lui-même.

« Oui, c'est exact. Je m'en souviens à présent. Veum, oui, c'est cela. Oui, j'ai eu de la chance... dans certaines de ces affaires. Mais vous avez donc changé de... branche ?

— Pas tout à fait. Mais je me suis appuyé un peu

trop lourdement sur un dealer. Ça lui a valu trois mois à l'hôpital. La commission de la Protection de l'Enfance a estimé que je n'étais pas assez mûr pour ce métier et m'a mis à la porte.

— Je comprends. Mais ce... cette profession... vous en vivez vraiment ?

— Ce sont les clients qui décident. Jusqu'à présent je m'en suis sorti. Vous n'imaginez pas combien de gens ont besoin de l'assistance d'un homme familier des méthodes policières. J'ai travaillé un bon nombre de fois en étroite collaboration aussi bien avec la brigade des stupéfiants que la brigade criminelle. Je suis déjà allé cinq fois à Copenhague récupérer des jeunes fugueurs. C'est un problème semblable qui vous préoccupe ?

— Non, pas vraiment. » Il toussota. « Mon problème, c'est aussi un enfant, mais un peu plus âgé. Ma femme. »

Il se tut, prit un cadre avec une photographie qui se trouvait sur son bureau, l'examina un instant comme s'il voulait lui demander conseil avant de se pencher pour me le tendre.

Je regardai la photographie. Vous parlez d'un panorama ! Un jour, quand je serai très vieux et que je n'aurai plus rien d'autre à faire qu'attendre la mort à l'hospice, je voudrais une fenêtre s'ouvrant sur un panorama comme elle, avec de jolis traits réguliers et de longs cheveux séparés par le milieu. Sur la photographie en noir et blanc, sa chevelure paraissait brune ou peut-être rousse.

Ou elle était beaucoup plus jeune que son mari ou alors la photographie était vieille.

Je pariai sur la première solution.

Moberg déclara :

« Elle me trompe.

— Et vous voulez que... »

Il acquiesça.

« Filez-la. Trouvez qui elle... rencontre. Je veux en avoir le cœur net.

— Vous voulez divorcer ? »

Il opina en silence.

Je me levai, allai jusqu'au bureau et lui rendis la photo.

« Merci de me l'avoir prêtée. Au revoir. »

Je me dirigeai vers la porte.

« Qu'est-ce que cela signifie ? Attendez, Veum, attendez ! »

Le fauteuil frotta contre le bord du bureau quand il se leva. Je me retournai. Il vint rapidement à moi.

« Si c'est une question d'argent... »

Il me fit comprendre que, dans ce cas, cela ne posait pas de problème.

« Je ne suis pas riche, Moberg. J'ai un tas de factures impayées, un solde créditeur de deux couronnes trente øre et un compte-épargne d'à peu près cinq cents couronnes. Mais je ne m'occupe pas des affaires de divorce.

— Et pourquoi, si ce n'est pas indiscret ?

— C'est trop répugnant. »

Son visage vira lentement au rouge.

« Trop répugnant ? Qu'y a-t-il de trop répugnant pour quelque chose d'aussi minable qu'un détective privé ? C'est bien de cela que vous vivez, fouiner dans la vie privée des autres. Et ce n'est pas dégoûtant, peut-être, ce qu'elle fait, elle, hein ? »

Il m'avait pris par les revers de ma veste. Je saisis ses poignets et dégageai ses mains.

« Je n'ai pas beaucoup de principes, mais ceux que j'ai, je m'y tiens. Ce qu'un homme ou une femme mariés font de leur temps libre, à mon sens, c'est leur affaire. Selon mon expérience, dans la plupart des histoires d'infidélité, la faute est plutôt du côté de celui qui est trompé que de celui qui trompe. Quelle différence d'âge y a-t-il entre votre femme et vous ? »

Il ouvrit la bouche pour reprendre son souffle. Il commença à dire quelque chose mais s'interrompit. Puis il pinça les lèvres et peu à peu redevint blanc. Je le vis reprendre le contrôle de lui-même. En tant qu'avocat à la cour, c'était un vieil acteur. Il arriva même à produire quelque chose qui était censé être un sourire. Il me dit :

« Je regrette de vous avoir fait perdre votre temps si précieux. C'est tout. Au revoir. »

Il désigna la porte de la tête et était déjà en train de regagner son bureau.

« Au revoir », dis-je en sortant.

La secrétaire était toujours assise à la même place. Elle m'offrit encore un de ses fameux sourires. Je posai mes mains à plat sur le bureau.

« Vous arrive-t-il de dîner avec des inconnus ? »

Pour une raison ou une autre, elle rougit :

« Non.

— C'est bien ce que je craignais », fis-je en me redressant.

Je lui donnai un bref aperçu de mes dents, la saluai et partis. N'invitez jamais une fille à dîner fin octobre. Attendez avril.

Je retournai à mon bureau. Rien n'avait changé. La salle d'attente était vide.

3

Quelques jours passèrent sans laisser de traces. Un nouveau mois avait commencé. De nouvelles factures s'étaient ajoutées sur la pile gauche de mon bureau. Ma trésorerie était passée de 2,30 couronnes à 12,50 couronnes, mais cette augmentation de ma fortune n'était qu'apparente. En fait, mon compte-épargne était passé de 503,75 à 353,75 couronnes. Le plancher était un rien plus sale, quant au temps de l'autre côté de la vitre, il était aussi gris et triste qu'auparavant.

Je m'employais à compter les ongles de ma main droite, lorsque se produisit subitement un total bouleversement de ma vie : un client. Ou du moins : quelqu'un ouvrit la porte du couloir qui donnait dans la salle d'attente.

Depuis la porte entrebâillée, je regardai avec curiosité. Rien ne se passa. Tout était aussi silencieux. Je me rassurai, mes oreilles m'avaient sûrement trompé. Ou bien l'un des patients du dentiste d'à côté, mû par un désir inconscient, s'était trompé de porte. Je me disposais peu à peu à enlever mes pieds du bureau pour aller vérifier à tout hasard, lorsque l'on toussota discrètement dans la salle d'attente. Un de ces toussotements modestes que les gens font pour attirer l'attention sur leur présence. J'allai à la porte et l'ouvris en grand.

Un homme était assis sur une chaise. Il avait en main un des vieux hebdomadaires, qu'il feuilletait distraitement. Lorsqu'il m'aperçut, il s'interrompit, se leva et s'approcha de moi avec fébrilité. Il parlait bas, sa voix était presque un murmure :

« Ve-Veum ? » demanda-t-il.

Je confirmai d'un signe de tête et il me tendit une main froide.

« Ragnar Veide. » À sa façon de prononcer les « r », il devait venir de la côte du Møre.

D'un geste, je l'invitai à me suivre dans mon bureau, enlevai consciencieusement un peu de poussière sur le fauteuil réservé aux clients et le priai de s'asseoir. Je pris place de l'autre côté et l'étudiai avec attention. C'était donc à ça que ça ressemblait, un client !

Il était difficile de situer Ragnar Veide. Il portait des vêtements communs : manteau gris, costume marron, chemise blanche, cravate beige, chaussures marron ; un insigne du Rotary à l'un de ses revers. Son visage était pâle, ses yeux bleus. Son nez était un nez : ni grand ni petit, ni laid ni beau. Ses cheveux châtains, peignés en arrière, accentuaient la hauteur du front et le début de calvitie sur les côtés. Une artère battait sur la tempe.

Les yeux donnaient une impression d'inquiétude. Ils passaient sans cesse d'un point à l'autre de mon bureau sans rien trouver d'intéressant où se fixer, et ils brillaient comme d'un éclat fiévreux.

« En quoi puis-je vous être utile ? »

Il se passa la langue sur les lèvres.

« Je vous ai trouvé dans l'annuaire. Vous étiez le seul. Je n'ai jamais... C'est la première fois que je viens voir un... détective. »

Il fit une pause comme pour voir si j'allais protester.

Mais je n'en avais pas l'intention.

« Combien... Combien coûtent vos services ?

— Ça dépend du genre d'affaire — et de celui qui m'engage. Nous avons un tarif pour les particuliers et un autre pour les entreprises et les collectivités.

— Je comprends, dit-il en opinant du chef. Je suis un simple particulier. Et... vos tarifs ? » Il me regarda d'un air interrogateur. Je lui donnai une petite carte qui conférait à tout cela une allure plus officielle. Il prit la carte et la lut à voix haute. Il n'aurait pas dû se donner cette peine, je la connaissais par cœur. C'était ma lecture favorite.

« Tarifs fixes, lut-il, cinquante couronnes de l'heure. Quatre cents couronnes la journée. Deux mille couronnes la semaine. Cinq mille couronnes le mois. Tarif minimum : cinq cents couronnes. Frais en sus. »

Il releva la tête et me regarda. Je ne rougis pas.

« Ce n'est pas donné, releva-t-il.

— Ce n'est pas si cher que ça non plus. Pas si on a une affaire par mois et qu'il vous faut une heure pour la résoudre.

— Tous ces trucs, à l'heure, à la journée... dit-il avec un geste de la main.

— J'explique. C'est tout simple. Le tarif minimum est de cinq cents couronnes. Vous devrez les payer de toute façon. Cela correspond à dix heures de travail. Si votre affaire ne dure pas plus, vous ne payez pas plus. Si ça prend douze heures, vous payez six cents couronnes. Si votre affaire réclame plusieurs jours, vous payez quatre cents couronnes par jour, plus cinquante couronnes par heure de dépassement. Le tarif se base sur une journée de travail de huit heures, mais de temps à autre il est nécessaire — comment dire ? — de faire des heures supplémentaires. Dans ce cas-là vous payez cinquante couronnes l'heure supplémentaire. Vous recevrez un décompte détaillé quand l'affaire aura été réglée. O.K. Plus vous m'engagez pour longtemps, plus c'est raisonnable. Cinq mille couronnes seulement pour un mois plein, c'est ce qui s'appelle une bonne affaire.

— Mais quel moyen ai-je de contrôler votre décompte de jours et d'heures ? »

Je lui jetai un regard glacial.

« Vous n'en avez pas. Ce n'est pas plus compliqué que ça. Il faut que vous me fassiez confiance, ou que vous alliez en trouver un autre. Et d'autre, il n'y en a pas, du moins dans cette ville. Ce qui fait que vous n'avez pas trop le choix. »

Il eut l'air de réfléchir.

« Tout dépend de l'importance que vous accordez à l'affaire », ajoutai-je.

Il approuva lentement.

« Bah, à vrai dire, l'argent n'a pas tellement d'importance. J'arrive d'Ålesund. »

Je ne voyais pas tout à fait le rapport.

« Eh bien, si on en venait au fait ? De quoi s'agit-il ?

— Je ne sais vraiment pas comment le formuler. Il s'agit d'une... affaire de famille. Mon père, Bjarte Veide, est vieux, malade. Il... bref, il est à deux doigts de mourir. C'est le principal actionnaire d'une des plus grandes conserveries de poisson du Nord-Vestland, et il gère une... euh... une fortune qui n'est pas mince. Il a deux héritiers : moi-même et ma sœur. C'est là qu'est le problème.

— Qu'il y ait deux héritiers ?

— Eh bien, pas précisément, mais que... ma sœur... C'est ma sœur, Margrete Veide, qui est le problème. »

Il prononça le nom distinctement, en accentuant chaque syllabe, pour que je m'en imprègne bien. Ce que je fis.

« Margrete et mon père... ils se sont brouillés il y a... oui, à peu près cinq ou six ans. Père l'a mise à la porte et elle a quitté Ølesund sans dire où elle allait. Je voulais passer une annonce, mais mon père m'a interdit de faire quoi que ce soit. “Bon débarras, a-t-il dit, cette traînée ne vaut pas la peine qu'on se fasse du souci pour elle." Et en tout cas il nous a défendu de prononcer son nom.

— Un père à l'ancienne mode, relevai-je, mais cependant pas si rare. Pour quelle raison se sont-ils fâchés ? »

Veide dodelina de la tête. Sa voix conservait son timbre assourdi, comme s'il avait peur que quelqu'un, depuis la pièce voisine, puisse entendre ce qu'il disait.

« La raison habituelle : les hommes. Elle revenait tard le soir. De temps en temps... elle ne rentrait pas de la nuit. »

J'approuvai. J'avais une blague sur le bout de la langue, mais un regard sur le tas de factures et la perspective de cinq cents couronnes m'incitèrent à la garder pour moi. De toute manière elle n'était pas particulièrement bonne.

« Et vous voulez que je ?...

— Que vous la retrouviez, oui. Vous savez ce que c'est : quand on est malade... Père regrette. Il veut la revoir avant de mourir. Demander pardon. Et quand il sera mort, il nous faudra de toute façon mettre la main sur elle. À cause de l'héritage. J'escomptais... »

J'acquiesçai. Je m'imaginais très clairement ce qu'il escomptait.

« Mais vous n'avez pas une idée de l'endroit où elle a pu aller ? Vous n'en avez jamais eu de nouvelles ? Et pourquoi venez-vous me trouver à Bergen ?

— Eh bien, parce que Bergen... est la seule piste que j'aie. Il y a deux ans, j'ai reçu subitement une carte d'elle, postée de Bergen. Elle écrivait en bref qu'elle habitait ici depuis quelques années et qu'elle allait se marier. Elle me demandait de ne rien dire à Père et d'oublier purement et simplement qu'elle existait. En se mariant, écrivait-elle, elle prendrait un autre nom, une nouvelle identité, elle aurait une toute nouvelle vie... "Adieu, je t'embrasse, Margrete", furent ses derniers mots.

— Vous avez la carte ? »

Il secoua la tête.

« Non. Je l'ai brûlée. Personne ne l'a vue. Pas même ma femme. C'était ce que désirait Margrete.

— Et elle ne vous donnait pas d'adresse ?

— Non, aucune.

— Bon. Ça ne fait pas grand-chose à se mettre sous la dent. Quelle date portait le tampon de la poste ?

— Août, il y a deux ans.

— Et depuis, plus de nouvelles ?

— Rien. Absolument rien.

— Bon, si elle s'est mariée dans cette ville, cela ne devrait quand même pas être trop difficile de la retrouver. Mais je vous mets en garde, Veide. Cela peut prendre du temps. Et alors, ça vous coûtera de l'argent.

— L'argent n'a pas tant d'importance. Mon père n'a plus longtemps à vivre. »

L'ombre d'un sourire passa sur son long visage. Cette fois, je voyais le rapport.

« Je suppose que vous avez une photo de votre sœur ?

— Oui, j'en ai apporté quelques-unes. »

Il tira de sa poche intérieure une enveloppe brune et me la donna.

« Elles datent d'il y a quelques années, mais je présume qu'elle n'a pas dû beaucoup changer.

— Quel âge a-t-elle ?

— Elle a... euh... vingt-huit ans.

— Et quand est-elle partie ?

— À vingt, vingt-deux ans. »

J'ouvris l'enveloppe et extirpai quatre photos d'amateur en noir et blanc. Je les posai les unes à côté des autres sur le bureau et les regardai. Puis mon regard se porta à nouveau sur Veide. Je l'examinai. Il passa une main sur le haut de son front et ses cheveux raides. Il me regardait avec nervosité. Je lui dis :

« C'est une blague ou quoi ?

— Une... une blague ? Qu'est-ce que vous voulez dire ? »

Il me regardait sans comprendre. J'examinai à nouveau les photos. L'une attirait immédiatement l'attention. Elle y était à genoux sur un rocher nu. À l'arrière-plan on voyait la mer et un petit canot à moteur amarré dans une crique. Elle portait un bikini et c'était l'année où ils faisaient des économies de tissu. Elle avait le buste légèrement penché en avant et souriait au photographe. Elle ne se trouvait pas particulièrement laide. Je ne la trouvais pas particulièrement laide non plus. Les trois autres photos sautaient moins aux yeux. Deux étaient des gros plans de son visage : de bons gros plans, naturels, où elle était jolie mais sans caractère. Sur la quatrième elle avait posé en robe longue, un petit sac à la main. Ses cheveux étaient relevés. Sans doute s'apprêtait-elle à aller à un bal ou quelque chose de ce genre. Sur ces quatre photos, elle paraissait un peu plus jeune, c'est vrai, mais elle était déjà agréable à regarder. Ce qui était drôle, c'était que quelques jours plus tôt quelqu'un m'avait déjà montré une photo d'elle : Moberg, l'avocat.

4

Avant d'ajouter quoi que ce soit, j'administrai une tape rassurante à la pile de factures pour qu'elle comprenne que je ne voulais pas la flouer.

« Eh bien, avant d'aller plus loin, il me faudrait les honoraires minimum, Veide.

— Oui, oui, c'est juste. »

Il sortit son portefeuille de sa poche intérieure gauche, et je crus un instant qu'il se tenait le cœur. La vue des cinq billets me rasséréna, ils changèrent de propriétaire et, subitement, je me sentis mieux que les jours précédents.

« Vraisemblablement les honoraires n'iront pas au-delà.

— Que voulez-vous dire ?

— L'affaire est déjà réglée. »

Il ouvrit la bouche, puis la referma.

« Vous vous moquez de moi ? »

Il eut l'air de regretter de m'avoir donné les cinq pauvres petits.

« Voilà, poursuivis-je, il y a quelques jours quelqu'un est venu me montrer la photo de la même femme. Un avocat : William Moberg. Votre sœur est Madame William Moberg. »

Je ne lui racontai rien du reste de l'histoire.

« Madame William Moberg ? Mais... mais... Vous avez aussi son adresse ?

— Non, fis-je en secouant la tête, je ne l'ai pas. En revanche, j'ai un annuaire téléphonique et je peux vous le fournir gratuitement. Pour un prêt, bien entendu. Vous y trouverez l'adresse. »

Je lui passai l'annuaire. Il le prit avec le même respect que si ç'avait été la Bible. Il le feuilleta. Je l'observai sans mot dire. Il trouva la bonne page. Du doigt il parcourut les colonnes. Puis s'arrêta.

« William Moberg. Avocat. Natland Terrasse », lut-il.

Il leva vers moi un regard interrogateur.

« Natland Terrasse. C'est dans la partie sud de la ville avec vue stéréo et des terrains à des centaines de milliers de couronnes. »

Il hocha la tête. Il avait l'air mal à l'aise, comme s'il ne savait pas comment réagir.

« Écoutez, Veum. Ça a l'air un peu bizarre, mais... tout ça me tombe dessus sans crier gare ; subitement, après six années de silence, j'apprends qu'elle est mariée à un avocat. Je ne peux quand même pas aller sonner chez elle comme ça et lui dire : “Bonjour Margrete, Papa est mourant.”

— Vous pouvez toujours téléphoner. »

J’indiquai le téléphone d’un mouvement de tête.

« Non, vous ne comprenez pas. Tout cela est trop... Je ne sais comment dire... »

S’il ne le savait pas lui-même, ce n’était pas moi qui pouvais l’aider, aussi le laissai-je réfléchir encore un moment. Finalement il proposa :

« Écoutez, je prolonge votre engagement. Je reste en ville jusqu’au week-end inclus, j’ai quelques affaires à régler. Est-ce que vous ne pourriez pas... Je veux que vous filiez Margrete, quelques jours seulement. Je veux savoir comment elle vit, ce qu’elle fait. Je veux avoir quelque chose de concret à raconter à Père, si elle... si finalement elle devait de toute façon refuser de mettre les pieds à la maison. Quelque chose de concret, avec de la chair et des os, vous me comprenez ? »

Je regardai à nouveau les quatre photographies. La chair, en tout cas, était mignonne. Automatiquement mon regard glissa des photos à la pile de factures. Je n’avais pas d’autre engagement, donc aucune raison valable de dire non. Et tout au contraire je voyais une pile de bonnes raisons de dire oui. Je dis oui.

« Où descendez-vous, Veide ? »

Il m’indiqua le nom d’un petit hôtel du centre-ville.

C’était loin d’être le meilleur hôtel, mais il en existait de pires. Il me tendit à nouveau sa main froide, me remercia et me demanda de l'appeler à son hôtel dès que j'aurais du nouveau. Puis il quitta le bureau et je me retrouvai seul. J'avais du travail et j'essayais de savourer la sensation que cela me procurait. Ça ne faisait pas une grosse impression. Mais peut-on dire que cinq jolis billets ne font pas une grosse différence ? À mon avis, non.

5

J'appelai Paul Finckel, un journaliste de ma connaissance. Je lui indiquai le nom de William Moberg et lui demandai de me ruminer ça un peu. Il rumina, puis me dit :

« Que veux-tu savoir ?

— Rien que des généralités.

— Avocat des couches moyennes. Ni trop bon ni trop mauvais. Il y a quelques années, il a obtenu une série de résultats sensationnels dans des affaires de drogue qui en ont fait pour un court moment une célébrité locale. Mais tu connais la musique. Il rend quelques menus services à des entreprises bien établies et à des collectivités. Il les aide à gruger le fisc, j'en mettrais ma main au feu. J'imagine qu'il a une petite fortune. En tout cas : il mène ses affaires rondement. Mais ce n'est pas un Perry Mason. Il est beaucoup trop prudent pour cela. Je ne vois rien d'autre à te dire, comme ça, sur l'instant.

— Et sa vie privée ?

— Je n'en ai pas la moindre idée. Je n'ai jamais entendu parler de rien.

— On dit qu'il a une jeune et jolie femme.

— Il y en a qui ont les moyens. Je croyais que tu ne versais pas dans ce genre d'affaires, Veum.

— Je ne m'en occupe toujours pas. Mais il ne s'agit pas de cela.

— Ah bon, elle est si jolie que ça ?

— Tu te méprends.

— C'est ma spécialité. Mens-moi tant que tu veux, Veum, mais, en tout cas, je ne sais rien de plus sur Moberg.

— Bon, O.K., merci.

— Salut. Et bonne chance. »

Je l'en remerciai, mais il avait déjà raccroché. Pressé et joyeux drille, comme tous les journalistes.

Conformément au point suivant de l'ordre du jour, je relevai moi aussi dans l'annuaire le numéro de la maison de Natland Terrasse. Ce qui mettait un terme à la partie bureaucratique de ma mission. La suite exigeait du mouvement. Je me levai, ramassai d'une main les quatre photos et les fourrai dans ma poche intérieure, j'enfouis de l'autre les billets dans l'unique poche de mon pantalon et quittai le bureau.

Dehors le temps était humide et glacial, et je relevai le col de ma veste. Je montai jusqu'au Tribunal où j'avais garé ma voiture, une petite Morris grise. Une de ces petites choses banales qui passent inaperçues jusqu'à ce qu'on se prenne les pieds dedans. Elle a du mal à accélérer et elle n'est pas particulièrement rapide. Mais lorsque je file quelqu'un à travers une ville qui se noie dans les problèmes de stationnement, il me faut absolument avoir une voiture que je puisse ranger dans ma poche si nécessaire. Elle m'est donc précieuse.

La forte côte qui menait à Natland Terrasse mit à rude épreuve la chétive petite chose, mais finalement nous y parvînmes. Entre le gris du ciel et le gris de la mer on distinguait une ville tout en longueur, baignée de fumées grises, entourée de lourdes montagnes grises. Et dire qu'ils payaient des centaines de milliers dc couronnes pour ça, rien que pour le terrain.

La demeure des Moberg se dressait un peu en retrait dans Natland Terrasse, sur un petit mamelon. De l'autre côté de la rue il y avait tout un alignement de maisons du même modèle ; deux autres villas se tenaient de part et d'autre de la maison de Moberg, à distance respectueuse. Un escalier et une allée de gravier menaient à la maison. En contrebas, au niveau de la rue, il y avait un garage avec une porte latérale donnant sur l'escalier.

La maison était trop grande pour un abribus et trop petite pour un château. Je n'aurais rien eu contre, si on me l'avait offerte en cadeau de Noël, mais je ne crois pas que j'aurais payé cinq cent mille couronnes pour en devenir propriétaire. Peinte en gris-bleu, elle avait un soubassement blanc pourvu de quatre fenêtres et d'une porte. Les fenêtres de l'étage étaient grandes et s'ouvraient, à n'en pas douter, sur un panorama splendide. Certaines de ces fenêtres étaient éclairées. En dehors de cela, pas de trace de vie.

Dans la rue, en contrebas, cinq ou six voitures stationnaient. Je pris place gentiment entre deux d'entre elles. Puis je me laissai glisser sur mon siège — dans la mesure où l'on peut se laisser glisser sur le siège avant d'une Mini, allumai l'autoradio, et sortis les quatre photos. J'en étudiai une avec un soin minutieux.

Plusieurs heures passèrent. En semaine, début novembre, la vie à Natland Terrasse était silencieuse et tranquille. Il n'y avait aucune boutique, donc pas de ménagères chargées de lourds filets à provisions, dans la rue. En revanche, on remarquait bon nombre de ménagères dans de jolies petites voitures. Elles n'avaient pas l'air mal non plus. Les ménagères.

Il était presque 14 heures lorsque subitement la porte de la maison Moberg s'ouvrit. La femme portait une grande toque de fourrure, mais je n'eus aucun doute sur son identité. La toque était marron et le manteau vert sombre à la mode avait une bordure de fourrure assortie tout en bas. Je tentai de me rendre invisible sans y parvenir parfaitement. Sa chevelure était rousse, je pouvais l'apercevoir sous la toque. Elle s'arrêta devant la boîte aux lettres et y jeta un coup d'œil. Elle en extirpa quelques enveloppes et une revue, mais rien de tout cela n'eut l'air à son goût car elle remit le tout dans la boîte. Puis elle disparut dans le garage par la porte latérale. Quelques instants plus tard, la porte principale du garage se releva et elle sortit au volant d'une fringante petite Opel Kadett écarlate dont la couleur était assurément assortie à son rouge à lèvres. La voiture fila comme une chatte en chaleur et avant même que j'aie pu décider ma Mini à démarrer, elle avait atteint le bas de la côte. Au risque de ruiner ma boîte de vitesses, je me mis à suivre l'Opel. Je laissai derrière moi un nuage de poussière ; ce n'était pas mon jour de discrétion.

Je la rattrapai plus bas dans les lacets de Natlandsveien, et me trouvai peu après derrière elle, à quelques voitures d'intervalle. Elle respectait la limitation de vitesse — 50 —, je n'avais aucune difficulté à la suivre.

Elle se dirigeait vers le centre. De la Kong Oscars gate elle tourna dans Lille Øvregate, et eut la chance de trouver une place sur Korskirkealmenningen. Elle descendit de voiture avant que je n'aie moi-même trouvé à me garer. Je rangeai ma Mini en partie sur le trottoir et priai tous les dieux des contribuables pour que ne surgît pas une contractuelle. Discret comme un gorille vert, je me mis à la suivre. Rien ne laissait supposer, d'ailleurs, qu'elle eût le moindre soupçon de ce qui se tramait derrière son dos. À l'évidence, sa conscience était pure et tranquille. Elle ne se retourna pas une seule fois. Elle marchait, droite, d'une allure souple, avec juste un léger roulis. Elle n'avait pas du tout l'air d'une femme ayant fait une croix sur son passé à Ølesund et de surcroît adultère.

Elle ne semblait pas avoir de programme précis. J'ignore comment les femmes d'avocats occupent habituellement leurs journées. Peut-être restent-elles chez elles à faire au crochet de grandes nappes pour les ventes de charité. Peut-être apprennent-elles l'espagnol avec Linguaphone. Peut-être changent-elles d'amant tous les deux mois et boivent trois bouteilles de porto par semaine. Cette femme d'avocat-là ne faisait rien de tel. En tout cas pas en ce jour de novembre. Elle faisait des emplettes, ce qui n'est pas une occupation amusante. Ça passe, à la rigueur, si l'on se trouve en compagnie d'une femme qu'on aime beaucoup. Ça va un moment si l'on observe une jolie femme qui s'adonne à cette activité. Mais Madame Margrete Moberg lécha les vitrines deux heures d'affilée, et elle n'était pas si jolie que ça. En tout cas, pas de loin. Elle essaya des chaussures, regarda des vêtements, testa une dizaine de rouges à lèvres, sillonna les rayonnages de deux librairies et de trois parfumeries, bref, elle profitait de ses loisirs.

Après avoir atteint l'ultime limite de ce qu'elle pouvait porter, tout aussi souple, tout aussi droite, elle regagna sa voiture avec, sur les talons, un détective privé, usé et nerveux. Une contractuelle était passée par là. Elle avait placé sous l'un de mes essuie-glaces un petit mot aimable. Une facture de plus à régler. Elle ne se sentirait pas seule.

Madame Moberg emprunta de nouveau la Kong Oscars gate et rentra directement chez elle, suivie par moi à distance respectueuse. Je la vis remettre sa voiture au garage, dont la porte s'ouvrit automatiquement. Elle en sortit, ouvrit la boîte aux lettres, et en rapporta le contenu chez elle. Je la vis monter l'escalier, l'allée de gravier et passer la porte. Et elle ne ressortit pas ce soir-là. Du moins pas avant 20 heures. À 19 heures, Moberg rentra chez lui. Comme il ne s'était rien passé une heure après, je décidai que la journée était finie, me comptai deux heures supplémentaires et regagnai mon domicile.

6

Le lendemain je fus de bonne heure à pied d'œuvre : à 8 heures. Ce matin-là, l'activité était plus grande que la veille. Les maîtres de maison se rendaient au travail, les enfants à l'école. Personne n'allait à pied. Tous avaient une voiture. Il fallait en avoir une pour habiter là-haut. Natland Terrasse est située sur une petite crête du Landåsfjell et sépare Mannsverk du Sædalen. Il y a quelques années encore, c'était un coin de nature où il faisait bon respirer. À présent, l'endroit était sillonné de routes et entre les landes de myrtilles, les maisons avaient surgi comme des champignons. Les villas les mieux situées — sur le terrain le plus cher — avaient vue à la fois sur la ville à leur pied et sur Fana en face.

À 8 h 25, un taxi s'arrêta devant chez les

Moberg. Moberg en personne sortit de la maison, prit place dans le taxi, qui s'en alla. Apparemment, il n'avait pas le permis de conduire, ou bien sa voiture était en réparation. Il n'avait pas le droit d'utiliser l'Opel rouge. Elle était là, superbe, dans le garage. Et la matinée passa ainsi.

Ce n'est qu'à 13 heures que Madame Moberg se montra, habillée comme la veille, mais avec en plus un sac à main vert en bandoulière. Elle jeta un coup d'œil à la boîte à lettres, sortit sa voiture du garage et prit la direction de la ville. Je m'accrochai à elle, à distance convenable de son pare-chocs arrière. Je rassemblai mes forces pour un nouveau lèche-vitrines. Mais je fus agréablement surpris. Elle ne mit pas le pied dans la moindre boutique.

Ce jour-là elle marchait plus tranquillement. Elle avait tout son temps. Elle regarda les vitrines, leva la tête vers le ciel, se mira dans les voitures auprès desquelles elle passait. Je la suivais, mais ne me mirai point, je ne supporte pas ce genre de choc à jeun.

Elle traversa Strandgaten et la rue piétonne. À Holbergsalmenningen, elle acheta quelques hebdomadaires dans un kiosque. Puis elle retourna dans le centre. J'achetai un journal et la suivis, fidèle comme un rhume des foins.

Vers 14 h 30, elle entra dans un salon de thé. Je me demandai un instant si je devais lui emboîter le pas ou attendre à l'extérieur. Mon estomac était pour, ma raison contre. L'estomac l'emporta. Je commandai au comptoir un smørbrød chaud avec de la viande hachée, pris place à une table vide dans le coin opposé de la salle et déployai le journal devant mon visage. C'était le journal du jour, mais je ne le lus que très superficiellement. Si superficiellement que je ne tournai même pas les pages. Je n'avais d'yeux que pour Madame Moberg.

Elle avait commandé un mélange de boulettes de viande et de légumes. Elle mangeait en prenant son temps. On m'apporta mon sandwich, je l'enfournai et me cachai à nouveau derrière mon journal. Madame Moberg acheva son repas, repoussa son assiette, versa du café d'une cafetière brillante dans une petite tasse blanche et parcourut la salle des yeux. Je plongeai derrière mon journal. Lorsque je relevai les yeux, elle regardait sa montre.

Une femme entra, brune, artificiellement belle, comme un mannequin, et vêtue d'un manteau de fourrure marron foncé. Elle se dirigea droit sur Madame Moberg, lui sourit, se pencha, dit quelque chose, puis alla commander au comptoir et revint s'asseoir.

Elles parlèrent. J'étais trop loin d'elles pour saisir un traître mot, mais elles parlaient. Ça, au moins, je pouvais le constater. Elles papotèrent, prirent de petits gâteaux et burent du café. La dame à la fourrure mangea un millefeuille. Au bout d'une heure elles se levèrent et partirent. Je les suivis, chien fidèle.

En gagnant la sortie, je remarquai un détail amusant. La dame à la fourrure avait un sac vert qui, pour ce que je pouvais en voir, était identique à celui de Madame Moberg. Elles avaient peut-être bénéficié d'une réduction. Ou bien ce n'était qu'un hasard.

La femme à la fourrure sombre avait sa voiture garée près d'un parcmètre juste au coin de la rue. Lorsqu'elle tint la porte ouverte pour Madame Moberg, j'en fus glacé jusqu'aux semelles de mes chaussures. Je commençais déjà à chercher du regard quelque chose d'aussi rare qu'un taxi libre, lorsque Madame Moberg secoua la tête, montra la direction de Korskirkealmenningen en disant quelque chose. Elles parlèrent encore un peu, tandis que la femme à la fourrure prenait place dans la voiture. C'était une Ford Escort blanche. J'en notai le numéro. En s'asseyant, elle étendit ses jolies jambes si loin sur le trottoir que tous ceux qui le voulaient purent les admirer.

Les deux femmes se firent un signe comme seules les femmes se font signe. La voiture blanche s'écarta du trottoir, eut un aboiement irrité pour un piéton qui traversait la rue à vingt mètres d'un passage clouté, tourna l'angle et disparut. Madame Moberg revint à Korskirkealmenningen.

Je la suivis.

Ce jour-là, elle ne rentra pas directement chez elle.

Tout d'abord elle passa prendre Moberg sur le trottoir devant son bureau, puis ils rentrèrent chez eux. C'était l'heure de pointe. Il nous fallut quinze minutes pour aller de Torgalmenningen à Betanien, mais ensuite la circulation fut fluide, aussi fluide que peut l'être une file de voitures qui se déplacent à 30 km/heure.

Je me tins à bonne distance et, une fois arrivé à Natland Terrasse, je me parquai loin derrière eux. Je ne souhaitais pas me trouver nez à nez avec Moberg. J'aurais été en peine de lui expliquer pourquoi je filais quand même sa femme après avoir refusé son offre.

Et je me retrouvai une fois de plus dans une voiture froide, légèrement affamé, et avec rien d'autre à faire que rien. Attendre. Maintenant, je connaissais la maison par cœur. La cheminée, les buissons du jardin, la couleur des rideaux, le lampadaire à droite de la grande baie vitrée, les fleurs sur le rebord de la fenêtre. Même les photos de Madame Moberg avaient perdu l'attrait de la nouveauté. En outre, en manteau et avec un bonnet de fourrure enfoncé sur les yeux, elle avait l'air vraiment différente de la jeune fille en bikini qui vous regardait droit dans les yeux.

Il faisait nuit depuis un bon moment déjà lorsque de nouveau un taxi s'engagea dans le chemin des Moberg. Pour ne pas perdre de temps et pour parer à toute éventualité, je lançai aussitôt le moteur. Mais Moberg descendit seul et prit place dans le taxi qui l'emporta. Cinq minutes passèrent. Puis la porte se rouvrit. Cette fois, ce fut Madame Moberg qui sortit. Elle portait les mêmes vêtements, le même sac sur l'épaule : c'était comme si cinq minutes seulement s'étaient écoulées depuis que je l'avais vue.

Elle entra dans le garage par la porte latérale, et l'instant d'après la Kadett se fondait dans l'obscurité du soir. La porte se referma automatiquement derrière elle. J'accrochai mes yeux à ses feux arrière et quittai le trottoir. Il était 19 h 55. J'étais en service depuis déjà douze heures. Veide allait le sentir passer.

Une fois encore, je la suivis jusqu'au centre-ville. Cette fois, je lui collai au train. Suivre une voiture de nuit est plus difficile que de jour. Il faut fixer les feux arrière, mais le temps de cligner des yeux, on peut s'être accroché à d'autres feux quand on les rouvre. On se retrouve alors à l'autre bout de la ville avant de s'apercevoir qu'on ne suit pas la bonne voiture.

Dans une rue moins fréquentée du centre, elle prit soudain la file de gauche, si brusquement qu'il me fallut faire contre mauvaise fortune bon cœur, et je la dépassai lentement. Je me garai juste après l'angle, sautai de la voiture et courus rapidement jusqu'au coin. Elle avait traversé la rue et s'engageait sous une porte cochère. La jolie voiture rouge disparut et la rue resta déserte.

J'attendis trente secondes sans qu'elle sorte. Alors je parcourus tranquillement le trottoir du côté où elle s'était engouffrée. En passant devant la porte cochère, ma tête se tourna automatiquement et je jetai un regard curieux dans une pénombre sinistre. La porte cochère donnait sur une cour spacieuse, où il y avait trois ou quatre poubelles le long d'un mur. L'arrière de la voiture rouge dépassait à gauche. Ce fut tout ce que je pus voir. J'allai jusqu'au bout de la petite rue, traversai, revins sur le trottoir opposé. Elle n'était toujours pas ressortie. Je marchai lentement tout en observant le grand bâtiment jaunâtre dans lequel elle devait avoir disparu. C'était un immeuble sobre, neutre, comme tant d'autres. S'il avait quelque secret à cacher, il n'en laissait rien deviner. Deux boutiques occupaient le rez-de-chaussée côté rue : une parfumerie et un bureau de tabac. Elles étaient, bien sûr, fermées toutes les deux. Au premier étage était situé un atelier de photo, et sur la porte principale était fixé un présentoir avec des clichés. Les fenêtres du deuxième étage étaient en verre opaque dans leur partie inférieure. Celle de gauche appartenait à un médecin généraliste. Un des derniers Mohicans. L'autre était celle d'un dentiste. Le troisième étage était complètement plongé dans l'obscurité, mais rideaux et pots de fleurs trahissaient un appartement. Au-dessus, l'étage mansardé ne comportait que deux fenêtres, à chacun des pignons. À l'une d'elles, une lumière brillait, faible, intime : la lueur vacillante d'une bougie. Je distinguai l'ombre d'au moins deux personnes. Puis les rideaux furent brusquement tirés et je ne vis plus rien.

Je traversai à nouveau la rue. Je regardai autour de moi, mais il n'y avait personne en vue. Je passai sous le porche.

La cour ne recelait pas grand-chose de plus que ce que j'avais vu du dehors. Les poubelles avaient l'air sinistres et inapprochables. Dans un coin se dressait une grande plante verte fanée. Entre les dalles de la cour poussaient des touffes d'herbe jaune. La voiture rouge était garée tout près d'une descente de cave. À côté de celle-ci, dans le mur qui tournait le dos à la rue, une porte peinte en gris était entrebâillée. Je levai les yeux vers la maison. Une fenêtre était éclairée tout en haut de ce côté-ci aussi. Sinon, tout était sombre.

J'ouvris cette porte avec précaution et jetai un regard à l'intérieur. Une odeur de renfermé et de moisi me frappa. Un escalier menait vers les étages de la maison : un escalier de service typique. Une sortie de secours en cas d'incendie, ou un accès pour les visiteurs secrets. J'étais assez certain du chemin suivi par Madame Moberg, mais je n'avais pas envie de lui emboîter le pas.

Je ressortis dans la rue, allai chercher ma voiture, la garai un pâté de maisons plus loin, le capot tourné de façon à ce que je puisse voir le porche sous lequel Madame Moberg avait disparu.

Deux heures passèrent et je gagnai cent couronnes de plus. Soudain la Kadett fit son apparition. Elle recula prudemment, mais habilement, et démarra sans perdre de temps. Je la suivis. Madame Moberg revint directement chez elle, mit la voiture au garage, monta jusqu'à la maison et disparut. Il était 22 h 30. J'attendis. À 23 h 25 un taxi déposa Moberg. Quand le taxi partit, je fis de même. J'en savais assez. J'avais quelque chose à me mettre sous la dent.

7

J'eus besoin de deux jours pour étudier la question. Samedi et dimanche passèrent sans grand événement. Moberg travailla le samedi matin à son cabinet. Elle, elle ne sortit pas du tout avant le soir. Là, ils se rendirent tous les deux à une villa du quartier chic de Paradis pour participer à ce que je supposai être une soirée privée. Cela en avait l'air. Comme il ne se passa rien de plus jusqu'à minuit, je rentrai chez moi. Le dimanche, ils firent la grasse matinée et je ne constatai aucun signe de vie avant 14 h 30. Ils firent une courte promenade l'après-midi, puis rentrèrent chez eux et n'en bougèrent plus le reste de la journée. Ce fut un week-end tranquille pour la famille Moberg et ennuyeux pour Varg Veum.

Le lundi matin, je ne me précipitai pas directement à Natland Terrasse. J'avais commencé à me familiariser avec les habitudes tardives de Margrete Moberg. De toute évidence, elle faisait partie de ces gens qui aiment mieux passer la plus grande partie de la matinée entre quatre murs, tranquilles chez eux — et, de préférence, au lit.

Après que le réveil électrique m'eut secoué pendant cinq minutes, je me déversai sur le plancher, rampai jusqu'à une étagère à l'autre bout de la pièce et arrêtai la sonnerie. La promenade n'était pas longue, mais elle me tirait du lit, et c'était le but de la manœuvre.

J'allai à la fenêtre, écartai une plante verte poussiéreuse et regardai à l'extérieur. J'ai un appartement sous les toits dans une venelle à peu près à mi-chemin entre Stølen et Skansen. Si je grimpe sur le rebord de la fenêtre de la chambre à coucher et que j'y fais des pointes, j'ai une belle vue sur la ville. Mais ce n'était pas la vue qui m'intéressait. Au-dessus de l'enfilade crénelée des maisons de bois de l'autre côté de la venelle, j'apercevais le bord de Fløien. Au-dessus, se dessinait un bout de ciel qui n'annonçait rien de bon : sombre et sinistre comme des statistiques d'accidents. Il n'avait pas encore commencé à pleuvoir, mais cela n'allait pas tarder.

Je passai de la chambre au salon. Il vaudrait peut-être mieux dire la salle de séjour. Ce n'est pas un grand appartement — deux pièces et une cuisine — et la salle de séjour est à peu près de la même taille qu'une table dans un salon normal.

J'exécutai pendant dix minutes les exercices de yoga indispensables pour que mon sang circule. Puis je gagnai la cuisine. Sur une plaque bouillait une casserole d'eau. Je versai l'eau sur le café en poudre au fond de ma tasse. Une goutte de lait par-dessus, trois tranches de pain de campagne, deux avec du miel, une avec de la marmelade d'oranges, et un demi-pamplemousse : ce n'était pas un repas de fête, mais on n'en mourait pas non plus.

Je retournai dans, disons, le salon, allumer la radio, juste à temps pour éviter la première méditation religieuse du matin, et essayai de faire le point sur la situation. Ce n'était pas très difficile. La seule facétie que Madame Moberg s'était permise, c'était cette mystérieuse visite du vendredi soir. Il n'y avait pas de quoi pavoiser, mais c'était mieux que rien. Je me décidai à appeler Veide.

Je pris une douche, m'habillai puis téléphonai. Certains crieront peut-être à l'extravagance, qu'un détective privé fauché ait à la fois le téléphone au bureau et chez lui. Mais il m'aide à me sentir moins seul. Si je veux, je peux téléphoner à la météo ou à Mademoiselle l'horloge parlante. J'appelai l'hôtel où Veide était descendu. Il était là.

« Allô ? commença-t-il prudemment.

— C'est Veum.

— Ah, bonjour Veum, comment ça va ?

— Pas mal. Je viens vous faire mon rapport.

— Allez-y.

— Pas au téléphone. »

Un court silence.

« Je comprends. J'ai un rendez-vous à 9 heures. Pouvez-vous être ici, disons, à 8 h 30 ?

— D'accord.

— Bien. Au revoir.

— Au revoir. »

Cela m'arrangeait : je partirais juste avant la prochaine méditation religieuse du matin. Une prière du matin en moins rallonge la vie, c'est là un principe auquel je tiens. Je n'en ai d'ailleurs pas tant que ça.

L'endroit où logeait Veide se trouvait dans une petite rue sale du centre, et l'hôtel ne relevait pas le niveau. De couleur grise, et ayant besoin d'un bon coup de peinture, l'établissement servait un petit déjeuner rudimentaire.

À la réception était assis un homme d'une cinquantaine d'années, avec des poches sombres sous les yeux, le crâne comme une boule de billard. Il portait une chemise gris-bleu aux manches relevées, des bretelles bleues et un pantalon marron serré d'où le ventre semblait vouloir jaillir d'une seconde à l'autre. Sur le dossier de la chaise, derrière lui, pendait une veste assortie au pantalon. À mon entrée, il leva les yeux, comme s'il se demandait si cela valait la peine de remettre la veste. Il y renonça. Sur le comptoir devant lui, il avait une pile de tartines beurrées, dont celle du dessus était à moitié mangée. Il déjeunait tôt, à moins que ce ne fût un petit déjeuner tardif.

Je m'arrêtai devant le comptoir. Il me considéra de ses yeux délavés, inexpressifs. Je dis :

« Veide ? »

Il grogna un numéro au deuxième étage.

« Merci de tout cœur. Et bon appétit ! »

Il poussa un autre grognement, inintelligible celui-là.

L'hôtel n'était pas minable au point de ne pas avoir d'ascenseur. Cependant, celui-ci était en panne. C'est en tout cas ce qu'annonçait une pancarte sur la porte de la cabine. On la mettait peut-être le soir pour éviter que les gens n'utilisent l'ascenseur la nuit. Et on n'avait pas encore daigné l'enlever ce matin-là.

Je montai.

Au deuxième étage je comptai les numéros : 221, 222, 223... Il y avait des toilettes communes, une douche, et un escalier de secours. Sur le sol était étalé un tapis verdâtre qui semblait être là depuis la construction de la maison (ou depuis l'incendie de 1916) et qu'on n'avait guère aspiré depuis.

Veide avait la chambre 223. Je frappai, il ouvrit. Il était semblable à lui-même : même front haut, même yeux brillants, même nez commun. La trombine un peu plus fatiguée peut-être, mais c'était naturel.

Il me précéda dans la chambre, désigna une chaise d'un geste nerveux de la main : « Asseyez-vous, Veum, asseyez-vous. » Je m'assis et regardai autour de moi. C'était une chambre d'hôtel qui ressemblait à une chambre d'hôtel. La chaise que j'occupai était la seule. À côté d'elle, une petite table ronde, assez grande pour y mettre un cendrier mais trop petite pour jouer aux petits-chevaux. Dans un coin était suspendu un lavabo avec un miroir fendu d'un coin à l'autre. À part cela la pièce était meublée d'une penderie et d'un lit, devant lequel traînait une carpette, à moins que cela n'ait été une serpillière qu'une femme de ménage avait oubliée à son dernier passage, après la Libération, en 1945.

« C'est coquet », dis-je.

Veide jeta autour de lui un regard d'excuse.

« Je ne savais pas à quoi ça ressemblait, fit-il de sa voix basse. J'ai réservé d'après le nom. »

Et le nom était irréprochable. De grands hôtels à Londres ou à Paris portaient le même. Le nom ne fait de mal à personne, mais il arrive qu'on se demande si l'inverse n'est pas vrai.

« Bon, continua-t-il avec un regard ostentatoire à sa montre. Je n'ai plus tellement de temps, alors, si vous ne... »

Il suggérait que j'en vienne au fait.

J'en vins au fait. Je fis un rapport bref mais complet des forfaits de Madame Margrete Moberg ces quatre derniers jours. Il opinait du chef tout le temps, comme s'il savait tout cela d'avance. Il ne cessa que lorsque j'évoquai la visite du vendredi soir dans l'appartement du centre-ville.

« Qu'est-ce qu'elle allait y faire ?

— On peut faire des tas de choses en deux heures, répondis-je en haussant les épaules.

— Et vous n'avez pas vu où elle allait ?

— Oui et non. Mais les possibilités ne sont pas si nombreuses puisque tous les étages étaient éteints sauf le dernier et que la porte de la cour ne donnait accès qu'à cette maison, par un escalier de service. C'était le seul chemin par lequel elle pouvait quitter la cour sans avoir à escalader une palissade de deux mètres de haut. Et je ne crois pas qu'elle l'ait fait.

— Non, bien sûr, mais qui... qui habite là ?

— Je ne sais pas. Pas encore. Mais si vous le voulez, je peux essayer de le savoir. »

Il acquiesça.

« Oui, faites-le, si ça n'est pas trop compliqué. J'aimerais savoir tout ce qu'elle fait. Tout, vous comprenez ? »

Je comprenais et ne comprenais pas, à la fois. Je fis oui de la tête.

« Attendez, il y a quelque chose qui m'est venu à l'esprit... Cet avocat... Vous m'avez dit son nom... Pourquoi vous a-t-il montré une photo de Margrete ?

— Moberg ? Moberg ?... »

À force de répéter son nom, j'arriverais peut-être à trouver quelque chose d'intelligent à répondre.

« Oui, Moberg.

— Il... c'était... incidemment. Aucun rapport. Nous parlions de... d'implantation des dents. Votre sœur a une magnifique dentition. Alors que moi... »

Je montrai les crocs pour qu'il se rende compte.

Il me regarda sans comprendre. Puis il murmura :

« Bon, oui, ça n'a sûrement aucune...

— Alors, je poursuis... la surveillance ?

— Oui, j'ai téléphoné chez moi aujourd'hui, mon père va un peu mieux, ou du moins pas plus mal. Donc nous pouvons retarder cela de quelques jours encore. Je... je préfère ne pas lui imposer de... choc inutile. Dans son état. Ce soir... ce soir je rentre à Ålesund. Je reviendrai à Bergen vers la fin de la semaine, ou au plus tard le week-end prochain. Je ne peux pas être plus précis maintenant, mais une chose est importante, Veum : moi, je vous appellerai, mais vous, vous ne devez me téléphoner sous aucun prétexte. C'est une enquête strictement confidentielle, et personne, personne ne doit savoir qu'il y a eu le moindre contact entre moi et... vous. »

Je n'aimais pas du tout la façon dont il avait dit « vous », comme s'il recrachait un insecte qu'il aurait eu dans la bouche.

Il se dirigea vers la porte. Je me rendais compte qu'il ferait un chef d'entreprise dynamique, pour peu que son père eût l'amabilité de disparaître. Il me tendit la main, marquant ainsi la fin de l'audience. Je me levai, la lui serrai et partis. Cela me laissa dans la main une curieuse impression flasque. Comme si j'avais empoigné une sole mal cuite. Quelque chose m'échappait chez Ragnar Veide. D'une certaine manière il n'avait pas de personnalité, mais d'une autre il se comportait comme s'il en avait une. Je n'arrivais pas tout à fait à comprendre son intérêt puissant pour les faits et gestes de sa sœur en rupture de ban, quoique... après tout, ils n'étaient que deux... héritiers.

Je descendis lentement l'escalier, passai devant le réceptionniste chauve et sortis au moment précis où il commençait à pleuvoir. Il était 8 h 45. Je tournai au coin de la rue, garai ma voiture et revins sur mes pas. J'étais curieux de savoir avec qui Ragnar Veide entretenait des relations d'affaires.

8

À 8 h 55 précises, Veide sortit de l'hôtel. Il s'immobilisa sur le seuil et examina les alentours. Je reculai la tête et l'avançai de nouveau lentement. Il venait droit sur moi. Je fis demi-tour, remontai la rue sur dix mètres en courant et entrai dans le premier immeuble : à l'intérieur, un escalier ordinaire, une rangée de boîtes à lettres sur le mur de gauche et une porte avec de grandes vitres. Je reculai loin dans l'entrée et gardai les vitres à l'œil. Il ne passa pas devant. Je me rapprochai, jetai un coup d'œil à l'extérieur. Personne. Je retournai au coin de la rue. Je l'aperçus beaucoup plus loin dans la rue, de dos. Il allait dans la direction opposée à présent, et descendait vers le centre. Je le suivis à pied.

Il acheta un journal à un kiosque près de Ole Bulls plass. Puis il entra chez Sundt, par l'entrée qui donne sur Ole Bulls plass. J'y pénétrai à mon tour, mais marquai un temps d'arrêt une fois la porte franchie. Était-il monté ou descendu ? J'optai pour la montée, vers le rayon des cadeaux, mais il ne s'y trouvait pas. Je traversai rapidement quelques rayons et passai de l'autre côté du magasin, là où débouche l'escalier du sous-sol. Je descendis. Veide n'était nulle part. Je remontai à mon point de départ, tournai et virai au hasard. Le magasin a trois sorties, chacune vers un point cardinal différent. Pour qui veut se débarrasser d'un suiveur, c'est l'endroit idéal. Il avait dû me voir.

Je fis le tour des trois sorties et scrutai les alentours, sans succès. Ragnar Veide avait disparu, comme s'il s'était enfoncé sous terre. Il devait m'avoir vu. Il ne voulait pas que je sache où il allait, ou bien souhaitait me mettre à l'épreuve, pour savoir si j'étais un bon détective. Dans ce cas, je m'étais fait une très mauvaise publicité.

Je renonçai, me rendis à un bureau de poste et cherchai dans l'annuaire du Møre et Romsdal, à la rubrique Ålesund. Veide Ragnar y figurait en bonne place avec deux numéros, un privé et un professionnel : chef de département, Veidemann Fisk S.A., Ålesund. Cela inspirait confiance... sauf que je ne devais appeler ces numéros sous aucun prétexte.

Je retournai à l'hôtel chercher ma voiture. Il me fallut un quart d'heure pour trouver une nouvelle place, et encore, sur un stationnement réservé aux livraisons : chargement et déchargement. Je me déchargeai et m'empressai de disparaître.

La maison jaune était plus animée à présent. Les vitrines du rez-de-chaussée étaient allumées, il y avait aussi de la lumière chez le photographe du premier étage, chez le médecin et le dentiste du second et à l'une des fenêtres du troisième. Les deux mansardes étaient éteintes. J'entrai dans la cage d'escalier et examinai les boîtes à lettres. Celle-là, c'était le médecin, celle-ci le dentiste. Le photographe du premier s'appelait Abr. Lange et le nom de son atelier était, quel qu'en fût le sens, Bonanza. Les deux autres boîtes portaient les noms de M. Andersen, 3e étage et Wang, 4e étage. Wang était celui que je cherchais.

Je décidai de faire un essai chez Bonanza et grimpai au premier. Une porte vitrée menait dans une antichambre. Dans le mur du fond, il y avait une grande ouverture en partie occultée par un rideau rouge derrière lequel je pouvais apercevoir des murs blancs et des projecteurs. J'entendis des voix. Sur les murs étaient accrochées de ravissantes photos de petits enfants avec de grandes dents, des portraits de mariés et de gens qui auraient mieux fait de s'abstenir. Quelques images dans le style flou laissaient supposer que le sens artistique de Abr. Lange n'était pas des meilleurs. Sa créativité était limitée : des arbres noirs, nus, en contre-jour sur un soleil de novembre blanc et bas — du déjà-vu, même à Bergen.

Sur un bureau bas, il y avait une machine à calculer et un téléphone. Le téléphone se mit à sonner. Le rideau rouge s'écarta et une petite femme apparut. Elle me regarda d'un air interrogateur. Je lui montrai l'appareil. C'était lui qui sonnait, pas moi. Elle me jeta un regard froid, porta le combiné à son oreille et dit : « Atelier Bonanza. » Ravissante comme un rouleau compresseur. Coquette comme un boxeur poids lourd.

Tandis qu'elle parlait, je la regardai. Elle était petite, râblée et avait des mains grandes et fortes.

Un petit expert en karaté, ou peut-être tout simplement une petite femme avec de grandes mains. Sa chevelure blonde était séparée par une raie au milieu et aplatie au fer à repasser. Elle avait les yeux bleus, la bouche plutôt petite, plutôt pincée, la voix à la fois rauque et tranchante : une combinaison déplaisante. Lorsqu'elle eut terminé sa conversation téléphonique, elle se tourna vers moi avec une mine qui ne supportait pas les contradicteurs.

« Ouais ?

— Pourriez-vous me dire à qui appartient cette maison ? demandai-je.

— À nous, c'est-à-dire à Lange.

— J'ai entendu dire que l'appartement du dernier étage était libre.

— C'est des âneries. »

Que répondre à ça ?

« Ah bon ? tentai-je.

— Il vous fallait autre chose ? J'ai pas que ça à faire. »

Elle prit quelques papiers sur le bureau pour me faire comprendre qu'elle n'avait pas que ça à faire.

« Mais alors, qui est-ce qui occupe l'appartement ? demandai-je.

— Qu'est-ce que ça peut vous faire, puisqu'il n'est pas libre ? »

J'essayai encore :

« Ça peut avoir de l'importance. »

Mais cette réponse n'avançait pas à grand-chose.

« Qu'est-ce qui se passe, Rigmor ? » dit une voix derrière le rideau rouge.

Un homme dans les quarante ans, qui essayait de n'en avoir que vingt, apparut. Mais sa chemise était trop voyante et son ventre trop gros. Bien qu'il se fût donné toutes les peines du monde pour ramener ses cheveux sur sa calvitie naissante, il avait du mal à cacher qu'il était né du mauvais côté de la dernière Guerre mondiale. De deux choses l'une, ou il avait une maladie aux yeux ou il avait la gueule de bois. En tout cas ses yeux étaient dans un état pitoyable. Son nez pendait sur une petite moustache ébouriffée mal à son aise. Une intuition me suggéra que c'était Abr. Lange.

« Un monsieur qui affirme que l'appartement du dernier étage est libre », répondit Rigmor.

L'homme posa les yeux sur moi.

« Lange ? » demandai-je.

Il opina.

« Vous avez un instant ?

— Non. »

Ils avaient réponse à tout dans cette baraque.

« Deux secondes ?

— Non. »

Rigmor me regarda d'un air triomphant.

« Pourquoi êtes-vous si pressés ? Qui habite cet appartement ?

— Demandez ça à Rigmor. C'est elle qui s'occupe de ça pour moi. Je n'ai pas le temps. »

Abr. Lange était occupé toute la journée à prendre des arbres noirs et nus sur fond de soleil bas en novembre.

Je regardai Rigmor. Elle ne donnait pas

l'impression d'avoir le moins du monde le projet de me répondre si j'osais poser une question. Je poussai un gros soupir. Ce n'était pas le jour où tout marchait comme sur des roulettes. Il n'y avait jamais de jours comme ça. Lange me considéra un instant. Puis il dit :

« Vous êtes encore là ? »

Je regardai autour de moi :

« Oui.

— Comment vous appelez-vous ?

— Finn Jerven*, boursier de l'université. Criminologie. »

Il me lança un regard sceptique.

« Jerven ? »

J'opinai.

Il se tourna vers Rigmor.

« Montre-lui le bail, comme ça il le verra noir sur blanc et pourra aller au diable. Nous n'avons pas de temps à perdre avec ces stupidités. »

En disant cela, il lança un regard deux centimètres au-dessus de ma tête, le récupéra, tourna les talons et disparut derrière le rideau rouge. Rigmor me regarda, l'œil mauvais. Je lui répondis par un sourire. Sans se presser, elle ouvrit un tiroir, se pencha, chercha, sortit un dossier, en tira un contrat tapé à la machine et me le tendit. Elle me fit plaisir : elle ne prononça pas un seul mot. Je parcourus rapidement le contrat : M. Stein Wang

* Héros populaire des feuilletons policiers de Stein Riverton, du début du siècle.

avait loué l'appartement depuis le 1er avril de l'année précédente et jusqu'à nouvel ordre, avec tacite reconduction. Le loyer était de 300 couronnes par mois, meublé, et le contrat portait les signatures : Stein Wang, Rigmor Moe. Sous ce dernier nom figurait le cachet d'une entreprise.

« Ce Wang, dis-je en levant les yeux, que fait-il ? »

Elle répondit sans quitter du regard la feuille qu'elle avait devant elle, sur un ton qui, avec toute la clarté requise, indiquait qu'elle ne le faisait que pour se débarrasser de moi.

« Il est représentant de commerce pour une société. Il voyage beaucoup.

— Donc l'appartement est souvent inoccupé ? »

Elle ne releva pas.

« Pour quelle société ? »

Elle leva les yeux et indiqua un nom.

« Je crois que c'est ce qu'il a dit, en tout cas. Je ne me souviens pas exactement... Ça ne m'intéressait pas particulièrement.

— À quoi ressemble-t-il, ce Wang ?

— Et pourquoi pas la couleur de ses caleçons, tant que vous y êtes ? aboya-t-elle.

— Vous la connaissez ? »

Elle rumina un instant et je répétai ma question :

« Alors ? À quoi ressemble-t-il ? »

Elle s'était redressée. J'avais l'œil sur ses poings de karatéka lorsqu'elle vint vers moi. Mais rien ne se passa. Rien d'extrême. Si ce n'est qu'elle alla jusqu'à la porte et l'ouvrit en disant :

« Si vous n'êtes pas sorti à trois, j'appelle la police. Une, deux... »

Elle fit une pause pour soigner ses effets.

« Trois », dis-je en lui appliquant une tape sur les fesses en passant.

Elle claqua la porte derrière moi.

Je téléphonai de la cabine la plus proche à l'entreprise qu'elle avait nommée. Aucun employé ne s'appelait Stein Wang. Mais elle n'était même pas sûre du nom. À ce qu'elle avait dit.

Je retournai à ma voiture, allai jusqu'à Natland Terrasse. Alors que je négociais le dernier raidillon qui conduisait à la maison des Moberg, je vis Madame Moberg à travers la grande baie vitrée. Une applique, sur le mur derrière elle, dessinait sa silhouette telle une ombre chinoise. Elle était immobile à regarder par la fenêtre. Le seul mouvement perceptible était celui de la fumée de la cigarette qu'elle avait à la bouche.

Je passai lentement et avançai sur la butte un peu plus loin que de coutume, suffisamment loin pour qu'elle ne puisse pas me voir. Là, je fis demi-tour et me garai. Et l'attente commença.

9

La journée fut longue. Quand il pleuvait, Madame Moberg restait chez elle. Toute la journée, il tomba une pluie régulière et grise. Par moments j'avais l'impression d'être dans un sous-marin de poche qui viendrait de faire surface. Et je n'avais pas envie d'aller à terre.

J'avais tout le temps de réfléchir. Je pensais à un nommé Ragnar Veide qui m'avait engagé pour filer sa sœur. Et qui lui-même mettait beaucoup de zèle à se débarrasser d'éventuels suiveurs, ou du moins à mettre à l'épreuve le détective privé qu'il avait engagé. Ce qui, tout bien pesé, n'est pas interdit.

Je pensais à un dénommé Stein Wang qui avait loué un appartement auquel s'était rendue, quelques soirs plus tôt, Margrete Moberg, née Veide. Un dénommé Stein Wang qui prétendait être employé par une entreprise où personne n'avait entendu parler d'un dénommé Stein Wang. Si toutefois la charmante Rigmor Moe n'avait pas entendu de travers, ou ne s'était pas souvenue de travers. Ou n'avait pas répondu de travers volontairement.

Mais avant tout, je pensais à une dénommée Margrete Moberg, née Veide.

Filer quelqu'un est une expérience déprimante et angoissante. L'être qu'on file n'est jamais vivant. Jamais il n'est de chair et de sang. Il vit comme une poupée mécanique qui se déplace de lieu en lieu parce que quelqu'un la remonte. Je savais avec certitude que je n'aurais guère l'occasion de connaître autre chose de Margrete Moberg, née Veide, que cette silhouette irréelle que je venais d'apercevoir. Je pouvais la suivre jusqu'au Jugement dernier, jamais elle n'aurait plus de vie que sur les quatre photos que je possédais d'elle. Une rousse avec une grande toque de fourrure et un manteau à la mode. Qui monte en voiture, qui entre dans des magasins et qui sort des magasins, qui entre dans des salons de thé, qui sort des salons de thé. Même sa visite vespérale au mystérieux Stein Wang ne lui avait pas donné plus de vie. Un petit péché vespéral — et après ? Elle avait un mari qui accusait au moins vingt ans de plus qu'elle, un homme qui avait tellement confiance en elle qu'il louait les services d'un détective pour la suivre. La plupart des gens ont leurs petits secrets et celui de Margrete Moberg s'appelait Stein Wang. Un nom bien quelconque pour un secret, et un péché sans intérêt. L'infidélité est toujours dépourvue d'intérêt — pour le simple spectateur. L'infidélité est ennuyeuse à mourir et c'est le plus désolant des péchés — toujours pour le simple spectateur.

Je pensais à Ragnar Veide. Je pensais à Margrete Veide et Stein Wang. Je pensais à Margrete et William Moberg. Et je pensais à moi-même. Je pensais à un homme dans la fleur de l'âge qui prétendait faire œuvre utile en restant enfermé dans une Morris Mini dix heures d'affilée. Un homme avec un bureau, un appartement, deux téléphones et un tas de factures qui diminuait en tout cas un peu au fil des jours... Aux frais de Ragnar Veide.

Cette dernière pensée me fit tenir le reste de la journée.

Vers 18 heures Moberg rentra chez lui. Deux heures plus tard, ils sortirent tous les deux en ville, la femme au volant. Ils se garèrent devant un assez bon restaurant et disparurent au premier étage. Il était 20 h 10. Je me fis mon rapport : à l'Ouest, rien de nouveau, et rentrai chez moi.

Ç'avait été une journée aux résultats bien maigres, mais qui m'avait enrichi de quatre cents couronnes. Et m'avait rapproché de ma tombe.

Arrivé chez moi, j'allumai la télévision. Un homme avec une tête de cheval et un col roulé me raconta lentement, en détail et méticuleusement de quelle façon le bleu dans les tableaux de je ne sais quel peintre soulignait la désespérance de l'existence, comme si le ciel bleu n'avait rien d'autre à offrir. Le monde de cet artiste était un univers de souillure, de mort, de Jugement dernier, et ses prophéties résonnaient de la colère biblique. L'artiste était présent dans le studio, assis dans un fauteuil de cuir, les jambes écartées, en pull-over noir à col montant et un grand bijou d'étain sur la poitrine. Il était indescriptiblement gras. Il me rappelait l'image qu'enfant je me faisais de Ponce Pilate. J'éteignis avant qu'il n'ait eu le temps de proférer un seul mot : je n'étais pas en état de l'entendre. Je passai au corps à corps avec ma bouteille d'aquavit. C'était du bon aquavit, et j'en bus deux verres de trop.

10

Le lendemain matin, je me réveillai avec un goût de boue sur la langue. Je titubai jusqu'à la cuisine et me rinçai la bouche au robinet. Cela arrangea un peu les choses, mais pas beaucoup. Je jetai un coup d'œil dehors à travers le rideau de la cuisine : il pleuvait. C'était l'un de ces jours où il n'y a qu'une chose à faire : se recoucher et tourner le dos au monde.

Il était presque 9 h 30 lorsque je me garai à Natland Terrasse. Une sensation désagréable me serrait l'estomac, comme si j'étais arrivé trop tard pour quelque chose — sans pouvoir me rappeler quoi. De l'autre côté de la rue, la maison était silencieuse, morte. Une pie rasa le toit avec une toux enrouée. À part ça, le silence régnait. Un silence de mort.

Je luttais contre le sommeil. J'allumai l'autoradio : un chœur d'anges allemands chantait l'été, le soleil et le parfum des violettes. Cela ne me ragaillardit pas vraiment.

Vers midi une lumière s'alluma soudain dans la salle de séjour. J'aperçus une femme rousse dans quelque chose d'ample et de blanc, puis elle disparut, presque comme un revenant. Mais en tout cas, elle était chez elle.

Ma montre indiqua 13 heures, puis 14 heures. Je sortis de la voiture, regardai autour de moi, inspirai profondément, une fois, deux fois, trois fois, avant de me réinstaller. La gymnastique du jour.

Je devais m'être assoupi vers 15 heures, car j'étais à moitié engourdi lorsque j'entendis soudain le moteur d'une voiture toute proche : l'Opel Kadett rouge de Margrete Moberg passa à côté de moi. J'avais un mauvais goût dans la bouche et je sollicitai trop l'embrayage en démarrant. Les essuie-glaces courbaient l'échine sous la pluie et il me fallut coller le visage au pare-brise pour y voir quelque chose. L'obscurité s'était faite. Je jetai un coup d'œil à ma montre. Il était presque 18 heures.

Au bas de Natlandsveien je m'accrochai à ses feux arrière et je la suivis en ville. Elle conduisait calmement, aussi respectueuse du code de la route que d'habitude. Je conduisais de façon un peu moins irréprochable pour m'approcher davantage.

En atteignant le centre-ville, je n'eus plus aucun doute sur sa destination : l'heure de Stein Wang avait de nouveau sonné. Deux, peut-être trois soirées par semaine. C'était la dose habituelle. Une demi-semaine... et un bout de ma vie. Tu n'en auras pas davantage. Tu n'en mérites pas davantage. C'est pour *mon* plaisir que je le fais.

Pour entrer dans la cour, elle décrivit une courbe aussi élégante que la fois précédente. Comme la dernière fois, je me garai plus loin, à un autre pâté de maisons, mais de façon à pouvoir surveiller sa sortie. Comme la dernière fois, je fis un tour et passai devant la cour, où je jetai un coup d'œil. Je vis l'arrière de la voiture. J'entrai. La porte de l'escalier de service était ouverte. Je regardai en haut : tous les étages étaient éteints, sauf le dernier. Tout était comme la fois précédente. Satisfait, je retournai m'installer dans ma voiture.

Quelques heures passèrent. Le quartier était relativement paisible. Dans cette rue, à peu près à mi-parcours, il y avait un disquaire qui promettait de fortes remises, et un certain nombre de gens, surtout des jeunes, s'arrêtaient de temps à autre pour examiner les offres. Ils étaient trop jeunes pour faire attention à moi. Un couple en habit de soirée passa rapidement. Un taxi s'arrêta, déposant une dame d'un certain âge qui mit une demi-heure à trouver la clef de sa porte.

Je sortis mes provisions. Quand j'avais un travail comme celui-ci, je me préparais le matin un épais paquet de sandwichs ; c'était le tour des derniers : miel et *geitost*, fromage de chèvre sucré. Je pris la thermos de thé chaud, maintenant tiède. Je bus la dernière gorgée. Je sortis un stylo à bille et dessinai sur mon carnet un visage de femme à la longue chevelure ondulée. Mais ses traits étaient trop grossiers, alors elle se transforma en homme. Comme les cheveux le rendaient trop féminin, je lui ajoutai une moustache noire. Trop BCBG. Je le dotai d'une barbe. Il ressemblait à un Viking étique. Je le chaussai de lunettes pour le situer dans notre temps. Pour finir, je lui donnai un teint basané, celui d'une race proche de l'Équateur. Lorsque j'eus terminé, j'arrachai la page, fis une boule du chef-d'œuvre et le laissai tomber sur le plancher de la voiture.

Le temps passa ainsi : à 20 heures précises, la Kadett rouge ressortit en souplesse du porche. Elle ne rentra pas directement chez elle ce soir-là, mais fit un petit tour dans le centre et à 20 h 30 se rangea le long du trottoir devant l'immeuble où Moberg avait son bureau. Elle resta dans la voiture, et quelques minutes plus tard Moberg sortit. Il portait manteau et chapeau et tenait sous le bras un porte-documents à l'aspect austère. Il prit place dans la voiture, et sa femme démarra.

Ils sortirent de la ville, mais au lieu de prendre la direction de Natland Terrasse, ils empruntèrent la route nationale vers Paradis. Ils traversèrent Paradis, Hopsbroen, Nesttun et poursuivirent vers Stend et le Fanafjell. Ils prirent la direction de l'aéroport de Flesland. Je laissai une navette s'intercaler entre eux et moi et restai à bonne distance. J'atteignis l'aéroport immédiatement après eux, juste à temps pour voir Moberg ouvrir le coffre à bagages de la voiture et en sortir une valise. Il donna à sa femme un baiser furtif sur la joue à travers la fenêtre ouverte de la voiture et disparut dans le hall des départs. Madame Moberg, de son siège, le regarda partir jusqu'à ce qu'il fût hors de vue. Puis elle démarra et reprit le chemin de la ville. J'hésitai un instant. Je suivis longuement Moberg des yeux, mais ma mission, c'était sa femme, pas lui. Alors, fidèle à mon devoir, je démarrai et suivis la voiture rouge. Elle rentra directement chez elle, par Birkelundsbakken jusqu'à Natland Terrasse.

Elle mit la voiture au garage, dont la porte se referma automatiquement, puis elle sortit par la porte latérale et gagna la maison. Je restai à l'observer. Il était 21 h 30. Un moment plus tard, la lumière bleue d'un écran de télévision vacilla par la fenêtre de la salle de séjour, comme le reflet d'un feu anémié dans une cheminée. J'attendis.

Rien ne se produisit. Pas le moindre Stein Wang ne fit son apparition. Madame Moberg, de temps à autre, passait devant la grande fenêtre, là-haut. Vers 22 h 30, elle éteignit le téléviseur et tira les rideaux. Une demi-heure plus tard, la lumière s'éteignit, d'abord dans la salle de séjour puis aux autres fenêtres. À minuit, tout était plongé dans l'obscurité depuis une heure. Rien ne s'était passé. Rien. Je me sentais déçu. Comme si je m'étais attendu à quelque chose de plus. Comme si j'avais ensemencé avec du saumon et récolté de l'anguille. Je rentrai chez moi me coucher. Je fis comprendre à la bouteille d'aquavit que nous étions en froid : je ne la touchai pas.

11

Le lendemain, les nuages avaient été comme balayés du ciel, et le soleil, sous l'horizon, envoyait déjà un éclat doré sur le ciel fraîchement dégagé. Et ce n'était pas le seul choc que cette journée-là dispenserait.

Je chantonnai tout en me rasant — d'abord le côté ombre, ensuite le côté client. Je suis né avec une tête de Janus — quelque chose qui est imputable avant tout à l'implantation de mes dents. Quand je souris du côté client, j'ai l'air anonyme de Monsieur Tout-le-monde, comme tout bon détective. Comme quelqu'un assis en face de soi dans le bus, et dont on a oublié à quoi il ressemble avant même d'avoir sonné pour obtenir l'arrêt à la station suivante — à supposer qu'on l'ait même remarqué. Je devais être le premier dans la queue le jour de la distribution de la banalité. Mais quand je souris du côté ombre, on peut m'utiliser pour faire peur aux petits enfants. L'implantation de mes dents fait penser aux crocs aigus d'une bête. C'est pourquoi j'ai un sourire en biais : il remonte côté client et s'abaisse discrètement côté ombre.

Dehors, l'air tranchant et clair vous déchirait délicieusement les poumons. J'étais dispos et tout joyeux lorsque je gravis la colline abrupte qui menait à Natland Terrasse. Ce fut de courte durée.

Devant la montée qui menait à la maison des Moberg stationnaient trois véhicules de police : une voiture de patrouille et deux Volkswagen noires. À côté d'elles se trouvait une ambulance. Elle était garée à la va-vite contre le trottoir, mais les ambulanciers ne se hâtaient pas d'y transporter leur malade. Et c'était bien ça le plus effrayant de tout.

Près de l'entrée de la maison se tenait un agent, grand et fort, comme si quelqu'un l'avait planté là pour l'abandonner à lui-même et à l'hiver. La porte latérale du garage était ouverte. Dans l'ouverture j'aperçus le dos de plusieurs manteaux gris. À côté de la porte, il y avait un jeune homme pâle en manteau blanc. Il tirait intensément sur une cigarette.

Je descendis de voiture et montai vers le garage. L'agent m'arrêta de son large battoir. Un baudrier sanglait sa cage thoracique, et il avait une mâchoire comme ils en ont tous : carrée comme une boîte à chaussures et aimable comme un ouvre-boîtes. Il me dit :

« Qu'est-ce que vous venez faire ici ?

— Toi Tarzan, moi Jane, répondis-je. Qu'est-ce qui se passe ?

— Et qui est-ce qui demande ça ? dit-il avec l'air de trouver ça bien envoyé.

— Depuis combien de temps es-tu dans cette ville ?

— Quatre ans.

— Et tu ne me connais pas ? »

Il me regarda de ses yeux bleu pâle. Il secoua la tête sans rien dire.

« Brigade des stup », dis-je. Je n'ajoutai rien : le mensonge était déjà assez gros comme ça.

Il me considéra avec un scepticisme inné. Il se tourna vers le garage et appela :

« Hé, toi ! Andersen, viens voir un peu ! »

Un petit homme grassouillet dans les trente-cinq ans sortit la tête du garage.

« Salut, Jon », fis-je avant qu'il n'ait eu le temps de réfléchir.

L'inspecteur Jon Andersen me regarda en plissant les yeux avec méfiance.

« Veum ? »

J'acquiesçai. Il était dans le vrai.

Andersen jeta un coup d'œil derrière lui, à l'intérieur du garage. Puis il sortit, avec sur le visage l'expression de quelqu'un qui vient de voir un fantôme. Il descendit vers le gentil petit couple d'amoureux que nous formions. L'agent mâchonnait sa langue en me surveillant du coin de l'œil. Jon Andersen avait nettement engraissé depuis la dernière fois que je l'avais vu, et une partie de sa graisse débordait. Elle couvrait comme d'un baume luisant son visage rond et pâle. Ses yeux gris étaient profondément enfoncés de chaque côté de son nez en patate. Ses sourcils étaient clairs, décolorés et les cheveux qui dépassaient de son feutre étaient gris souris. Mais il avait un gentil sourire qui s'ouvrait sur un panorama de dents grisâtres. Il s'immobilisa devant moi, l'air interrogateur.

« Beau temps », fis-je, pour garder l'initiative.

Il regarda autour de lui le ciel comme s'il le voyait pour la première fois.

« Peut-être bien, répondit-il.

— Tu donnes l'impression d'avoir vu quelque chose... de peu plaisant.

— Ce n'est pas joli, fit-il avec une grimace terne.

— Est-ce ?... fis-je en avalant ma salive.

— Qu'est-ce que tu fabriques ici, au fait, Veum ? »

L'agent tendit l'oreille.

« J'ai quelques renseignements, dis-je en essayant d'en avoir l'air.

— À propos de ça ? »

Andersen désigna le garage d'un mouvement de tête.

J'acquiesçai prudemment.

« Ça dépend de ce que c'est ! répondis-je en regardant le garage.

— Viens avec moi.

— Au revoir », dis-je à l'agent en lui adressant un sourire encourageant. Il avait déjà pris racine.

Nous prîmes le sentier de gravier qui menait à la petite porte latérale du garage. Avant même que nous ne l'ayons atteinte, un homme en surgit. Il était grand et fort, musclé, mais précisément presque au point de paraître trop puissant pour avoir l'air dangereux. Presque, car il avait quand même l'air dangereux. Il avait de petits yeux noirs de rongeur. Son visage était massif, sa peau, pâle, était tendue sur des os robustes. Son nez était crochu et un peu piqueté de rouge, sa large bouche tenait un mégot de cigare brun sale dans la commissure des lèvres. Son visage était recouvert d'une barbe mal rasée brune qui rappelait une nappe de pétrole, et il avait une verrue juste sous la pointe du menton. Il était habillé d'un manteau marron ouvert laissant apparaître un large plastron de chemise agrémenté d'une cravate bleue. Sous le manteau, il portait un costume marron à carreaux verts. Il avait vissé sur la tête un chapeau avec lequel je n'aurais pas aimé être pris en flagrant délit : gris, cabossé, il avait l'air d'avoir pris part à une cinquantaine de bagarres. Ce serait un péché de dire que le commissaire Dankert Muus comptait parmi mes meilleurs amis. Il n'y avait d'ailleurs rien d'amical dans le regard qu'il me jeta.

« Qu'est-ce que ce fouille-merde vient foutre ici ? aboya-t-il à l'adresse d'Andersen.

— Euh ! bafouilla Andersen, il a dit qu'il avait des informations.

— Des informations ? À propos de quoi ?

— De... ça. »

Andersen regarda la porte du garage. Je suivis son regard en essayant de voir à l'intérieur. Mais le grand Muus bouchait complètement la porte.

J'avais des crispations nerveuses à l'estomac. Je n'avais jamais réussi à me mettre particulièrement d'accord avec Muus. Et je n'étais pas tout à fait sûr de ce que je découvrirais à l'intérieur du garage.

Muus nous fixa successivement, Andersen et moi. Il faisait rouler son cigare d'avant en arrière dans sa bouche tandis qu'il mâchonnait les bribes d'une déclaration.

« Veum, hein ? Notre super détective local ? Ramasseur de luxe de linge sale ? Des informations ? Tu n'es même pas fichu de savoir à quoi ressemble une information. »

J'ouvris la bouche. Un homme sortit soudainement du garage. De petite taille, il lui fallut se mettre sur la pointe des pieds pour murmurer quelque chose à l'oreille de Muus. Ce dernier écouta, le visage impassible. Il tenait son regard rivé sur moi. Lorsque l'homme eut cessé de parler, Muus ouvrit la bouche sur la gauche du cigare et dit :

« Tu restes ici, Veum. À bonne distance. »

Puis il tourna les talons et disparut à nouveau dans le garage. Jon Andersen me regarda, haussa les épaules et le suivit. Je jetai un coup d'œil au ciel, haussai les épaules et entrai à mon tour.

La Kadett rouge était soigneusement parquée au milieu du garage impeccablement rangé. Rien d'autre ne s'y trouvait. Dans cette famille, personne ne touchait à la voiture. C'était la tâche du mécanicien, depuis le remplacement des bougies jusqu'au nettoyage du pare-brise.

Les deux portes du véhicule étaient ouvertes, et tout autour se tenait un assez grand nombre de gens. J'en connaissais la plupart de vue, certains par leur nom. Ils appartenaient à la brigade criminelle. Je m'avançai pour jeter un coup d'œil par-dessus une épaule dégagée.

Un homme était assis sur le bord d'un siège de la voiture, les jambes à l'extérieur. Il tenait un bras — qui n'était pas le sien. Je me penchai davantage. J'essayai de voir plus loin que le médecin. J'aperçus une femme en robe verte. La robe était remontée haut sur les cuisses, et c'étaient de jolies jambes. Je les avais déjà vues auparavant.

Le visage était gris-bleu, presque méconnaissable. Autour du cou, il y avait un mince trait bleu : la trace d'un cordon. Elle s'était pendue... ou avait été étranglée. Son visage était différent, plus laid, mais ses cheveux restaient inchangés. Ils entouraient de leur éclat cuivré le visage boursouflé, étaient un peu en désordre, mais tombaient encore naturellement, avec comme une étincelle de vie encore en eux.

La veille, je m'étais étonné de ce qu'elle parût à ce point irréelle. À présent, je faisais l'expérience inverse.

C'était une ironie du sort, un paradoxe cruel. Cette femme qui, de son vivant, faisait l'effet d'une silhouette découpée dans du papier, d'une poupée gonflable, paraissait tout à coup terriblement vivante. Sans doute parce que c'était la première fois que je l'approchais de si près. Je me rendais compte à présent que quelques années s'étaient écoulées depuis que les photos avaient été prises. Je remarquai les deux sillons encore peu prononcés des deux côtés de la bouche, la moue un peu amère des lèvres, les plombages des molaires visibles, les cernes sombres sous les yeux et les rides fines, mais distinctes, de son front, comme si quelqu'un avait passé doucement une fourchette sur la peau.

Le médecin qui tenait son bras avait sur le visage une expression mélancolique, comme si tous les cas de mort subite qu'il avait vus s'étaient superposés là, un à un. Il passa ses doigts le long de la face interne du bras livide et regarda Muus qui s'était accroupi à côté de la portière. Je me penchai encore davantage. Comme un collier de perles bleues marquait tout le bras. Les unes étaient petites, les autres grandes. Ce n'était pas un joli collier. C'était un bijou peu recherché, mais dès qu'on l'avait acquis, il devenait de plus en plus cher. On finissait par le vendre à un seul prix, sa propre vie : « Des traces de piqûres », dit le médecin.

12

Muus me tournait le dos. Il dit quelque chose au médecin, mais je ne compris pas quoi, puis il se tut, se pencha un peu et regarda la morte. Il secoua lentement la tête et se redressa. Il se tourna, lentement, comme s'il avait un pressentiment de ce qu'il allait voir. C'est moi qu'il vit en premier.

Nos regards s'accrochèrent, comme deux lutteurs qui s'empoignent. En silence nous nous fixâmes une longue seconde morte.

Le premier signe de vie fut son cigare, qui tremblait intensément, comme si Muus grinçait des dents. Le cigare paraissait tout à fait éteint, mais une ou deux étincelles se projetèrent quand même dans ses yeux, où une flamme bleue s'alluma. Il s'avança alors vers moi.

Muus n'était pas un poids plume, ses mains étaient dûment proportionnées au reste de son corps, aussi n'était-ce pas un plaisir d'être heurté sur la poitrine par son index courtaud. Et il me cogna sur la poitrine pendant la plus grande partie de la conversation qui suivit.

« On ne t'a pas dit de rester dehors ?

— Si.

— Es-tu resté dehors ?

— Non.

— Tu sais très bien ce que la loi prévoit pour ça ?

— Oui.

— Tu sais très bien que cette affaire peut devenir vachement embêtante pour toi ?

— Non.

— Quoi ! aboya-t-il.

— Non. J'ai des renseignements.

— Je ne suis ni sourd ni amnésique. Ne t'en fais pas, Veum. J'ai entendu ce que tu as dit. Je t'ai entendu dire que tu avais des renseignements, mais je n'y ai pas attaché une importance particulière. »

À coup sûr, j'avais déjà un joli bleu sur la poitrine, de la même taille que le bout de son doigt (une prune de taille moyenne), et ça ne risquait pas de s'arranger, car il réitéra : « Mais-je-n'y-ai-pas-attaché-une-importance-particulière ! » Les mots sortaient entrecoupés de brefs silences, et à chaque mot j'avais droit comme bonus à un choc de l'index. Les percussions répétées m'avaient fait reculer si loin que j'étais près de sortir du garage. Les hommes qui entouraient la voiture nous regardaient, immobiles. Seul Andersen me fit signe de le suivre.

« J'ai des renseignements sur... elle. »

Je désignai la morte de la tête. Il ne cessa pas pour autant de m'appliquer son traitement de l'index, mais du moins il ne dit rien. Il me regarda, attendant.

« Quand est-ce qu'elle est morte ? demandai-je.

— Je croyais que tu avais des renseignements à donner, pas à récolter ! aboya-t-il.

— Je peux raconter ce qu'elle a fait hier, toute la journée. J'étais payé pour la filer cette semaine. »

L'index s'interrompit au beau milieu d'un mouvement. Muus me regardait fixement. Il ferma les yeux. Les rouvrit. J'étais encore là. Il ne me quittait pas des yeux. Puis il posa ses deux lourds battoirs sur ma poitrine et me donna une dernière poussée décisive qui me fit franchir la porte. Il me suivit.

« Qu'est-ce que tu faisais ? »

L'air était clair et pur et frais et j'en inspirai autant que j'osai sans risquer l'étourdissement.

« Je la suivais. »

Même à mes propres oreilles, cela sonnait comme un aveu. L'ombre d'un sourire passa sur ses vilaines lèvres. Puis il se tourna vers Andersen qui était apparu à notre suite dans l'ouverture de la porte. Muus lui dit :

« Fais attention à ce rigolo. Fais-y attention. Monte-lui sur les orteils au besoin, mais ne lui laisse aucune opportunité de se tirer. Il est les frères Grimm à lui tout seul. Il a tout un tas de contes à nous servir au commissariat. »

Là-dessus il disparut à nouveau dans le garage sans même m'accorder un regard.

Andersen avait un air coupable. Je tentai de le consoler.

« Détends-toi, lui dis-je, tu n'es pas responsable des chefs que tu as.

— Non », dit Andersen sans avoir pour autant l'air plus joyeux.

Nous ne dîmes rien un long moment. J'avais tout un chaos de pensées à mettre en ordre. Et il avait sans doute ses propres problèmes, lui aussi. Ç'avait été un matin splendide : belle journée pour mourir. Belle journée.

13

Elle descendit de la maison, un agent sur les talons. L'agent donnait l'impression de craindre qu'elle ne tombe à tout moment. Elle n'avait d'ailleurs pas l'air particulièrement en forme. Mais elle marchait sans aide. Son visage était livide comme un masque de plâtre, et il en présentait l'expression figée. Ses yeux étaient toujours aussi grands, mais à présent leur bleu montrait des marques d'orage gris. Cette fois, ses cheveux ne me firent pas penser aux neiges du Kilimandjaro mais à un linceul.

« La secrétaire de Moberg... C'est elle qui a trouvé... murmura Andersen.

— Qu'est-ce qu'elle faisait ici ?

— Elle devait venir chercher des papiers pour Moberg. Il a appelé de Stavanger et... »

Il ferma la bouche dans un claquement. Il venait de se rendre compte qu'il était en train de révéler des secrets d'État à un étranger. Ou bien il venait d'apercevoir Muus. De nouveau, ce dernier remplissait l'ouverture de la porte du garage. En avisant la jolie jeune femme aux cheveux enneigés, il avança d'un pas pour être en pleine lumière et se fendit d'un sourire ensoleillé. Ce n'était pas beau à voir.

La jeune femme eut l'air un peu effrayée lorsque Muus s'approcha lourdement d'elle et lui dit, la voix enrouée :

« Alors ? Vous vous sentez mieux, Mademoiselle Varde ?

— Oui, oui, merci. Je... je me suis ressaisie », dit-elle d'une voix basse.

Son regard évita Muus, comme si elle n'avait pas la force de supporter cette vision. Il se posa un instant sur moi. Je vis qu'elle cherchait à me resituer. Cela lui prit quelques secondes, puis elle fit « Ooohh ». Rien de plus. Mais c'était bien assez pour Muus. Il se retourna et suivit son regard.

« Connaissez-vous cet homme, Mademoiselle Varde ?

— Qui ? Monsieur... Veum ? Non. Oui. Il était chez... chez Moberg l'autre jour.

— Alors c'était lui ? »

Elle opina et son regard glissa au loin, dans la belle journée, dans le vide.

« Embarque Veum au poste, aboya Muus à l'adresse d'Andersen. J'emmène Mademoiselle Varde.

— Mais... fit-elle.

— J'ai bien peur que vous ne deviez faire une déposition plus détaillée, Mademoiselle Varde.

Mais je vous assure que ça ne prendra pas trop longtemps. »

Il était l'amabilité en personne.

« Tu as une voiture ? » me demanda Andersen.

J'acquiesçai.

« Prenons-la. »

Nous descendîmes jusqu'à la Mini. Il immobilisa son grand corps devant la voiture. Il lui jeta un regard sceptique, tourna la tête vers moi et me demanda :

« Tu as un ouvre-boîtes ? »

Nous rejoignîmes le commissariat en silence.

14

Le commissariat n'était pas des plus accueillants. La couleur du bureau me retournait l'estomac, et la teinte des murs n'arrangeait rien. Pour le reste, des rayonnages avec des codes et des classeurs. Sur le bureau était posée une photo dans un cadre. Elle me tournait le dos et je n'osai pas me pencher pour la regarder. C'était sûrement la femme de Muus et j'aurais eu du mal à supporter le choc. Le siège derrière le bureau était vide. Immédiatement à côté de la porte était assis Andersen. Au coin de sa bouche pendouillait le cadavre d'une cigarette et il n'avait pas l'air beaucoup plus vivant lui-même. Son regard se perdait dans le vide. Quant à moi, j'étais installé sur une chaise au milieu de la pièce. Elle n'était pas très confortable : c'était là qu'on faisait asseoir les suspects et quelque dix années de mauvaise conscience s'étaient déposées sur ce siège dur et informe.

Nous attendions. J'avais tenté de tirer davantage d'Andersen, mais en vain. Il était à peu près aussi disert qu'un réfrigérateur vide. Lorsque enfin la porte s'ouvrit, ce fut avec fracas, mais c'est à peine si Andersen réagit. Quant à moi, je sursautai sur ma chaise. Muus précipita ses cent kilos dans la pièce, se laissa tomber lourdement sur sa chaise et riva ses yeux sur mon visage. Il aplatit ses deux grosses mains sur le bureau puis les frotta l'une contre l'autre.

« À nous deux, Veum, à nous deux », dit-il.

Il donnait l'impression de se réjouir.

« Qu'as-tu à dire pour ta défense ? commença-t-il.

— De quoi suis-je accusé ?

— Ça dépend. Tu peux choisir toi-même. Le rayonnage du haut donne l'embarras du choix : persécution, extorsion de fonds, meurtre, ce que tu veux, Veum, ce que tu veux.

— Est-ce que tu peux être plus précis ?

— Des clous. C'est toi qui précises. Que faisais-tu là-bas, ce matin... et pourquoi ? »

Andersen bougea à côté de moi. Il était donc éveillé.

Je commençai :

« J'ai été engagé pour... filer la femme qui... est morte. Madame Moberg.

— Engagé ? Par qui ? Son mari ?

— Non. Son frère.

— Son frère ? Comment se nomme-t-il ?

— Veide. Ragnar Veide. À Ålesund, il habite.

— Tu mets toujours tes phrases devant derrière, Veum ? Et qu'est-ce qu'il voulait savoir sur sa sœur, ce Veide ?

— Ce qu'elle faisait, où elle allait, qui elle voyait.

— Pourquoi ?

— Elle avait eu des histoires avec sa famille. Elle était partie de chez elle. Ou plus exactement elle était partie en voyage. Personne ne s'était donné la peine de la chercher — jusqu'à maintenant. Son père est à l'article de la mort et il voudrait bien revoir sa fille avant de... euh...

— ... refermer son parapluie ?

— Si ça te plaît d'appeler ça comme ça, à ta guise. »

Je soupirai ostensiblement. J'avais peur que la représentation soit peu distrayante. Muus poursuivit :

« Et donc tu as accepté ce travail.

— Je ne voyais aucune raison de dire non.

— Quand ? Quand as-tu été engagé ?

— On est aujourd'hui mardi. C'était jeudi de la semaine dernière.

— Amusant, très amusant, Veum. Mais lundi tu étais déjà passé — si j'en crois notre amie Mademoiselle Varde — au bureau de Moberg. Maître Moberg, le mari de la défunte.

— Oui.

— Et qu'est-ce que tu y fabriquais ? demanda-t-il en prononçant chaque mot lentement et en accentuant chaque syllabe, comme s'il avait peur que je ne comprenne pas ce qu'il disait.

— Moberg voulait... m'engager. »

Je me tus. Ça allait avoir l'air complètement idiot.

« Oui ? Accouche ! »

J'entendis Andersen bouger, de façon plus inquiète cette fois. Ça avait bien l'air bête.

« Il voulait m'engager pour... filer... euh... Madame Moberg.

— Pour filer... euh... Madame Moberg ?

— Oui, mais je n'ai pas accepté ce travail.

— Ah ! Tu n'as pas pris ce travail ! Pas ce travail-là ?

— Non, c'était une affaire de divorce. Je ne prends pas ce genre de choses.

— Tu es trop bien pour ça ?

— J'essaie d'éviter de semer la zizanie dans la vie privée des gens. »

Muus jeta un coup d'œil à Andersen.

« Tu entends ça, Andersen ? Comme c'est attendrissant ! Dis-moi, mon mignon, tu ne portes pas des sous-vêtements roses, tant que tu y es ?

— Non. Comme ça nous n'avons rien en commun, Muus. Même pas ça. »

Il devint encore plus laid de quelques degrés.

« Mais trois jours plus tard... Là, tu as accepté l'affaire ?

— Oui. »

Je savais d'avance ce qu'il allait dire et, d'une certaine façon, je partageais son point de vue :

« Ça ne tient pas debout. Ça cloche même bougrement, toute cette histoire. En l'espace de quelques jours, à ce que tu me racontes, deux personnes différentes te chargent de filer la même dame. Et tu acceptes... la deuxième fois ! Ou bien c'est un mensonge supernul, Veum — ou bien tu es ce que j'ai jamais rencontré de plus stupide. Je ne sais pas si je dois te croire — mais si, je te crois... Bon sang ! tu aurais dû... Il ne t'est pas venu à l'idée qu'il pouvait y avoir un coup tordu là-dedans ? »

Rétrospectivement, un cadavre plus tard, je voyais bien que ça aurait dû me venir à l'esprit. C'était aussi évident qu'une tache de soupe sur un plastron amidonné. Mais j'avais cru à un hasard. Et j'avais des factures à payer... Beaucoup trop.

« Si, je le reconnais. Ça aurait dû me venir à l'esprit.

— Bon. Là, au moins, nous sommes d'accord. Tu l'as donc filée. Raconte. Comment — qui — et où ? »

Je rendis compte de mon mieux des faits et gestes de Madame Moberg pendant la période où je l'avais suivie. Muus opinait du chef, la fermait et notait. Je racontai à peu près tout. Mais je gardai pour moi un certain nombre de choses. Je rapportai que Madame Moberg avait rencontré une amie dans un salon de thé, mais je ne précisai pas que les deux amies avaient des sacs pratiquement identiques. Je ne lui confiai pas, non plus, que j'avais noté le numéro de la voiture de l'amie. Je déclarai que j'avais rendu visite à Veide à son hôtel ce matin-là, mais sans parler de ma tentative de le suivre — en vain. Et je n'évoquai pas non plus ma visite à l'atelier photographique Bonanza et le fait que j'avais jeté un coup d'œil sur le contrat de location de l'appartement auquel Madame Moberg selon toute probabilité s'était rendue. Je me gardai bien de mentionner que le locataire n'existait pas — du moins pas sur le lieu de travail qu'il avait indiqué.

Je fis une courte pause tandis que je réfléchissais à ce qui s'était passé la veille.

« Et hier ? » demanda Muus, patient comme à l'accoutumée.

Je lui rapportai que j'avais à nouveau filé Madame Moberg jusqu'à la même maison, dans la même rue du centre. Il me demanda quand. Je jetai un coup d'œil sur mon carnet.

« Elle y est arrivée à 18 h 12 exactement. Et elle a quitté la maison à 20 heures précises.

— Presque deux heures, grommela Muus. Le temps de bien s'amuser. Si son petit camarade ne fait pas partie des ramollis. Et si elle avait bien un petit camarade », ajouta-t-il en me fixant avec suspicion.

Je lui indiquai qu'elle avait pris Moberg à 20 h 23, qu'elle l'avait conduit à Flesland où elle l'avait quitté à 20 h 55, qu'elle était arrivée à Natland Terrasse à 21 h 30 et ce fut tout.

« Le reste est silence, conclus-je. Elle a éteint la lumière à 23 h 05. Je suis rentré chez moi vers minuit.

— Bonne nuit, doux prince », fit Andersen, impromptu.

Il avait lu le même livre que moi.

« Et dans l'intervalle, tu l'as assassinée », assena Muus.

15

« Est-ce censé être une plaisanterie ? » demandai-je.

Muus et Andersen me fixaient sans rien dire. Les secondes passèrent en pataugeant dans la mélasse jusqu'aux genoux. Muus finit par dire :

« Ça en a l'air. Provisoirement.

— Donne-moi une bonne raison... »

Muus leva la main droite dans un salut indien autoritaire.

« Garde tes excuses jusqu'à ce que tu en aies vraiment besoin. Tu n'as pas projeté de prendre des vacances d'automne, j'espère ?

— Je reste en ville, si c'est ce que tu veux dire.

— Un type futé », dit Muus à Andersen.

Il dirigea à nouveau son regard sur moi, et l'y laissa un moment. Puis de sa grosse patte d'ours, il chassa une mouche imaginaire : « Dégage ! »

Je dégageai.

À l'extérieur, sur les marches qui menaient au

commissariat, je m'arrêtai en frissonnant dans l'ombre, puis je relevai mon col et m'avançai au soleil.

Je marchai un moment sans but. Une série d'images, de pensées et d'associations éparses me traversèrent l'esprit. Une femme rousse, morte, dans une voiture rouge. Un bras avec des traces de piqûres d'aiguille. Un brave avocat qui, selon toute apparence, se trouvait à Stavanger quand le meurtre avait eu lieu. Une secrétaire défaite qui s'était rendue vraiment à point nommé chez l'avocat, tôt le matin un jour de semaine. Un appartement avec un locataire sans visage, provisoirement gardé par une furie aux mains de karatéka et à la langue la plus acérée de ce côté de Aase Lionnæs. Un client qui ne veut absolument pas être suivi et qui s'est évaporé avec son accent d'Ålesund et tout le reste. Une femme brune avec un sac et une auto. Le numéro de sa voiture était à peu près le seul indice solide que je possédais. Ça, et Ragnar Veide, qui m'avait dit qu'en aucun cas je ne devais l'appeler. Sous aucun prétexte.

Je décidai d'essayer d'abord le numéro de la voiture.

La journée était inhabituellement belle. Comme le premier jour du printemps, sauf qu'on était en novembre. Par une autre journée tout aussi belle, six mois plus tôt, j'avais également erré sans but dans la ville. J'avais marché, les mains dans les poches, le soleil dans les yeux et un vent fripon de printemps dans les cheveux. Je m'étais arrêté devant le passage pour piétons, près de la Bergen Bank. Sur la hauteur de Nygård, le clocher rouge sombre de l'église Saint-Jean élevait sa flèche verte vers un ciel bleu comme il ne peut l'être en Norvège qu'au début d'avril. J'attendais au feu. Au moment où il passa au vert, j'aperçus un visage de l'autre côté de la rue. Il avançait vers moi, dans un bercement, presque comme un rêve venu de très, très loin. C'était une femme de mon âge, avec sur le visage les premières rides adorables. Un léger sourire se dessinait sur ses lèvres et elle portait de grandes lunettes de soleil. Sa chevelure blonde flottait au vent, transpercée de soleil. Elle était vêtue de brun : une veste de fourrure courte brun-gris, un pull-over brun foncé au col ras du cou, une jupe marron qui descendait juste au-dessous des genoux où elle rejoignait des bottes de la même couleur. Un instant, je m'arrêtai, le cœur battant. Mais elle passa devant moi, sans me voir ou sans me reconnaître. Une seconde je me passai la main sur le visage et dans les cheveux comme pour m'assurer que c'était bien moi qui marchais là. Puis je fis demi-tour et la suivis, elle, la jeune fille au nom démodé : Rébecca. Elle traversa la rue en direction du Lido, de là, coupa jusqu'aux toilettes souterraines et le Marché aux fleurs. Sur le Marché aux poissons, elle s'arrêta devant un étal, acheta deux morues de taille moyenne, qui furent emballées dans du papier gris et du papier journal puis placées dans son cabas brun. Elle marchait, droite, avec un balancement joyeux des hanches. Je ne l'avais pas vue depuis dix ou douze ans, mais elle n'avait pas changé. Elle avait un peu épaissi, bien sûr, sur les hanches, comme cela arrive aux femmes et comme cela doit être. Cette pesanteur sensuelle de l'expérience, qui trahit maturité et savoir et qu'aucune vieille fille ne possédera jamais. Sa coiffure était un peu différente, plus moderne. Ce n'était plus la jeune fille qui éclatait d'un rire clair quand on disait quelque chose de drôle, qui pouvait faire de la tête de petits mouvements nerveux et joyeux et attraper une voix de fausset pour cacher son envie de rire. Maintenant, sans doute pencherait-elle son visage un tout petit peu en avant, sans doute lèverait-elle vers vous, de dessous ses cils, ses yeux sombres, et son rire serait profond et maîtrisé. Mais je ne lui dis rien d'amusant et gardai mes distances. Je ne savais pas quoi dire si l'occasion se présentait, ni comment elle le prendrait. Je la suivis au-delà du quai. Elle marchait dans le soleil et c'était comme si le soleil se reflétait dans ses cheveux. Puis, avant que je n'aie le temps de réagir, elle se mit à courir. Le bus pour Lønborg était sur le point de quitter son arrêt du Quai des Allemands, mais elle eut tout juste le temps de sauter dedans, et je restai sur le trottoir. Le bus s'enfuit en traînant derrière lui le voile de mariée des gaz d'échappement. Je regardai autour de moi, mais il n'y avait aucun taxi à proximité. Je restai sur place à suivre des yeux le bus qui disparut près du Quai de la Forteresse. Un bus jaune avec, à l'intérieur, une femme blonde. Une femme de mon âge. Une femme qui s'appelait Rébecca, que j'avais aimée passionnément, éternellement, inextinguiblement... quand j'avais dix-huit ans. Et que je n'avais pas revue depuis mes dix-neuf ans. Dans les semaines qui avaient suivi, profitant de quelques jours de liberté, j'avais pris le bus pour Lønborg. Arrêt après arrêt, j'étais descendu, j'avais passé chaque section au peigne fin, mais je ne l'avais pas trouvée. Ce jour-là, peut-être avait-elle pris ce bus par hasard ? Peut-être étais-je un mauvais détective ?

Tandis que je faisais la queue devant la cabine téléphonique du kiosque de l'office de tourisme, j'essayai d'inventer un mensonge plausible.

Lorsque ce fut mon tour, j'appelai la brigade de la Circulation, me présentai comme Håkon Sæverud et demandai le nom du propriétaire de la voiture numéro tant. Le numéro de la femme brune. À l'autre bout du fil, la voix ne posa pas de questions embarrassantes et s'absenta. Je restai à écouter le silence. Un faible écho de voix déformée et, au loin, très loin, un mugissement, comme une tempête sous les tropiques atteignit mes oreilles. Puis la voix revint, avec ce renseignement : la voiture appartenait à une agence de location de véhicules du centre-ville.

Puis je me retrouvai sur Torgalmenningen, regardant le soleil, les yeux plissés. À vingt mètres de moi une jeune fille traversa la place. Elle avait les cheveux bruns, portait un loden à rayures et une jupe de velours vert qui balayait le sol. Elle marchait à demi penchée en avant, plongée dans un livre qui la captivait : un livret de Caisse d'Épargne. Distraitement je la suivis du regard jusqu'à ce qu'elle disparût en direction du Palais de Justice. Puis je lui emboîtai le pas, dans la même direction. C'était mon chemin.

Derrière le comptoir de l'agence de location était installée une jeune femme qui me sourit avec ses larges lunettes et son accent de Stavanger. Ses lèvres pleines, rouges et brillantes sortaient tout droit d'un atelier de peinture.

« Bonjour, fis-je, je m'appelle Bugge. Je ne viens malheureusement pas pour quelque chose de bien agréable. »

Son sourire pâlit, quant à la couleur de ses lèvres, elle n'y pouvait rien.

« De quoi s'agit-il ? » demanda-t-elle.

Je regardai autour de moi sans arrêter mon regard sur quelque chose de précis, surtout pas sur elle.

« Vendredi, vendredi dernier... une jolie brune en manteau de fourrure vous a loué une voiture, n'est-ce pas ? Le numéro est...

— En tout cas, c'est une de nos voitures », répondit-elle avec une moue.

Elle se pencha vers la droite pour atteindre un classeur qu'elle feuilleta négligemment. Comme si elle se parlait à elle-même, elle dit :

« C'est exact. Jette Mogensen.

— Vous n'avez pas son adresse ? »

Une petite ride se forma entre ses sourcils.

« Ici en ville ? Non. Elle venait de Copenhague. De quoi s'agit-il au juste ? »

Elle leva le regard vers moi. Je le lui rendis accompagné d'un large sourire.

« Ça explique tout ! Bien sûr ! Donc elle a pris la voiture à l'aéroport de Flesland ? »

Elle acquiesça.

« Et elle l'a rendue à Flesland, le même jour ? »

Elle baissa les yeux à nouveau sur le contrat.

« Oui, c'est ça. Mais...

— Aucune raison de continuer à se faire du souci. Ça explique tout. Merci, vraiment merci beaucoup. Et son adresse à Copenhague, c'était... »

Complètement prise de court, elle me lut l'adresse.

Fredenborgsvej, numéro tant. Je lui tendis la main. Elle la prit en hésitant un peu. Je lui donnai une poignée de main ferme pour la convaincre de ma parfaite honnêteté.

« Je ne vais pas vous déranger davantage. »

Elle retrouva son sourire, toujours un peu interrogateur, mais aussi aimable que lorsque j'étais entré.

« Eh bien, tout est pour le mieux, dit-elle.

— Au revoir, dis-je en m'en allant.

— Au revoir. »

En refermant la porte derrière moi, je vis qu'elle avait la main à demi levée, comme pour me faire signe. Elle avait encore l'air troublée, comme si quelqu'un venait de lui monter dessus et qu'elle n'avait pas encore compris ce qui s'était passé.

Je tournai le coin de la rue avant de m'arrêter pour extirper mon carnet et noter le nom de Jette Mogensen, l'adresse de Fredenborgsvej et la date de son voyage. Elle avait fait un aller-retour Copenhague-Bergen uniquement pour rencontrer à Bergen, dans un salon de thé, une femme qui s'appelait Margrete Moberg ?

Et leurs sacs étaient identiques : petits, élégants, à bandoulière, vert foncé et à la dernière mode, comme tout ce qui touchait Margrete Moberg. Même sa mort avait, d'une certaine manière, été du dernier cri, le plus beau jour de cet automne.

16

Tout en me rendant à l'atelier Bonanza, je passais en revue ce que tout cela pouvait bien signifier. Pour le moment, je ne pouvais apporter aucune réponse concrète. Mais ce n'était pas la première fois dans ma carrière que je me heurtais par exemple à la combinaison Copenhague-stupéfiants, et le bras de Margrete Moberg avait présenté un réseau mortel de traces de piqûres bleues.

Puis je me retrouvai dans la maison où Madame Moberg avait tenu ses rendez-vous d'amour avec le mystérieux Stein Wang. De nouveau je me retrouvai face à face avec Rigmor Moe. Elle avait l'air moins agressive, cette fois. Elle me reconnut immédiatement, et le soupir dont elle me gratifia en guise de salutation ne pouvait qu'à grand-peine être qualifié d'aimable. Mais elle ne me jeta pas dehors. Son visage avait une expression fatiguée et, à intervalles réguliers, elle se frottait les tempes. Un pli amer fendait sa petite bouche aux lèvres minces.

Je lui dis d'une voix sourde :

« Ce Stein Wang...

— Vous êtes de la police ? » m'interrompit-elle.

Je lui lançai un regard qui en disait long — mais sans acquiescer — et poursuivis, assez négligemment :

« Il n'a donc pas encore réapparu... Vous n'avez rien de plus à m'apprendre ?

— Rien de plus que ce que j'ai dit à ceux qui sont venus. Je ne sais rien de plus. Et pour vous le dire tout net, je ne peux pas passer tout mon temps à répondre aux mêmes questions. J'ai du travail, moi, dit-elle en lançant autour d'elle un regard étonné, comme si elle ne croyait pas tout à fait à ce qu'elle disait.

— Quand est-ce que vous l'avez vu pour la dernière fois ?

— Hou ! fit-elle en haussant brutalement les épaules. Je n'en sais rien, il y a longtemps.

— Mais... »

Nous fûmes dérangés par ce jeune homme de vingt ans qui en avait quarante : Abr. Lange. Avant même d'avoir passé le rideau, il aboyait déjà :

« Mais enfin, bon Dieu, ça commence à bien

faire avec vos questions sans fin ! Si Rigmor n'a plus rien à dire, c'est qu'elle n'a plus rien à dire. »

En me voyant, il s'arrêta. Il plissa les yeux. Il avait besoin de lunettes, mais il était trop vaniteux pour en porter.

« Attendez un peu, dit-il, c'est vous qui étiez là il y a quelques jours. Vous êtes de la police ? »

Avec ce corniaud, ça ne servait pas à grand-chose de prendre un air entendu. Je secouai la tête lentement. Rigmor porta une main à sa bouche, qui prit l'allure d'un O majuscule.

« Mais j'étais persuadée que... souffla-t-elle.

— Mais il est bien venu il y a quelques jours, tu aurais dû le reconnaître ! repartit Lange sur un ton irrité.

— Évidemment que je l'ai reconnu, mais j'étais persuadée que... Je croyais... Oh ! mon Dieu, j'ai tellement mal à la tête, Abraham !

— Ça va, ça va. »

Il donnait l'impression d'avoir envie de lui caresser la tête, mais il se rappela ma présence et s'abstint. Il me regarda.

« On ne vous retient pas. Qui êtes-vous d'ailleurs ? Comment vous appelez-vous ? demanda-t-il brusquement avant que je n'eusse atteint la porte.

— Jerven... Finn Jerven », répondis-je en me retournant.

Sa bouche laissa échapper un son de mépris. Je refermai soigneusement la porte derrière moi. Une fois en bas, dans la rue, je réfléchis. Je jetai un coup d'œil à ma montre : il était 13 h 30. Si Rigmor travaillait normalement, elle finissait probablement à 15 ou 16 heures. Mais peut-être lui permettrait-on, en raison de sa migraine, de partir un peu plus tôt. Dans tous les cas de figure, j'étais curieux de savoir où elle allait lorsqu'elle ne se trouvait pas à l'atelier d'Abraham. Au pire, il me faudrait patienter deux heures et demie. Au mieux...

Ce fut deux heures et demie. À 16 h 01, elle était dans la rue, à soixante mètres de moi. Elle portait un pantalon noir et un élégant blouson de cuir brun rougeâtre. Sur ses cheveux blonds raides elle avait placé une sorte de béret, un peu de biais. Elle n'inspecta pas les environs et marchait avec des mouvements souples, comme une gymnaste se rendant à son entraînement hebdomadaire.

Elle avançait vite, sans regarder les vitrines. C'était l'heure de pointe, et les trottoirs étaient noirs de monde. Aux environs de Nygårdshøyden cela s'améliora. À proximité de l'université elle monta subitement vers une grande bâtisse de bois, et en ressortit peu de temps après accompagnée d'une enfant blonde de quatre ou cinq ans. La petite fille avait le visage levé vers Rigmor Moe et parlait, parlait, parlait... Je les suivis avec un mauvais goût dans la bouche. C'était cela que j'appelais violer la vie privée des gens, et dans de tels moments je ne supportais pas ma propre tronche. Par chance, il n'y avait pas de miroir à proximité.

Rigmor Moe et la fillette dépassèrent le sommet de Nygårdshøyden et descendirent un escalier puis une venelle vers la Professor Hansteens gate. Elles contournèrent l'angle des immeubles du côté ouest de Sydneshaugen. J'arrivai juste à temps pour les voir pénétrer dans l'une des entrées : une porte bleue couverte d'une couche de crasse grise.

J'attendis quelques instants, puis traversai le trottoir et passai la même porte. Je tendis l'oreille : quelque part des bruits de tuyauterie résonnaient — ça fait toujours ça dans ce genre d'entrées. Les boîtes à lettres vertes étaient accrochées au mur de gauche comme des timbres sur une grande enveloppe. Je les parcourus du regard. Gagné ! Une carte de visite annonçait Rigmor Moe, et quelqu'un avait ajouté Beate au stylo à bille.

Bon ! Jusque-là, ça allait. Et maintenant ? J'échafaudai un plan à la hâte, puis retraversai Sydneshaugen, allai chercher ma voiture devant le commissariat et me rendis jusqu'à une cafétéria du Strandkai. On m'y servit une portion de pain de poisson qui avait un goût de carton en sauce. J'avalai une tasse d'un café tellement chaud que je n'en perçus pas le goût. Puis je revins à Møhlenpris, me garai dans une rue latérale et gagnai à pied le pâté de maisons où Rigmor Moe, selon toute apparence, vivait seule avec sa fille.

Je me dissimulai un peu plus loin dans la rue, à un arrêt d'autobus. Si un bus venait et que j'étais seul, d'un geste je lui faisais signe de ne pas s'arrêter. Si des gens attendaient avec moi, je m'effaçais poliment et allais un peu plus loin jusqu'à ce que le bus soit parti. Lorsque les chauffeurs de la ligne de Sandvik furent passés pour la troisième fois, je vis que certains d'entre eux me regardaient. Même chose de la part d'une dame aux cheveux gris ébouriffés, derrière un pot de fleur, à une fenêtre, de l'autre côté de la rue. J'espérais qu'elle n'avait pas le téléphone.

Quelques heures passèrent, grises et ennuyeuses comme des heures d'école oubliées. Il était 19 h 30 et je me disposais à renoncer, lorsque Rigmor Moe fit soudainement son apparition. Elle s'était changée. Elle portait maintenant un manteau noir et avait revêtu une robe ou une jupe. Ses jambes étaient fermes et musclées.

Elle prit la rue Welhaven en direction du parc de Nygård. Peu après elle s'engagea dans une rue transversale. À la moitié de cette rue, qui était légèrement en pente, une volée de quatre ou cinq marches menait à une porte peinte en vert où entra Rigmor Moe.

C'était un tout petit bout de rue : une rangée de maisons de briques grises de quatre étages d'un côté, une rangée de maisons de briques grises de trois étages de l'autre. De ce côté-ci, les maisons étaient peintes d'une couleur gris clair qui ne les différenciait guère des maisons de l'autre côté. Du moins étaient-elles peintes. La maison à la porte verte se trouvait du côté non peint. Une boutique faisait l'angle, juste en face de l'endroit où je me tenais. Elle était fermée et les grandes vitres avaient été barbouillées de peinture blanche, de l'intérieur. Huit ou neuf voitures étaient garées dans la rue, sinon aucun signe de vie.

Dans la maison où Rigmor était entrée, il y avait au rez-de-chaussée, à droite, une sorte d'entreprise. On n'y voyait pas de local commercial et l'entrée devait se trouver dans la cage d'escalier. Vraisemblablement ils utilisaient à cet effet un ancien appartement. De la lumière filtrait de l'intérieur et je distinguai quelque chose qui rappelait une raison sociale sur une fenêtre et sur un panonceau à droite de la porte. Sinon, la plupart des autres appartements étaient éclairés, mais tous les rideaux étaient tirés, ce qui était bien naturel puisque tous les voisins se faisaient face. À l'un des angles de l'autre extrémité de la rue se trouvait un snack-bar. C'était tout.

Je déambulai lentement sur le trottoir et en passant devant la porte verte, je regardai le nom de l'entreprise : AIDE FAMILIALE S.A. Baby-sitters, aides ménagères, aides familiales, etc.

Je retraversai la rue et gagnai le snack. Ils y disposaient de petites tables et d'une série de rideaux qui avaient l'air d'avoir été spécialement conçus à l'usage des détectives privés. Ils étaient verts, épais et disposés à hauteur d'yeux lorsqu'on était assis, si bien qu'en tendant un tantinet le cou on pouvait voir par-dessus.

Une table était occupée. Quatre filles, voûtées, d'une quinzaine d'années, y étaient installées. Toutes portaient des jeans, des anoraks, et des pulls à cols roulés. Toutes mâchaient du chewing-gum, la bouche en biais. Rien ne les différenciait sinon la couleur de leurs cheveux et la taille de leurs poitrines. Elles levèrent les yeux à mon entrée mais leur intérêt s'évanouit avant que j'aie fermé la porte : j'avais plus de trente ans.

Je commandai une portion de frites à une grande femme de mon âge, dont la chevelure rappelait la couleur d'un diabolo-framboise. Sa coupe de cheveux évoquait une fourmilière abandonnée et elle avait un grain de beauté haut placé sur une joue. Une giclée de ketchup de la taille d'une mare de sang moyenne vint tenir compagnie aux frites, tandis que la femme les saupoudrait de sel comme si c'était de l'eau bénite.

Je pris place et mangeai, lentement. Je ne quittais pas la porte verte des yeux. Le va-et-vient était intense. Un homme entra. Deux hommes sortirent. Une femme entra. Un homme sortit. Mais pas de Rigmor Moe.

Les frites avalées, je commandai une tasse de café. Je la bus avec encore plus de lenteur. Le va-et-vient ralentit, mais il y avait constamment quelqu'un pour entrer ou sortir, et toujours pas de Rigmor Moe. Les quatre gamines de la table d'à côté étaient parties depuis longtemps. Assise derrière son comptoir, la femme était abîmée dans la lecture d'un hebdomadaire, tout en se nettoyant l'interstice des dents avec un cure-dents en lambeaux. À intervalles réguliers, elle jetait un regard sceptique par-dessus le journal. Une fois elle tendit vraiment le cou pour voir si j'avais encore quelque chose dans ma tasse. Après être resté assis là une heure et demie, je me levai. Je lui fis un sourire et reçus une grimace en retour.

Dehors, dans la rue, je restai un instant à peser le pour et le contre. Puis je me décidai et me dirigeai vers la porte verte.

17

La porte verte se referma derrière moi. De la rue, un cône de lumière blafarde pénétra dans un tambour non éclairé. Sur le mur de gauche étaient accrochées huit boîtes à lettres. Elles étaient disposées en deux rangées superposées de quatre. La porte qui donnait sur la cage d'escalier proprement dite était pourvue de deux vitres, à travers lesquelles je repérai les lieux. À droite, une porte avec la plaque d'une entreprise. À gauche, un escalier aux marches brunes montait dans les étages. En face, le couloir menait à une autre porte, sur laquelle il y avait une carte de visite.

J'avançai jusqu'aux boîtes à lettres. L'une ne portait pas de nom. Sur les autres étaient fixées des cartes qui toutes avaient été tapées à la machine, avec le même ruban encreur bleu. Je dus me pencher pour lire ce qui y était écrit. La rangée supérieure présentait trois noms : *Gro Lunde, Vivi Sulen, Kvam.* La dernière boîte était anonyme. Dans la rangée du dessous, je lus : *Liv et Steinar Walle, Rigmor Lange, Aide Familiale S.A., B. Lund.*

Sous ce dernier nom, quelqu'un avait ajouté au stylo à bille : *gardien.* Je réfléchis quelque peu à ces noms. Le seul qui me disait quelque chose était Rigmor Lange, mais je n'étais pas tout à fait sûr de ce qu'il me disait. J'avais suivi jusque-là une femme nommée Rigmor Moe. Rigmor Moe était employée chez un homme du nom d'Abraham Lange. Elle habitait, sous le nom de Rigmor Moe, dans un appartement à cinq minutes de là. Mais de toute évidence, elle avait aussi dans cette maison un appartement, à cette différence près que, dans ce quartier-ci, elle s'appelait Rigmor Lange.

Je tentai d'ouvrir la porte entre le tambour et la cage d'escalier. Elle était fermée. Je la secouai doucement, elle ne céda pas. Je jetai un coup d'œil à la serrure. C'était une mignonne petite serrure. Il me fallait tout au plus deux minutes pour l'ouvrir. J'inspectai à nouveau les lieux. À gauche de la porte, il y avait une sonnette sous laquelle la même machine à écrire que celle des boîtes à lettres avait inscrit : *Sonnez ici.* Mes yeux allèrent de la sonnette à la serrure. Je pesai le pour et le contre. Puis je me décidai à rester du bon côté de la loi aussi longtemps que possible. Je sonnai.

Très loin j'entendis un vague bourdonnement. Puis la porte au fond du couloir s'ouvrit et un homme se montra. Il était de grande taille, mais ne mesurait pas plus de deux mètres, et n'était pas tout à fait aussi large qu'un rouleau compresseur. Il marchait en roulant les épaules, comme s'il poussait des tonneaux de bière invisibles devant lui sans avoir à faire beaucoup d'efforts. Sa cage thoracique était telle que les avant-bras semblaient pour ainsi dire directement sortir du torse, et la musculature de ses cuisses aurait pu supporter un éléphant. Ce n'était pas le genre de type avec lequel j'aurais aimé avoir à me colleter.

Il s'arrêta devant la porte, appuya son visage contre la vitre et me regarda. Ses cheveux coupés court avaient la couleur des vieilles crottes de souris. Son nez était plat comme un timbre et large comme un fer à cheval. Sa bouche était pincée, avec une expression curieusement froncée due aux rides qui entouraient les lèvres. Ses yeux étaient très clairs et très bleus, mais c'était bien la seule chose en lui qui rappelait Paul Newman. Il ouvrit la porte et me considéra avec un évident grognement entre les sourcils.

« Eh, fis-je, vous êtes sans doute le gardien ?

— Et alors ? demanda-t-il, et l'expression de son visage laissait penser que je l'avais vexé.

— Je dois rendre visite à, euh, Mademoiselle Lange. Excusez-moi. »

Je fis mine de vouloir passer. Il fit un pas de côté, lentement. Je le dépassai, mais je ne me sentais pas sûr de moi.

« Pourquoi tenez-vous cette porte fermée ? » demandai-je.

Il rumina un peu ma question.

« On nous ennuie beaucoup », répondit-il.

Courte pause.

« Des éléments perturbateurs. »

Nouvelle pause.

« Des jeunes du coin. »

Il se montrait carrément bavard. Il ajouta :

« Je ne me rappelle pas vous avoir déjà vu ici ?

— Ah non ? dis-je, et il dut se contenter de cela. Eh bien, bonsoir », lui lançai-je en commençant à monter l'escalier.

Quelque chose de grand et lourd me tomba sur la nuque, sans dureté mais avec assez de fermeté pour m'arrêter dans mon mouvement. C'était sa main.

Des doigts puissants se nouèrent autour de mon cou, je me retournai prudemment en me préparant au pire. Dans ses yeux luisait une lueur blanche.

« Où allez-vous ? gronda-t-il.

— Chez... Mademoiselle Lange, haletai-je. Comme je vous l'ai dit.

— Oui, ça, je l'ai entendu, mais... »

Je vis distinctement l'émergence d'une pensée sur son visage. Ce n'était pas une belle pensée. Il me demanda :

« Vous avez rendez-vous ?

— Rendez-vous ? fis-je en regardant ma montre. Je devais être ici vers 21 heures.

— On ne vous a pas dit de passer là... d'abord ? »

Il fit un mouvement de la tête vers la porte derrière lui, la porte AIDE FAMILIALE S.A. Je secouai la tête. Il me jeta un regard en biais.

« C'est la première fois que vous venez ? »

J'acquiesçai.

Il grogna.

« Alors il faut que vous voyiez Kvam d'abord.

— Kvam ?

— Oui. Vous avez bien pris rendez-vous par téléphone, non ?

— Oui, je...

— Bon. »

Il répéta son mouvement de tête vers la porte dans son dos. Sa main relâcha sa prise sur ma nuque. Je me frottai à l'endroit où il m'avait tenu. L'ombre d'un sourire effleura ses lèvres ridées. Je suais à grosses gouttes. Il faisait froid dans l'entrée, un courant d'air me passait entre les jambes, mais je suais à grosses gouttes. Sans un regard pour B. Lund, gardien, j'allai à la porte qu'il m'avait indiquée, l'ouvris, entrai et la refermai soigneusement derrière moi.

Je jetai un coup d'œil circulaire. La pièce était fortement éclairée par quatre gros tubes au néon fixés au plafond, et un haut comptoir la coupait en deux. Extérieurement le comptoir était recouvert de skaï rouge. La moquette était couleur rouille, comme si quelqu'un avait saigné, longtemps et abondamment. De chaque côté de la porte, il y avait quelques fauteuils et deux tables basses, sur lesquelles étaient empilés des magazines et des journaux, comme chez le dentiste.

De l'autre côté du comptoir, on voyait divers équipements de bureau : une machine à écrire électrique, une calculatrice, un photocopieur et une blonde platinée avec un beau visage, vivant comme du papier mâché. Elle eut un sourire de machine fatiguée et rejeta une boucle platine de devant un œil. Il était bleu. L'autre aussi. Je lui rendis son sourire et mon regard glissa vers l'autre personne présente, qui se trouvait de l'autre côté d'une paroi de verre, devant un grand bureau, les deux mains à plat sur un livre de compte ouvert. À mon entrée, cette personne leva les yeux : c'était un homme. Il avait de grandes lunettes, une frange sur le front, en somme rien de bien original avec son visage long et morose : une tête de déficit budgétaire. Nous nous regardâmes. Je lui fis un signe de tête. Il se pencha à nouveau sur son livre de compte mais je sentis son regard par-dessus le bord de ses lunettes.

Je reportai mon attention sur la blonde. Son sourire s'était fané. À présent elle ne paraissait plus que fatiguée. De près, je vis qu'elle était plus proche de la quarantaine que de la trentaine : une expression amère de la bouche, quelques rides prononcées au-dessus des sourcils. Sa voix était froide et métallique :

« Eh bien, en quoi pouvons-nous vous être utiles ? »

Une bonne réplique me vint à l'esprit, mais elle était trop bonne :

« Kvam ?

— Madame Kvam, rectifia-t-elle.

— Félicitations. Et c'est... sans doute Kvam ? »

Je désignai d'un mouvement de tête l'homme dans la cage de verre. Dans la lumière intense, elle me fixait de ses pupilles grosses comme des têtes d'épingle. Ses lèvres formaient un petit oignon de tulipe. Un stylo à bille doré monta jusqu'à son menton et s'y arrêta. Ses sourcils se levèrent avec précaution comme s'ils portaient une lourde charge, et elle dit :

« Oui-i.

— Je dois voir Kvam.

— De quoi s'agit-il ? Kvam est occupé. »

Je jetai un coup d'œil à Kvam. Il se courba précipitamment sur son livre, mais pas assez vite pour avoir l'air suffisamment occupé. Je me tournai à demi, posai un coude sur le bord du comptoir et regardai autour de moi.

« Vous proposez des... baby-sitters ? »

Elle acquiesça et énonça sèchement, comme si elle lisait une annonce publicitaire.

« Baby-sitters, aides ménagères, aides familiales, femmes de ménage et divers autres services. Qu'est-ce que vous cherchez ?

— Ce que je préférerais, ce sont les services divers. De quel genre de services s'agit-il ? »

Son visage se figea. L'homme de la cage de verre s'était levé. Il jeta un dernier regard à son livre de compte comme, du bord de la tombe, on jette un dernier regard sur un ami cher. Puis il sortit de la cage et s'approcha du comptoir :

« Qu'est-ce qu'il y a, Kate ? — et, s'adressant à moi : Que désirez-vous ? »

De près, je vis que ses verres de lunettes étaient extraordinairement épais. Ils grossissaient ses yeux au point que c'en était presque grotesque, comme si le visage n'était fait que d'yeux : de grands yeux gris derrière des verres épais sertis dans une large monture noire.

Mais son visage ne se composait pas que d'yeux. Au-dessus, il y avait des cheveux bruns et gras, peignés un peu sur le front, renvoyés sur le côté, et plaqués sur le cuir chevelu, comme pour dissimuler un début de calvitie. Au-dessous s'accrochait un nez insignifiant, et sous le nez se trouvait une bouche. La bouche disait :

« Qu'est-ce qu'il y a ? »

Je le considérai quelque peu. Il était bien mis : un costume à petits carreaux, une chemise de couleur vive et une large cravate à rayures.

« À vrai dire, commençai-je, je ne suis pas tout à fait fixé. Je suis venu rendre visite à l'un des locataires de la maison. Dans l'entrée, un type qu'on pourrait utiliser comme concierge en enfer m'a ordonné de venir ici. Est-ce qu'il faut montrer ses papiers pour pouvoir monter l'escalier ? »

Il eut un vague sourire, mais sans cordialité.

« Vous comprenez, nous avons eu un tas d'ennuis, des éléments perturbateurs, et comme nous ne sommes pas encore équipés de ces interphones ou de ces portes à code à la mode, nous nous sommes mis d'accord avec les locataires pour régler les choses comme ça.

— Comme ça ?

— C'est-à-dire que c'est nous qui contrôlons les entrées. Nous faisons office de *concierge**, si vous

* En français dans le texte.

voulez. De toute façon, nous restons ouverts jusqu'à 22 heures. Au cas où des gens auraient subitement besoin d'une garde d'enfant. Nous nous considérons en fait comme une sorte de prestataire de services.

— Mais ce type, dans l'entrée, disait que j'avais sûrement téléphoné pour prendre rendez-vous et que je devais donc d'abord venir vous trouver ?

— Il a dit ça ? »

Il avait l'air ébahi. La blonde platinée mordillait son stylo doré.

« Il a dû vous prendre pour un habitué. Vous venez pour la première fois ?

— Oui.

— Ah ! c'est pour ça. Sinon il vous aurait évidemment laissé passer... directement. Mais vous conviendrez qu'il faut bien maintenir un certain niveau ? Du moins c'est notre opinion. Nous sommes propriétaires de la maison. Enfin, c'est l'entreprise qui en est propriétaire.

— Je comprends. Eh bien ?

— Eh bien quoi ?

— Faut-il que je passe à travers un détecteur d'armes ou bien puis-je monter maintenant ? »

De nouveau le vague sourire. La blonde Kate me regardait, le visage immobile. Comme si elle n'était pas du tout là. Comme si elle n'était qu'un meuble parmi les autres.

« À qui deviez-vous rendre visite ? demanda Kvam.

— À Mademoiselle... euh... Lange. Rigmor pour les amis.

— Eh bien, comme nous ne vous avons encore jamais vu, vous nous permettrez peut-être... » Il n'attendit pas la réponse mais produisit un téléphone comme par enchantement.

« Pouvez-vous me rappeler votre nom ? »

Je réfléchis deux secondes :

« Jerven. Finn Jerven. »

L'homme me regarda. Un instant, il eut l'air affamé. Ses joues étaient creuses, son visage long et maigre.

« Finn Jerven ? Et qu'avez-vous fait de Gribb aujourd'hui ? et de Brede ?*

— Gribb ? Brede ? » dis-je en feignant de ne pas comprendre.

D'entre ses dents sortit un son qui hésitait entre la déglutition et le grondement. C'était peut-être un rire.

C'était peut-être un sanglot. En tout cas il composa un numéro sur le combiné. Nous entendîmes que ça sonnait — le détective et l'homme et la blonde entendirent que ça sonnait. Sinon tout était silencieux. Un moment plus tard la sonnerie prit fin et une voix féminine se fit entendre. L'homme dit :

« Mademoiselle Lange ? Kvam à l'appareil. Il y a ici un monsieur qui prétend vous connaître. Il veut vous rendre visite. Un certain... Jerven. Finn Jerven. »

* Voir note page 56.

Il ricana sans bruit. La voix de femme répondit, sans que ses paroles parviennent de mon côté du comptoir. L'homme dit :

« Non ! non ! C'est ça, comptez sur nous. Merci. Bonsoir. »

Il reposa le combiné et exhiba de vilaines dents jaunes.

« Cette dame affirme qu'elle ne connaît personne du nom de Finn Jerven. »

J'encaissai le coup, puis je dis :

« Pouvez-vous transmettre mes salutations à cette dame la prochaine fois que vous la verrez, et lui dire de ma part qu'elle n'en est justement pas une. »

Dans mon dos la porte s'ouvrit. Il avait dû presser un bouton. Je me retournai. Le poids lourd à la bouche ridée emplissait l'encadrement de la porte. Derrière moi Kvam dit :

« Ce monsieur s'en va, Nounours, tout de suite. »

L'homme qu'il appelait Nounours hocha la tête. Je ne bougeai pas. L'homme qu'il appelait Nounours prit une inspiration et emplit sa cage thoracique. Je me dirigeais déjà vers la porte. Avant de sortir, je me retournai vers le couple derrière le comptoir et leur lançai :

« Et qui surveille ce gamin-là ? »

La blonde arborait le même masque figé. Le regard hautain de l'homme alla de moi à celui qu'il appelait Nounours. Une lourde patte s'abattit sur mon épaule. Mais il n'eut pas besoin d'insister. J'étais déjà dans la rue.

Je mesurai la maison du regard. Silencieuse et paisible. À l'abri de rideaux colorés et agréables, bien fermés à chaque fenêtre. Un seul détail manquait : pas la moindre lueur bleuâtre révélatrice d'un appareil de télévision. La couleuvre était difficile à avaler : un immeuble d'habitation d'au moins quatre étages, et pas un seul téléviseur en marche aux heures de grande écoute ?

Je restai une heure et demie de plus dans cette rue. Je fis les cent pas sur le trottoir opposé. De temps en temps, je m'arrêtais, à bonne distance. À 22 heures, la lumière s'éteignit derrière les fenêtres d'Aide Familiale S.A. Ça devenait plus tranquille. Personne n'entra, personne ne sortit. Le dénommé Nounours se pointa deux fois sur le pas de la porte pour me regarder. La dernière fois il fit du bras un geste menaçant, un peu comme un éléphant remue la trompe quand il est irrité. J'interprétai cela comme un signe et rentrai chez moi. Je conduisis lentement. J'avais matière à réflexion. Beaucoup trop.

Je garai ma voiture dans la Henrik Wergelands gate. En contrebas, dans la venelle, tout était calme et silencieux. La porte d'entrée était fermée. Dans la cage d'escalier tout était aussi calme et aussi silencieux, mais les atmosphères sont étranges. Je n'avais pas encore gravi la moitié de l'escalier que je savais que je n'étais pas seul. La lumière ne fonctionnait pas, mais devant ma porte je distinguai deux ombres qui se dressèrent dans l'obscurité.

Ils s'étaient assis sur les marches. À présent ils m'attendaient debout : deux hommes grands et sombres.

18

Il me fallut quelques secondes pour les distinguer mieux.

Les deux hommes descendaient lentement à ma rencontre, marche après marche. Tous les deux portaient un chapeau. Celui de droite avait un manteau, celui de gauche un blouson de cuir.

« Et où diable passes-tu ton temps, Veum ? demanda celui de gauche.

— Chez toi », répondis-je.

Il s'appelait Ellingsen, et sa femme était une de mes anciennes camarades de classe.

« Très drôle. »

L'autre prit la parole :

« Nous t'avons attendu, Veum. Longtemps. Trop longtemps. Et nous en avons plus que ras-le-bol de t'attendre ! »

Il s'appelait Bøe, et on se servait de lui pour faire peur aux petits enfants. Ni l'un ni l'autre ne comptaient parmi mes plus proches amis, autant dire qu'ils ne m'aimaient pas particulièrement.

« Muus nous a demandé d'aller te chercher il y a deux heures et demie. Je te fiche mon billet qu'il est maintenant d'une humeur angélique », ajouta Bøe.

Ils s'étaient immobilisés une marche au-dessus de moi. Je regardai ma montre.

« Qu'est-ce qu'il me veut, Muus, à 11 h 30 du soir ?

— Je ne sais pas ce qu'il te veut à 11 h 30, mais je sais ce qu'il te voulait à 9 heures. Et si, à 9 heures, il voulait te parler, maintenant il doit vouloir t'écorcher vif. Et en ce qui concerne l'ordre du jour, Veum, Vibeke est au théâtre ce soir. Avec sa mère, susurra Ellingsen.

— Oui, nous étions convenus que c'est ce qu'elle dirait.

— Je... »

Ellingsen haussa le ton, mais Bøe l'interrompit :

« Ça va ! Ça va ! On a du boulot, Veum, viens ! »

Je soupirai bruyamment, fis demi-tour dans l'escalier et sortis devant eux. Une fois dans la venelle, ils prirent position de chaque côté de moi. Bras dessus, bras dessous, comme trois gentils petits garçons aux yeux bleus, nous traversâmes Stølen. C'est là que les attendait une de leurs éloquentes Volkswagen noires banalisées et peintes de frais avec antenne radio, téléphone et cent projecteurs, si bien que personne ne peut se douter que c'est un flic qui la conduit. Ellingsen et moi prîmes place sur la banquette arrière. Bøe s'installa au volant.

En route vers le commissariat, je me penchai vers Ellingsen pour lui demander :

« Dis-moi, tu utilises quel déodorant ? »

Il ne répondit pas.

« Change de marque. Vibeke ne l'aime pas. Et moi non plus. »

Puis je ne dis plus rien. Ni aucun des deux autres. Nous avions tous les trois la même chose en tête. Dankert Muus. Le gentil et amiable Dankert Muus. Il avait dû sentir que nous venions, car à peine avions-nous posé le pied dans le couloir que la porte de son bureau s'ouvrit avec fracas et que Muus en personne beugla à notre adresse :

« Eh bien, nom de Dieu, c'est pas trop tôt ! Vous avez dû le déterrer de la merde ou quoi ?

— Il n'est pas rentré plus tôt que... maintenant, dit Bøe tranquillement.

— Et pendant ce temps-là vous avez pondu des œufs d'or, hein ? Aboulez, c'est la propriété de l'État. »

Les deux policiers émirent un ricanement idiot, tandis que Muus successivement me désignait moi puis son bureau.

« Toi, Veum, là-dedans !

— Moi Veum, toi Muus.

— Tes traits d'esprit, tu peux te les garder ! Ce n'est pas un cirque ici.

— Alors pourquoi est-ce qu'on y trouve tant de clowns ?

— Vous deux, allez chercher les autres », dit-il à Ellingsen et Bøe, puis il me propulsa dans son bureau. Je pris place sur la même chaise déplaisante. Il se carra derrière le bureau, récupéra un cigare dans le cendrier et se le colla dans un coin de la bouche. Puis il commença : « Veum... », comme s'il caressait un chat à rebrousse-poil. Ou comme si c'était Noël, qu'il allait ouvrir le plus gros paquet et qu'il savait déjà ce qu'il y avait dedans. « C'est moi... » répondis-je. Mais la porte s'ouvrit alors et cinq policiers entrèrent. Parmi eux il y avait Jon Andersen, Ellingsen et Bøe. Aucun d'entre eux ne semblait avoir envie de me serrer dans ses bras. Andersen donnait l'impression d'avoir la nausée. Je fis un tour d'horizon :

« Qu'est-ce que c'est ici, la salle d'attente d'un psychiatre qui fait des prix aux policiers ? »

Muus sourit et une fois de plus l'incommensurable laideur de son sourire me frappa.

« Et toi, Veum, qu'est-ce que tu penses de cette affaire ? Fais-nous part de ton avis d'expert. »

Je ne voyais pas exactement où il voulait en venir.

Tout en réfléchissant, je lui dis :

« Ce que j'en pense, moi ? Vous, de grands et forts policiers norvégiens normalement outillés, qui avez tous été à l'école et tout et tout, vous me demandez mon avis, à moi, un petit fouille-merde amateur ?

— Exactement, fit Muus en opinant du chef. C'est bien que tu t'en rendes compte toi-même. Alors ? Cause, puisque tu aimes ça. Déballe tout, on ne rira pas, promis.

— Je ne sais rien de plus que vous. Beaucoup moins, vraisemblablement. Qu'est-ce que tu veux savoir au juste ? »

Il se lécha les babines ; il était le grand méchant loup et j'étais le plus idiot des trois petits cochons.

« Qui, selon toi, a tué Madame Moberg ? » demanda-t-il.

Je croisai les jambes.

« Eh bien, d'ordinaire c'est le conjoint qui...

— Mais ce n'était pas Moberg ! aboya Muus.

— Non ?

— Non ! Et l'alibi de Moberg, c'est toi. Tu as vu Madame Moberg le conduire à Flesland, tu... »

Une pensée soudaine me traversa, je l'interrompis :

« Mais je ne l'ai pas vu dans l'avion ! Je ne l'ai pas vu prendre l'avion...

— Il était dans l'avion. »

Il claqua des doigts et l'un de ses sbires lui tendit une photo. Il la leva pour me la faire voir.

« Moberg ? questionna-t-il.

— Moberg », acquiesçai-je.

Il claqua à nouveau des doigts et une feuille de papier s'abattit dans sa main.

« Nous avons ici le témoignage signé de l'hôtesse de l'air Berit Bakken, qui affirme que l'avocat William Moberg était sur le vol de 21 h 45 pour Stavanger, arrivé à Stavanger à 22 h 10. De plus nous avons confirmation par téléphone qu'il est arrivé à son hôtel à 23 h 05, qu'il a demandé à être réveillé à 7 heures et qu'il n'a pas quitté cet hôtel de la nuit. Et à 7 heures Madame Moberg était morte depuis longtemps. L'examen du médecin légiste atteste qu'elle est morte entre

19 heures et 2 heures ; en d'autres termes — à en croire ta déposition — entre... »

Il jeta un coup d'œil à ses papiers.

« Entre 23 heures et 2 heures. »

Il fit une pause.

« On peut donc éliminer Moberg. À moins que...

— À moins que quoi ?

— À moins qu'il ne soit tout simplement complice. À moins qu'il ait payé quelqu'un d'autre pour commettre le meurtre à sa place. »

Et du même trait il ajouta :

« Que faisais-tu dans son bureau lundi dernier, Veum ?

— Je l'ai déjà dit. Et de toutes les idées stupides, Muus, celle-ci l'est plus que les autres.

— De toutes les idées stupides, celle-ci est... Tu n'as pas réussi à caser une blague. Ce n'est plus drôle, hein ? Ton numéro est terminé ? En effet, ce n'est pas drôle. Un meurtre n'est jamais drôle.

— Si tu crois, je dis bien si, si tu crois que dans ce cas-là j'aurais été assez débile pour aller vous raconter que j'étais quasiment sur les lieux du crime juste avant qu'il ait lieu — alors que personne ne peut me fournir d'alibi ?

— Ton boulot consistait à fournir un alibi à Moberg. Quant à toi, tu comptais bien t'en tirer au bluff.

— M'en tirer au bluff... Et que dit Moberg de tout ça ? Vous lui avez parlé ?

— Pas encore. Il est revenu de Stavanger par le vol de midi, mais il a tellement été anéanti par le choc qu'il m'a demandé de ne venir s'expliquer que demain. On le lui a accordé. Nous ne sommes pas des monstres, dit-il en regardant ses hommes de main.

— Mais... commençai-je.

— Mais... poursuivit Muus, ça ne veut pas dire que nous n'ayons interrogé personne d'autre. Il y a bien d'autres vols dans le Vestland que celui pour Stavanger. »

Il riva son regard au mien, dur, mauvais et laid. Puis il regarda au-dessus de ma tête et dit : « Allez le chercher. »

Quatre des policiers se mirent sur le côté, deux de chaque côté, comme s'ils participaient à une représentation de théâtre scolaire et figuraient la mer Rouge s'ouvrant. Au milieu se tenait Jon Andersen, qui devait figurer Moïse.

Andersen disparut, une expression soucieuse sur le visage. Nous attendîmes. Quand il revint, il n'était plus seul. Il amenait un homme avec lui, un individu maigre, aux cheveux roux coupés court, au visage blême avec de grosses taches de rousseur pâles, des pupilles comme des morceaux de sucre trempés dans du café et une bouche comme un pare-chocs défoncé. Je ne l'avais jamais vu. L'homme portait une chemise blanche et une veste sombre. Sous sa veste il avait un pull-over gris, et entre le pull-over et la chemise pendait une cravate anémiée. Elle était à peu près large comme un fil à coudre. Il s'immobilisa devant la porte et me regarda. Muus déclara :

« C'est Veum. L'avez-vous déjà vu ?

— Jamais rencontré », dit l'autre en roulant les « r » et en secouant la tête avec détermination.

« Eh bien, Veum ? » dit Muus.

Je tournai la tête vers lui.

« As-tu déjà vu cet homme ?

— Jamais, pour autant que je m'en souvienne, répondis-je.

— Tu en es absolument certain ?

— Absolument certain. »

Je n'avais pas besoin d'en dire plus. Je pressentais ce qui allait venir et ne fus pas surpris.

« Je te présente Ragnar Veide », dit Muus avec un sourire de triomphe.

19

Ragnar Veide avait l'air d'attendre que quelque chose se produisît. Muus avait l'air d'attendre que quelque chose se produisît. Les cinq policiers avaient l'air d'attendre que quelque chose se produisît. Et ce qui dans leur attente devait se produire, c'était que je m'effondre et avoue avoir assassiné Margrete Moberg. Mais rien ne se produisit.

« Tiens ! tiens ! Quelqu'un m'a fait une farce, dis-je.

— Quelqu'un t'a fait une farce », répéta Muus avec une ironie qui pesait son béton.

Tout en regardant Ragnar Veide, je m'efforçai

de réfléchir. Une foule d'idées tourbillonnaient dans ma tête. Aucune d'entre elles n'était particulièrement bonne, mais elles tournaient toutes autour de deux noms : Margrete et William Moberg, l'avocat.

Muus joua avec son cigare, souleva quelques feuilles de papier et découvrit ce qu'il cherchait. Il tenait la feuille à quelque distance de la surface du bureau tandis qu'il lisait ce qui y était inscrit. Il avait l'air de s'amuser :

« Tu sais que tu es déjà dans nos archives, Veum... Nous avons un rapport sur toi. Coups et blessures...

— L'affaire a été classée ! » aboyai-je.

Il s'amusa encore un peu. « Oui, elle l'a été. Mais pas au point que tu ne perdes pas ton travail immédiatement après. Et pas au point que je ne puisse pas le lire sur cette feuille. »

Il agita le rapport. Je poussai un gros soupir et mon regard se perdit sur un bout de mur à sa droite, un bout de mur particulièrement laid, mais ce n'était pas ce que je voyais. Trois ou quatre images s'étaient figées quelque part en moi et il n'en fallait pas beaucoup pour qu'elles resurgissent. La première image était celle d'une jeune fille de quinze ans. Elle s'appelait Eva-Beate et était toxicomane depuis l'âge de treize ans. C'était une de « mes » filles et je l'avais remise sur le droit chemin, elle ne se droguait plus. Elle était presque remise, avait quinze ans, était blonde et belle comme un rêve d'adolescent en juin. Et la première image, c'était elle, couchée nue sur un lit aux draps sales, les cuisses écartées, et le sexe béant. Ses yeux s'égaraient dans un autre monde et sur le lit, à côté d'elle, un homme proche de la quarantaine était allongé, gras, torse nu, avec un début de calvitie, les cheveux sales. Il ne portait qu'un petit slip. À mon entrée, il jeta un regard effrayé vers la porte. Eva-Beate ne saisit absolument pas qu'il se passait quelque chose autour d'elle, que quelqu'un venait d'entrer. C'était la première image.

La seconde image était constituée de nombreuses images qui se superposaient. C'était le même homme, en partie hors du lit, sur le visage une expression de surprise lorsque mon genou l'atteignit la première fois. C'était le même homme, en train de se lever, la main tendue vers un couteau posé sur la table de nuit. C'était la même main, écartelée, raidie au bout d'un bras cassé. C'était le même visage que quittaient peu à peu vie, douleur et conscience à chaque coup de pied que je lui donnais. Et c'était Eva-Beate, inconsciente, immobile, incapable de comprendre quoi que ce soit.

Et il y avait la troisième image : le silence. Eva-Beate encore sur le lit, le sexe comme un coucher de soleil flétri. L'homme recroquevillé devant le lit, évanoui. Et moi, adossé au mur, le souffle court comme après une course de relais dans une côte, mais la tête à nouveau claire. Et des pas dans l'escalier, les hommes de la brigade des stupéfiants.

L'affaire fut classée. Tout le monde me comprenait. C'était ma parole contre sa parole, et dans le pire des cas, je pouvais invoquer la légitime défense. L'homme était l'un des plus importants dealers de la ville et il y avait suffisamment de preuves dans la chambre pour qu'il en prenne pour huit ans. On le condamna à dix, mais on en déduisit les trois mois qu'il passa à l'hôpital. Tout le monde me comprenait, mais cela me coûta mon emploi, et le rapport était entre les pattes de Muus.

« Tu peux être très dur, Veum, quand tu veux », dit Muus.

Courte pause.

« Tu préfères les droguées, hein ? »

Nouvelle pause.

« Qu'est-ce que Margrete Moberg a fait ? Elle ne voulait pas ? Elle non plus ? »

Je dispersai les images et revins dans le présent. Je regardai Muus fixement, sans répondre. Muus poursuivit :

« Ce camé que tu as démoli, pourquoi t'es-tu mis dans une telle fureur contre lui ? Parce qu'il se payait ta nénette ? Ou parce qu'elle ne voulait pas... avec toi ? Quel âge avait-elle à ce moment-là ? Quatorze ans ? Quinze ans ? Tu aimes bien la difficulté, hein, Veum, tu les préfères au-dessous de l'âge légal... ou mariées ?

— Depuis quand les femmes mariées constituent-elles une difficulté ? répondis-je avec lassitude.

— Tu reconnais donc...

— Bon Dieu ! Muus, je ne reconnais rien du tout ! Je ne vais pas passer mon temps à discutailler avec toi comme ça. Je t'ai dit pourquoi j'étais passé au cabinet Moberg, je t'ai dit pourquoi je filais Margrete Moberg...

— Oui, parce que Veide ici présent t'avait engagé !

— Oui, mais...

— Mais il ne l'a pas fait.

— Non, mais quelqu'un d'autre l'a fait. Quelqu'un qui s'est fait passer pour Ragnar Veide. Quelqu'un... »

Je suivis le cours de mes pensées. Je réfléchissais à ce que je n'avais pas raconté à Muus. À la femme que Madame Moberg avait rencontrée au salon de thé, et à son adresse à Copenhague. À la tentative manquée de filer l'homme qui disait s'appeler Ragnar Veide. Aux visites à l'atelier Bonanza et à la filature de Rigmor Moe et à tout ce qui en avait découlé. À la maison à la porte verte. Je me mis à suer. Il était trop tard pour parler de tout ça. Il fallait que j'y arrive le premier, avant eux. Ou en même temps qu'eux. En tout cas pas après eux. Mais pour y arriver avant eux, il fallait que je sache où aller, et il fallait que je sorte. Et pour m'en sortir, il fallait que je fasse marcher ma tête. Et ma grande gueule. La nuit allait être longue.

Muus pensait en gros la même chose. Un instant il avait reporté son attention sur Ragnar Veide, le vrai Ragnar Veide.

« Eh bien, Monsieur Veide, nous n'avons peut-être plus besoin de vous. La nuit va être longue. Où êtes-vous descendu ? »

Veide indiqua l'un des meilleurs hôtels de la ville et Muus demanda à Ellingsen de l'y conduire.

« Mais ne quittez pas la ville pendant un jour ou deux, Monsieur Veide. Nous aurons sûrement besoin de vous. »

Veide se leva et suivit, résigné, Ellingsen, sans dire un mot à personne, sans regarder personne.

Muus revint à moi :

« Bon, retour au zoo. Tu es coriace, Veum, mais nous en avons fait craquer de plus durs que toi. Retroussez vos manches, les gars, la nuit va être longue. »

20

Toutes les attentes furent comblées. La nuit fut longue. Une longue nuit dans une lumière blessante, entourée de visages blêmes aux traits tirés qui posaient les mêmes questions, sans relâche. Mais ils n'avaient rien d'autre que ces questions. Rien de concret. Rien de plus que ma visite chez Moberg et ces emplois du temps. Rien qui étaie des mobiles, pas de preuves, pas d'indices substantiels. En réalité ils ne possédaient rien, et ils le savaient.

Ils furent bien forcés de me laisser partir. À 5 h 30 du matin, Ellingsen et Bøe me ramenèrent chez moi. À 5 h 40, j'étais couché, tout habillé. À 6 h 50, Maître Moberg m'appelait.

L'esprit embrumé, je basculai à bas de mon lit, rampai, enveloppé dans ma couette, sur le plancher, dans une mauvaise version mimée du tapis volant et saisis le combiné des deux mains, comme pour m'y raccrocher.

« Veum, c'est Moberg. Je suis convoqué à 9 heures pour audition et il y a quelques petites choses dont il faut que nous discutions. »

Il était plein de fougue, comme un professeur de gymnastique matinal, mais, ce matin-là, je n'étais pas un élève bien éveillé.

« Attendez, attendez, attendez ! grognai-je dans l'appareil. Donnez-moi au moins le temps de tenir le combiné correctement. »

Je retournai l'appareil et me débarrassai d'un coup de pied de ma literie. J'étais en sueur et j'avais une épouvantable migraine. La peau de mon visage picotait, comme si on l'avait plongée dans du vinaigre. Moberg parlait, un peu plus lentement à présent, mais de très très loin, comme s'il se trouvait encore à Stavanger et n'avait pas eu de quoi payer la communication au-delà de Haugesund.

« Il faut que nous parlions, Veum, maintenant, très vite, c'est important.

— Écoutez, Moberg, répondis-je d'une voix rauque, je ne vous aime pas et vous ne m'aimez pas. C'est normal. Tout à fait normal. Mais quelqu'un croit que nous avons échafaudé des plans tous les deux, de vilains plans, des plans affreux.

— Quels plans ?

— Quelqu'un croit, poursuivis-je, les cordes vocales à vif, que vous et moi avons projeté de supprimer votre femme — et que nous avons réalisé le projet ! »

Il y eut un moment de silence. Puis :

« Mais c'est complètement absurde !

— Aussi absurde que de téléphoner aux gens au beau milieu de la nuit.

— Il est 7 heures, Veum. Mais... mais... c'est...

— Pour moi, ça va encore, continuai-je sans désemparer. Je sais que je n'ai pas assassiné votre femme. Mais vous !

— Moi ?... Mais... mais c'est absurde, au plus haut point, Veum. J'étais... J'étais à Stavanger quand...

— Précisément. Bon, vous ne l'avez pas tuée. Ce n'est pas moi non plus. La seule chose que nous ayons à faire, c'est nous en tenir à la vérité. Des gens aussi futés que nous ne sont pas victimes d'erreurs judiciaires, du moins pas en Norvège.

— C'est justement pour cela que j'appelais.

— Quoi ? »

J'avais des papillons devant les yeux, j'essayais de me mettre sur le dos, les jambes en l'air.

« La vérité. Je nierai tout, Veum !

— Nier !... »

Un insecte glacé dévala ma colonne vertébrale.

« Nier quoi, Moberg ? Votre secrétaire a déjà raconté que j'étais passé à votre cabinet.

— Oui, je sais. Mais je dirai que c'était en relation avec une affaire à laquelle je travaille. Pour laquelle je suis tenu au secret professionnel. Je nierai en bloc vous avoir parlé de... de... Margrete.

— Mais enfin, nom de Dieu ! Pourquoi nier ?

— Elle est morte, Veum. »

Sa voix, dans le téléphone, avait une intensité frémissante.

« Je ne veux pas... salir sa mémoire. Qu'elle m'ait été infidèle, ou quoi que ce soit, je ne veux pas qu'un simple soupçon vienne entacher sa... Je nierai tout, Veum. Tout. »

Je restai silencieux un instant. Je cherchai mes mots.

« Mais vous ne comprenez pas, vous ne vous rendez pas compte... Vous faites de moi un menteur ! »

À présent, sa voix était froide.

« C'est votre affaire, Veum. Pas la mienne. Je voulais vous prévenir. Comme ça, maintenant vous connaissez ma position. Vous avez toute la matinée pour changer votre déposition. Je vous soutiendrai, si vous dites que cela concernait une affaire qui n'a absolument rien à voir. Mais sinon : aucun rapport, Veum. Rien du tout. Bonne journée. »

Bang ! Clic ! Tonalité... Je fixai le téléphone qui grésillait, au moins une minute avant de le remettre en place et de prêter l'oreille aux bruits du matin qui m'entouraient : bruits des canalisations, un chien qui aboyait son chant du matin, une voiture qui démarrait paresseusement quelque part.

Cela ne me concernait pas. C'était un foutu matin et je ne fis même pas mes exercices de yoga. J'arrachai mes vêtements sales et pris une douche brûlante pour essayer de me revigorer avant de filer en ville avaler un petit déjeuner de bric et de broc dans une quelconque cafétéria. Mais le café était bon et je sentis que j'étais en train de renaître. Et j'avais beaucoup à faire.

La nuit avait été longue, et le jour allait être bien rempli.

21

Je m'offris une tasse de café de plus et tentai de mettre mes pensées en ordre. Une chose me tourmentait : cela commençait à faire beaucoup de fausses identités. L'une d'elles était le mystérieux Stein Wang qui avait loué l'appartement auquel Madame Moberg avait rendu visite à intervalles réguliers, et pour la dernière fois le soir où elle avait été tuée. Wang n'avait même pas de visage. Et puis il y avait la seconde : l'homme qui était venu à mon bureau et m'avait demandé de filer Madame Moberg. Il se faisait passer pour Ragnar Veide, mais n'était pas Ragnar Veide. Cependant, il avait un visage, un visage que je n'oublierais plus.

Je jouais avec une idée qui s'imposait : et si le mystérieux Stein Wang et l'homme qui disait être

Ragnar Veide ne faisaient qu'un ? Mais qui était-il dans ce cas ? Et pourquoi avait-il fait ce qu'il avait fait ? Car c'était bien lui... le meurtrier ?

Et puis il y avait Rigmor Moe et ses relations avec la maison à la porte verte. Il y avait le couple Kvam et leur entreprise — et puis le gardien musclé, Nounours Lund. Qu'est-ce que la porte verte cachait au juste ? Et y avait-il un lien avec le meurtre de Margrete Moberg ?

Je vidai ma tasse et sortis dans le jour gris et morose. J'avais beaucoup à faire, et il fallait le faire vite.

L'hôtel où était descendu le soi-disant Ragnar Veide n'avait pas amélioré son standing depuis la dernière fois. À la réception était assis le même homme d'âge moyen avec les mêmes valises sombres sous les yeux et le même crâne chauve et brillant. Mais il ne prenait pas son petit déjeuner. Il lisait. C'était l'un de ces journaux qui ont toujours l'air froissé, sans doute parce qu'ils sont constamment pliés et fourrés dans un tiroir, une poche intérieure ou derrière le dossier d'une chaise. En première page il y avait la photo d'une femme nue avec, dans la bouche, quelque chose qui rappelait un cigare. En dernière page, des majuscules soulignées annonçaient que l'article principal du prochain numéro serait : « J'ai été séduite par mon oncle — dans la sacristie — pendant la célébration de la messe. » C'était prometteur.

À mon entrée, l'homme derrière le comptoir m'avait jeté un rapide regard, mais comme il m'avait reconnu, il ne s'était même pas donné la peine de cacher le journal. J'étudiai la première et la dernière page quelques instants, mais ce n'était pas particulièrement passionnant. À la fin, je rompis le silence : « Dites-moi, vous préparez un doctorat là-dessus ? » Il leva vers moi des yeux las de vivre, aspira avec mépris entre ses incisives et poursuivit sa lecture. Un petit rongeur commença à goûter à la paroi de mon estomac. J'étais pressé. Je n'avais pas de temps à perdre avec ce genre de choses.

« Un type qui s'appelle Veide, dis-je, il a habité ici quelques jours avant le week-end. »

Silence.

« A-t-il laissé une adresse... Où est-il parti ? »

Nouveau silence, mais un vague mouvement de tête.

« Pourrais-je voir sa chambre ? »

Une manière d'étonnement se lut dans ses yeux. Il condescendit à grogner :

« Vous êtes flic ou un truc du genre ?

— Un truc du genre.

— C'est 75 couronnes par jour, il faut payer. »

Je pensai à l'avance que j'avais reçue. Et je pensai que l'homme qui m'avait versé l'avance était le même qui s'était fait passer pour Ragnar Veide et que pour cette raison cette avance constituerait vraisemblablement tous mes honoraires dans cette affaire.

« Si j'y passe une demi-heure, vous pouvez diviser 75 par 48, et alors je paierai. Ça me semble équitable. »

Il passa un mouchoir sale sur son crâne humide. Il poussa un soupir.

« C'est bon. Mais foutez pas le bazar. Et pas de saleté, ça vient d'être lavé de frais. »

Je pensai : ç'a été lavé de frais en 1945. Mais je ne dis rien. Je pris la clef, passai devant la même vieille pancarte « hors service » suspendue à la porte de l'ascenseur.

La chambre 223 n'avait pas changé, mais elle était vide. Il n'y avait pas beaucoup d'endroits à fouiller. La penderie était vide. Dans un coin, il y avait un bout de page de journal. Il était vieux, jauni et ne m'apprit rien. Auprès du lit, une petite table de nuit avec un tiroir et une petite porte. Je regardai d'abord dans la table de nuit. Il y avait là un pot de chambre. Vide. Je regardai dans le tiroir. Vide. Il s'y trouvait de la poussière, des masses de poussière, mais à part ça il était vide. Ils ne fournissaient même pas de bible dans cet établissement. Je tâtai le lit le long du matelas, montai sur la chaise et regardai sur l'armoire, puis dans la corbeille à papier. Tout ce que je trouvai fut de la poussière et rien d'autre. Je regardai autour de moi. Mon regard se posa sur le tapis de lirette ou du moins ce qui gisait sans vie devant le lit. Du bout de la chaussure je le soulevai et le poussai de côté. Rien. La chambre était tout simplement vide.

Le prétendu Ragnar Veide n'avait pas laissé la moindre trace. Du moins pas ici.

Je quittai la chambre et descendis à la réception.

Boule-de-billard regarda l'heure. Il déclara :

« Arrondissons à une couronne. »

Il n'eut même pas un sourire en disant cela. Je sortis une couronne et la posai sur le comptoir.

« Vous pouvez commencer à économiser pour vous acheter un nouveau journal. Merci de votre aide.

— Il n'y a pas de quoi », dit le réceptionniste.

Et il avait raison.

22

Peut-être était-ce cette atmosphère d'hôtel qui m'en inspira l'idée. Peut-être avait-elle germé sous la surface depuis un moment. En tout cas j'allai directement d'un hôtel à l'autre, à quelques pâtés de maisons de distance, mais à des kilomètres au-dessus en ce qui concernait le standing.

Ici la réception était vaste et claire, et derrière le comptoir se tenaient deux personnes. Toutes deux avaient la trentaine, l'homme était brun, les cheveux gominés, la femme était blonde et belle comme une réceptionniste. Ni l'un ni l'autre ne sourirent lorsque j'entrai, mais ils ne me crachèrent pas dessus non plus.

« Puis-je voir Ragnar Veide ? » demandai-je.

L'homme jeta un coup d'œil au tableau des clefs et fit oui de la tête.

« Qui dois-je annoncer ?

— Je préfère parler à Monsieur Veide lui-même. »

Il eut l'air passablement surpris, mais ne fit pas d'objections. Il décrocha un téléphone, composa un numéro. Un instant après, il dit : « Monsieur Veide ? Bonjour, c'est la réception. Il y a ici un monsieur qui voudrait vous parler. Oui. Non, il voudrait se présenter lui-même. Je vous le passe. » Il me tendit le combiné.

« Monsieur Veide, c'est Veum. »

Un instant ce fut le silence, puis :

« Que voulez-vous ?

— J'aimerais vous parler.

— Mais la police...

— Ils ne peuvent pas me souffrir. Mais il est un peu difficile de parler de cela... ici. »

J'essayai d'échapper aux regards intrigués des deux réceptionnistes qui, derrière leur comptoir, s'abîmèrent dans l'étude de leur registre comme si c'était la liste des gagnants du tirage du Loto.

« Et si je montais vous voir ? »

Je l'entendis qui pesait le pour et le contre.

« Je ne comprends pas... La police...

— Écoutez, Monsieur Veide : vous avez envie de voir l'affaire éclaircie, n'est-ce pas ?

— Oui, bien sûr.

— Bien. Moi aussi. Quelqu'un m'a joué un sale tour, et je n'apprécie pas. Mais j'ai besoin d'aide.

De votre aide, entre autres. J'aimerais vous parler. Tout de suite.

— Bien, dans ce cas, montez. Demandez à la réception de faire monter du café et quelques petits pains par la même occasion.

— Merci, comptez sur moi. »

Je transmis le message, tendis le combiné à l'homme derrière le comptoir et obtins en retour un numéro : chambre 526. Je pris l'ascenseur. Il montait aussi silencieusement qu'un ballon de baudruche et l'une de ses parois était un miroir du sol au plafond. C'était comme voyager en face de son jumeau.

La chambre 526 était meublée de façon relativement spartiate, mais elle paraissait cependant luxueuse en comparaison de la précédente chambre d'hôtel que j'avais visitée. Le lit était grand, spacieux et la pièce était propre. De belles et lourdes tentures pendaient de chaque côté de la fenêtre, de laquelle on voyait le centre de Bergen sous la pluie. Sinon on pouvait contempler l'un des trois tableaux qui décoraient les murs, tous de vieux paysages de Bergen. Une table basse, un sofa, deux fauteuils confortables multipliaient les possibilités de s'asseoir et la moquette était si moelleuse et si propre qu'on aurait sans doute pu s'y asseoir aussi. Avant d'entrer dans la chambre proprement dite, on passait un petit couloir avec une penderie et une étagère à chapeaux, tandis que sur la gauche on trouvait des toilettes avec douche.

Le véritable Ragnar Veide me souhaita la bienvenue avec sur son visage pâle une expression soucieuse. Même ses taches de rousseur avaient l'air inquiètes. Ses yeux bruns liquoreux papillotèrent, sa bouche charnue se crispa tandis qu'il disait :

« Je ne suis pas certain de bien agir en vous recevant, Veum. Si j'ai bien compris le commissaire Muus, vous êtes leur suspect numéro 1 dans le meurtre de ma... »

Il se tut et j'enchaînai :

« Vous ne croyez quand même pas qu'ils m'auraient relâché aussi rapidement s'ils le croyaient vraiment ? »

Il avait l'air de ne plus savoir ce qu'il fallait croire. Je poursuivis :

« Ils l'ont sûrement cru un moment, mais je les ai convaincus du contraire. Et me voici. »

J'avais bien le sentiment de définir ma situation avec un rien d'optimisme, mais je continuai sur le même ton :

« Ce que je voudrais savoir, c'est la chose suivante : quelle part de vérité y avait-il dans ce que le faux Ragnar Veide m'a raconté ? Qui était véritablement votre sœur ?... Étiez-vous en contact ? »

Veide secoua la tête.

« Fort peu. Margrete... »

Il hésita encore un instant puis haussa les épaules.

« Eh bien, elle... elle était différente de nous autres. Elle était continuellement agitée, ne tenait pas en place à la maison. Elle sortait beaucoup, elle a fait un voyage aux États-Unis grâce à une bourse pendant une année de lycée, et après le baccalauréat elle a été deux ans au pair en Angleterre, à Londres ou dans la proche banlieue. Lorsqu'elle est revenue... »

Il se tut. J'attendais.

« Elle... Nous n'avons jamais pu vraiment savoir, mais elle était différente... Encore moins accessible. Plus dure. Avant, elle pouvait se mettre à pleurer si quelque chose la contrariait. Après, elle ne pleurait jamais. Et nous, nous croyions — pressentions — qu'elle se droguait peut-être, d'une manière ou d'une autre. Parfois elle paraissait si lointaine. Comme si elle vivait dans son propre monde de rêves. Et ses yeux étaient brillants et vitreux, comme ceux d'une poupée.

— Votre père...

— Mon père ? Il est mort depuis longtemps. Mais ma mère, elle, l'a mal pris. Ça l'a vraiment marquée. Elle ne s'est jamais vraiment remise depuis que Margrete est partie sans donner de nouvelles. Et Brita, ma femme, elle avait toujours tellement honte. Elle a réussi à me transmettre sa honte... »

Il croisa les mains, et ses phalanges ressemblaient à des collines dans un paysage blanc.

« Honte de ma propre famille. La dépravation est héréditaire, à ce qu'on dit. Et Margrete portait le signe de la dépravation — chez nous. Le signe de Caïn sur notre front, pour ainsi dire. Brita, elle, croyait s'être mariée dans une famille respectable, une famille que les gens regardaient avec admiration, une des grandes familles de... d'Ålesund. L'industrie poissonnière. Et puis... »

Il écarta les bras.

« Quand est-elle partie ?

— Oh, il y a cinq ou six ans, je ne m'en souviens pas tout à fait.

— Elle est partie comme ça, tout simplement ?

— Oui. Un matin, elle n'était plus là. Elle avait emporté une partie de ses affaires et de l'argent, pas beaucoup, rien qu'un peu. Plus tard...

— Oui ?

— Nous n'avons jamais eu de nouvelles. J'ai fait quelques recherches, à la demande de maman. J'ai appris qu'elle était connue dans le milieu toxicomane de Copenhague, et qu'elle était sur la mauvaise pente, mais je n'en ai rien dit à maman. Je n'en avais pas le courage. J'ai prétendu qu'elle était morte, qu'elle n'avait plus qu'à l'oublier, mais aucun de nous ne pouvait oublier. Naturellement. Et maintenant... maintenant qu'elle est vraiment morte, je ne sais pas quoi raconter à la maison. De cette façon ! Assassinée ! Et qu'elle était mariée ici, à Bergen, à un avocat connu, je ne le savais pas. J'ai essayé de savoir où elle vivait, mais elle avait disparu de Copenhague et personne ne savait où elle était partie. Et puis... C'est tellement invraisemblable. Si... compliqué. Maman et Brita vont certainement... »

Ses yeux se firent lointains et lourds tandis qu'il pensait à la façon dont maman et Brita le traiteraient.

« Comment avez-vous su qu'elle était connue dans les milieux de la drogue à Copenhague ?

— Ah ! ça, fit-il en levant les yeux. J'ai des relations d'affaires là-bas. L'une d'entre elles avait des contacts dans la police et je lui ai demandé... Nous avions déjà eu vent de quelques rumeurs. Les gens vont à Copenhague, les gens d'Ålesund aussi, et la plupart reviennent chez eux. Et certains avaient entendu dire... Ça s'est avéré. C'était bien Margrete. Magga. Nous l'appelions Magga quand elle était petite. Oh ! mon Dieu, mon Dieu ! »

Je fixai Ragnar Veide.

« Et vous ne voyez pas qui pourrait en savoir assez sur tout ça pour se faire passer pour vous ?

— Personne et tout le monde, fit-il en secouant la tête avec découragement. Vous savez comment c'est. Tout Ålesund le sait sûrement. Sa vie doit être le sujet de conversation dans la plupart des cafés de la région, j'en jurerais. Et pas seulement chez les gens du commun... C'est justement cela que Brita... »

Il retomba dans ses pensées.

Je comprenais quel terrible fardeau lui pesait, mais il était d'un milieu social que j'avais toujours eu du mal à prendre en pitié. J'interrompis le cours de ses pensées en lui décrivant le faux Ragnar Veide.

« Un visage maigre, un grand front dégarni ? Ça peut être n'importe qui, mais ça ne me dit rien, ça ne me rappelle personne en tout cas. Mais ce n'est pas forcément quelqu'un que je connais, n'est-ce pas ?

— Non, pas nécessairement. »

Nous réfléchîmes un moment de concert. Une dame en jupe noire et veste blanche nous apporta café et petits pains. Il m'en offrit, mais je n'avais pas le temps de m'attarder plus longtemps. Il me mit un petit pain dans la main.

Lorsque je le quittai, il me dit :

« Veum, je ne crois pas... je ne crois pas que vous ayez assassiné Margrete. Vous n'en donnez pas l'impression. Si je peux vous aider, reprenez contact. Je ferai tout ce qui est en mon pouvoir. »

Il me donna une tape consolatrice sur l'épaule.

Je le remerciai de la confiance qu'il m'avait témoignée, mais elle n'alimentait pas mon compte en banque. Et je ne pensais pas que cette conversation m'eût particulièrement rapproché du but. Si Margrete Moberg avait été assassinée — ce qui était bel et bien le cas — le motif de l'assassinat résidait sans doute dans un événement qui s'était produit après son départ d'Ålesund. Vraisemblablement aussi après qu'elle eut, pour des raisons inconnues, quitté Copenhague pour Bergen, où elle avait épousé une gloire du barreau. Un avocat qui avait obtenu des résultats remarquables dans quelques affaires de drogue.

Drogue. Était-ce le mot clef ?

D'une cabine téléphonique, j'appelai le journaliste Paul Finckel :

« Si je te donne des noms, tu peux essayer de trouver si vous avez quelque chose sur eux ?

— Tout dépend du degré de difficulté. Tu sais, nous avons quand même autre chose à faire que de jouer les banques de données pour détectives flemmards.

— Ah bon ? En tout cas ce n'est pas l'impression que vous donnez. On fait la paix ? Kvam quelque chose... Je ne connais pas le prénom. Mais il dirige une société qui s'appelle Aide Familiale S.A. Tu as noté ? »

Bruyant soupir dans le téléphone.

« Et aussi Lund, Nounours Lund.

— Nounours Lund, pas le boxeur, quand même ?

— Ça se pourrait.

— Ce bon vieux Nounours, où diable l'as-tu déniché ? Mes souvenirs de lui remontent à la fin des années cinquante, quand ils organisaient des combats de boxe au Cinéma l'Eldorado le dimanche matin. Nounours, il était bête comme ses pieds mais fort comme un ours, justement. C'est ce qui lui a valu son surnom. Où l'as-tu rencontré ?

— Derrière une porte verte. Comme gardien. Dans le même immeuble que l'Aide Familiale S.A.

— Gardien ? Nounours Lund ? C'est une blague ! C'est tout juste s'il peut servir de portemanteau.

— Ça n'avait rien d'une blague quand il m'a jeté dehors.

— Ah non ? Effectivement j'imagine que non.

O.K., Veum. C'est noté. Rappelle-moi dans la journée, je te dirai ce que j'aurai trouvé.

— Merci beaucoup ! »

Mais il avait déjà raccroché.

J'avais un fil à renouer. À l'étage entre l'appartement que Stein Wang ou qui que ce fût avait loué et l'étage où le médecin et le dentiste avaient leurs cabinets, il y avait un autre appartement. Les fois où j'avais été à proximité de la maison, aucune lumière n'y avait brillé, mais ça ne signifiait pas que personne n'y habitait.

Je m'y rendis en voiture puis montai en trombe jusqu'au troisième étage. La plaque annonçait que M. Andersen habitait là. Je sonnai.

Une minute plus tard, la porte s'ouvrit. Une femme me regarda fixement. Elle avait dû être jeune un jour. Mais ça remontait loin. Je l'estimai à environ quatre-vingt-dix ans. La peau de son visage semblait pouvoir disparaître en poussière d'un moment à l'autre, et la seule vie dans ce visage, c'étaient les yeux vifs et bleus. Ses cheveux étaient si clairsemés qu'on distinguait le cuir chevelu, et un appareil auditif s'accrochait à une de ses oreilles comme un nid d'aigle sur une paroi abrupte. Elle parlait lentement, mais sa voix était claire.

« Non, je n'ai besoin de rien, j'ai quatre-vingt-neuf ans, voilà vingt ans que mon mari est mort, je suis tellement dure d'oreille que je n'entends pas la sonnette, mais une lampe s'allume quand vous sonnez, je ne sors jamais, c'est l'aide ménagère qui fait les courses, je n'ai pas d'argent, c'est la banque qui l'a, ils me prennent tout ce que j'ai, mais j'habiterai ici jusqu'à ma mort, dans le temps, nous étions propriétaires de cette maison. Vous ne m'expulserez pas ! Vous êtes de la banque ? demanda-t-elle en me regardant avec suspicion.

— Pas du tout, pas du tout. »

Je secouai énergiquement la tête. Puis je montrai l'étage au-dessus.

« Monsieur Wang, dis-je avec de grands mouvements de bouche explicites. Votre voisin du dessus. Vous l'avez vu ces derniers temps ? »

La femme me regarda avec étonnement.

« Le voisin du dessus ? Je ne l'ai jamais vu. On n'entend pas un bruit là-haut. Il n'y a sûrement personne qui y habite. J'ai vu le précédent. On enterrait ma sœur Kathinka. Son mari travaillait à la voirie municipale. Mais il était mort depuis longtemps à ce moment-là. C'est la dernière fois que je suis sortie. Je l'ai rencontré dans le couloir. Un petit homme avec une plaque rouge sur le menton. C'est l'aide ménagère qui fait les courses pour moi. Qu'est-ce que j'irais faire dehors ? Je vais bientôt mourir. Mais il avait une plaque rouge, d'un rouge vif, sur le menton. »

Elle me fit un signe de tête encourageant. Je soupirai :

« Non, non, ce n'est sûrement pas lui. Merci beaucoup.

— Non ? » dit-elle.

Je fis un geste de la main, m'inclinai et me dirigeai vers l'escalier.

« Au revoir, jeune homme, au revoir », dit la voix dans mon dos. Elle souriait en hochant la tête et disparut comme une marionnette.

Je regagnai ma voiture. Je me mordis les lèvres. Il était trop tôt pour rappeler Finckel. Je préférais éviter le bureau, à cause de Muus. Il ne me restait qu'un seul jalon, un jalon incertain, un coup à l'aveuglette : la porte verte. La maison à la porte verte.

23

Il était 11 h 30, et le snack-bar du coin avec vue sur la porte verte ouvrait dès 11 heures. La femme de haute stature derrière le comptoir me reconnut. Lorsque je commandai du café, elle me demanda : « Une tasse ou un pot ? » J'optai pour le pot et un sourire qui en savait long se glissa furtivement sur le coin de sa bouche sans se montrer complètement. J'avais garé ma voiture juste à l'angle de la Professor Hansteens gate — et j'étais prêt à l'action, quelle qu'elle fût.

De longues heures passèrent.

Il y avait beaucoup moins de va-et-vient par la porte verte que la veille au soir. Au-dessus des verres dépolis qui garnissaient le bas des fenêtres d'Aide Familiale S.A., je distinguai un petit nombre de fois la tête blond-platine de Madame

Kvam. Quant à Kvam lui-même, je ne le vis pas. Et Nounours Lund pas davantage.

Mais je notai le même trait intéressant que la veille : ceux qui entraient et sortaient étaient presque uniquement des hommes. Et il existait un système dans ces va-et-vient. Il n'y avait jamais beaucoup de monde en même temps. La veille, ils avaient pu être jusqu'à cinq à la fois. À présent on en comptait rarement plus d'un. Ils s'attardaient à l'intérieur pendant un temps plus court, certains une demi-heure seulement, aucun plus d'une heure. La veille, certains étaient restés plus longtemps, mais aucun plus de deux heures.

Peu à peu je fus assez certain de ce qui s'y tramait. J'avais déjà vu des maisons semblables : à Copenhague, Amsterdam, Buenos Aires, Paris. Et dans des quartiers populaires de Bergen, comme à Nordnes et à Sandviken, mais à une plus petite échelle — et pas aussi ouvertement, pas avec une telle organisation. Cette maison-là avait adopté un style quasi continental. Un parfum de beau monde.

Un épisode m'intéressa tout particulièrement. À la table voisine de la mienne étaient installées deux jeunes filles, de celles qui s'étaient déjà trouvées là la veille : chewing-gum, jeans et anoraks. Toutes deux regardaient à intervalles réguliers dans la direction de la porte verte. À 12 h 55, une des filles se leva, quitta le snack-bar, gagna la porte verte et entra. L'autre fille resta assise à la suivre des yeux. À 13 heures précises, un homme vint de la Welhavensgate. Il s'engouffra par la porte verte presque avant que j'aie eu le temps de le remarquer. Il s'agissait d'un monsieur très comme il faut, habillé à la mode au point de ressembler à un mannequin. Son nez un peu trop gros et son air un peu trop abruti ne correspondaient pas tout à fait à sa prétention de tombeur, mais il devait avoir un portefeuille bien garni et un chéquier éloquent, ce qui arrangeait bien les choses.

À peu près une heure s'écoula. La fille qui était restée évitait soigneusement de rencontrer mon regard. Elle avait sorti une revue pop qu'elle étudiait avec la même intensité que si ces pages clinquantes recelaient le secret de la vie. Soudain elle se leva et sortit. Son amie venait de repasser la porte verte et elles disparurent rapidement, tournant le coin de la Welhavensgate en direction de Nygårdspark. Quelques minutes plus tard, le dandy sortit. Un instant il resta immobile sur les marches, rayonnant d'autosatisfaction. Puis, en sifflotant, il remonta lui aussi la Welhavensgate, mais dans la direction opposée à celle des deux filles.

J'étais assez sûr de mon fait.

Je me levai et me dirigeai lentement vers le comptoir. La grande bringue était assise, un coude en partie sur la vitrine de confiserie, l'autre sur le bord du four électrique. Elle mâchouillait quelque chose de rose et posa sur moi un regard de poisson crevé. Elle avait le teint très pâle et sa peau portait les traces de vieux boutons, mais elle avait passé l'âge des boutons. À la place elle y avait placé une mouche qui ressemblait à une crotte de chien sur la neige, mais elle avait son charme. Tout a son charme, pour peu qu'on y mette de la bonne volonté. Je m'accoudai sur le comptoir, désignai d'un mouvement de la tête la porte verte et demandai :

« Qu'est-ce qu'ils peuvent bien fabriquer là-dedans ? »

Elle cessa de mâcher, aspira l'air entre deux molaires et une étincelle de vie brilla dans ses yeux.

« Là-dedans ? »

Elle haussa les épaules tout en me regardant pleine d'espoir, comme si elle s'attendait à ce que je poursuive. Je poursuivis :

« La maison à la porte verte. Les allées et venues, hein, ça saute aux yeux ? »

Elle sourit de la lèvre inférieure, à moins qu'elle ne fît qu'avancer la mâchoire. En tout cas, elle dit :

« Ben... »

Le mot était insignifiant, mais la façon dont elle l'avait prononcé ne l'était pas. C'était le ton de la vieille prostituée qui a perdu sa valeur marchande depuis longtemps, mais sait encore parler boutique quand elle rencontre un connaisseur. Et j'étais ce connaisseur.

« Ça dure depuis longtemps ? » lui demandai-je tout à trac.

Elle me regarda puis questionna :

« Tu es flic ? »

Elle dit cela sur un ton qui me fit me réjouir de ne pas l'être.

« Non, répondis-je. Disons que je suis un... parent.

— Un parent ? »

Je regardai autour de moi. Le snack était vide, mais je me penchai quand même pour être plus près d'elle tout en désignant de la tête la porte verte :

« Ma femme... »

J'espérais que ça marcherait et je mis dans le mille, en plein sur les incisives. Sa mâchoire s'abaissa comme si le mécanisme qui la tenait fermée avait lâché et elle avala de travers son truc rose. Elle toussa jusqu'à en devenir écarlate, je me penchai en avant et lui tapai dans le dos. Ça me donna l'impression de taper un vieil édredon.

Un moment plus tard, elle s'était reprise, et lorsqu'elle parla, elle dit d'une voix de fausset :

« Ouiii... Ça dure, euh ! je sais pas, moi, depuis quelques années, je pense, ou presque.

— Depuis quelques années, cette... activité ?

— C'est tout ce que je sais : qu'il s'y passe quelque chose, mais je ne sais pas quoi. Je ne sais que ce que je vois d'ici, évidemment. Je ne suis sûre de rien. Je... il se pourrait bien que ta... que votre femme... »

Elle se tut, puis reprit pied.

« Vous voulez une tasse ou un pot, cette fois ? »

Je la regardai. La pâleur était revenue, son regard était en train de se regeler.

« Cette fois ce sera une tasse. Je ne resterai pas très longtemps. »

24

Mais cela dura un peu. J'attendais le moment opportun. Je laissai passer deux clients : l'un était trop grand et l'autre trop sûr de lui. Le troisième fit l'affaire. Je le sus au premier coup d'œil. Il marchait comme un gamin qui va acheter ses premiers préservatifs. Un petit bonhomme chapeauté, en manteau gris. Il atteignit le coin sans se presser, s'arrêta comme par hasard et regarda autour de lui avec une dignité feinte. Puis il s'appliqua à jeter un regard indifférent à sa montre, sur quoi il fila comme un rongeur effrayé du coin de la rue à la porte verte. Sans jeter un regard en arrière, il disparut dans la maison.

Il y demeura quarante bonnes minutes. Au fond de ma tasse, le reste de café s'était figé en une auréole brune, comme si un chiqueur y avait craché.

Lorsqu'il ressortit, je me levai, gratifiai la grande bringue d'un bref signe de tête et le suivis. Il avait garé sa voiture juste après l'angle de la rue, aussi me fallut-il m'arrêter et regarder quelle direction il prenait dans sa Golf grise, avant que je puisse me précipiter vers ma propre voiture et que le moteur consente à démarrer dans une quinte de toux.

Je le repérai dans le virage de l'usine à gaz, et dans le flot de lumière devant la piscine municipale, je ne laissai qu'une Taunus entre lui et moi. Nous obliquâmes tous trois à droite pour monter Håkonsgaten, mais la Taunus s'engagea dans Magnus Barfotgate et je me collai à la Golf. Il ne réagit pas.

Nous dépassâmes le début de la nouvelle autoroute qu'ils ont construite près de la Danmarksplass pour que les touristes croient arriver dans une grande ville, un court instant, avant de s'engluer vraiment dans la circulation du centre.

Je restai consciencieusement derrière la Golf. En montant Fjøsangerveien, nous étions presque seuls, comme un minuscule cortège. L'autre ne jetait plus que de temps à autre un coup d'œil à son rétroviseur.

Une fois dépassé Fjøsanger, il se dirigea vers Løvstakk. Nous nous faufilâmes à travers une zone d'habitations relativement récentes, qui consistait en parcelles irrégulières où alternaient fleurs et rochers, parmi lesquelles les inévitables épines-vinettes enflammaient l'air de leurs feuilles orangées comme pour une exposition-vente de buissons ardents. C'était l'une de ces zones résidentielles taillées sur mesure pour universitaires, dentistes et professions libérales au petit pied.

La Golf s'arrêta presque à l'extrémité du chemin devant un pavillon qui jouissait d'un double panorama : vers la baie de Nordås dans une direction et vers Ulriken et Landåsfjellet dans l'autre. Je me garai si près de son pare-chocs arrière que les deux voitures semblaient deux animaux nickelés à la saison des amours. Il descendit de voiture. Je descendis de voiture.

Alors seulement, il sembla s'apercevoir de ma présence et je vis la peur naître en lui. Il me regarda, intrigué. De près je distinguais la peau grisâtre de son visage, ses yeux fuyants et inquiets, ses cheveux poivre et sel, son menton tombant pour ainsi dire à la renverse dans son col de chemise trop serré, sa poitrine creuse et son petit ventre rebondi. Il avait l'air d'un employé des impôts surmené, et j'avais du mal à l'imaginer dans ce quartier. Il avait vraisemblablement une femme.

Il marcha dans ma direction, passa devant moi, regarda dans la boîte aux lettres, en retira un journal, me jeta à nouveau un regard avant de se mettre à monter vers la maison. Je le suivis.

« Un moment ! » lui dis-je.

Il se figea. Un instant il continua à me tourner le dos comme s'il n'était pas sûr d'avoir bien entendu. Je le vis lever la tête vers la maison. Je suivis son regard. Il avait effectivement une femme. La fenêtre de la salle de séjour comportait trois panneaux. Une femme emplissait la plus grande partie de celui du milieu.

L'homme se retourna.

« Vous vouliez... me parler ?

— Juste quelques mots. »

Il fit mine de s'en aller.

« Je n'ai pas vraiment le temps, en ce moment précis.

— Rien ne nous empêche d'en parler en présence de votre femme, fis-je impitoyablement. De parler de l'endroit où vous vous trouviez il y a à peu près une demi-heure. »

Il pâlit à vue d'œil, comme si le gris quittait sa peau pour n'y laisser que le blanc. En l'espace de quelques secondes, son visage se couvrit de sueur — j'en conclus qu'il entretenait avec son épouse des rapports francs et pleins de compréhension. Il ouvrit la bouche à plusieurs reprises, mais sa langue était trop grosse. Il finit par dire :

« Nous allons parler ici. De quoi s'agit-il ? Voulez-vous... ? »

Il ne termina pas sa phrase, mais je vis distinctement où se situait son cœur. Dans son portefeuille.

« Quelques éclaircissements. Rien que quelques éclaircissements. À vrai dire pour confirmer ce que je sais déjà. Par exemple : comment est-ce que vous avez entendu parler de cet... établissement ? »

Il déglutit.

« J'ai été... présenté par... un ami... un ami à moi. Une connaissance. Il faut être présenté, par d'anciens clients. Sinon on ne peut pas entrer. Pour éviter les fuites, vous comprenez ? Nous... nous devions passer toute la soirée... euh... et... »

Il écarta les bras, chercha ses mots, mais ne les trouva pas.

« Et depuis, vous y êtes retourné, comme client attitré ? »

Il avala sa salive en acquiesçant.

« Ma femme... » commença-t-il.

Je fis oui de la tête. Je comprenais. Je connaissais la chanson. Je pris intérieurement mon élan et me jetai à l'eau.

« Et comment c'est organisé ? Vous avez la même fille chaque fois... ou bien vous variez le menu ? »

Il n'eut pas l'air surpris le moins du monde et je sus que j'avais mis dans le mille.

« Nous le décidons au coup par coup. Nous téléphonons pour le dire par avance, pour savoir qui est... disponible. Cela peut varier, mais on a, bien sûr, ses petites... préférées. »

Il essuya la sueur de son front, mais avait l'air un peu plus détendu. Je regardai par-dessus son épaule. La déesse de son destin était encore à la fenêtre, à se perdre en conjectures sur mon identité. Je réfléchissais tout en parlant.

« Vous appelez à l'avance et convenez d'une heure ? »

Il opina.

« Chez Kvam ?

— Kvam ?

— Oui, cette entreprise du rez-de-chaussée : Aide Familiale S.A. ?

— Oui, c'est ça, c'est là que nous appelons. Mais c'est une femme qui décroche. Une voix grave, sexy. C'est à elle qu'on parle. »

Je continuais à réfléchir :

« Et le choix, qu'est-ce que c'est ? Du premier choix à volonté ? »

Il eut un ricanement nerveux.

« Eh bien, il y en a pour tous les goûts. De jeunes femmes et des femmes... euh... mûres. Ou deux femmes à la fois, mais c'est cher. »

Il montrait le bout de l'oreille.

« Un couple — pour ceux qui aiment ça. »

Je revoyais les noms des boîtes aux lettres. Je revoyais toutes ces fenêtres sans lueur de téléviseurs. Parce qu'il ne s'y trouvait pas de téléviseur. Parce que ceux qui se tenaient là avaient d'autres chats à fouetter. Et parmi eux Rigmor Moe et pour nom d'artiste, Lange. Mais où tout cela me menait-il ?

Il poursuivait de lui-même :

« Et puis il y a la dame en cuir : elle fouette ceux qui aiment ça.

— Et puis, il y a aussi les très, très jeunes ! »

Il rougit.

« Oui, oui, il y en a quelques-unes. Certains aiment... »

Sa voix mourut. Je regardais la femme à la fenêtre et je pensais à la jeune fille en jeans, tandis que sa copine attendait au snack, et je pensais à la différence entre ces deux femmes.

« Combien payez-vous ?

— Nous... ça dépend... selon ce qu'on veut avoir et... pour combien de temps. De cinq cents à quelques milliers. Ça dépend. Nous payons en bas la somme fixée au gardien. Un grand type. »

Cela me stupéfia.

« Toute la somme ? Vous ne payez rien en haut ?

— Non. Ou alors c'est en plus, un pourboire, si

vous voulez. Nous payons le prix fixé en bas et le concierge nous emmène dans les étages.

— Comme ça vous ne pouvez pas vous tromper de porte, hein ? »

Il ricana à nouveau. Il jeta un coup d'œil rapide par-dessus son épaule.

« Mais il faut vraiment que...

— Attendez un peu. Êtes-vous prêt à faire une déposition sur tout ça... à la police, éventuellement devant un tribunal si besoin était ? »

Automatiquement, en citoyen respectueux des lois, il acquiesça, mais d'autres pensées l'assaillirent et il secoua énergiquement la tête.

« Mais pas si... ma femme... »

Cette simple perspective suffisait à lui nouer la gorge.

« O.K. En tout cas, vous m'avez été d'une aide précieuse. Au revoir et saluez-la de ma part. »

Il papillota des yeux et agita une main comme s'il se trouvait face à un tableau et essayait de m'effacer d'un coup d'éponge.

Je restai immobile et le vis disparaître par la porte d'entrée. La fenêtre de la salle de séjour était vide. Son destin l'attendait dans l'entrée.

Je regagnai lentement ma voiture et regardai autour de moi. Gamlehaugen*, au fond de sa vallée, était plongé dans une brume grise et, hormis les épines-vinettes aux couleurs éclatantes et quelques résineux, c'étaient les arbres bruns et les

* Résidence du roi lorsqu'il séjourne à Bergen.

toits rouges qui composaient les tons dominants de ce tableau sombre d'une journée grise au royaume de Norvège.

Je redescendis en roulant lentement. À Fjøsanger je quittai ma voiture pour appeler Finckel d'une cabine.

« Bon sang, dit-il, je croyais que tu t'étais fichu de moi. Dans notre métier, il nous arrive aussi de rentrer déjeuner chez nous. Kvam se prénomme en fait Henning, d'après ce que j'ai appris. Un ancien petit délinquant, vols, petites escroqueries, vente de marchandises volées, chèques falsifiés, etc., etc. Il y a cinq ans, il a été condamné pour trafic de drogue. C'est Moberg qui assurait sa défense... »

J'émis un sifflement.

« Oui, Moberg. Et il a bénéficié d'un verdict étonnamment clément, même si son trafic ne portait pas sur de grandes quantités, guère plus que sa consommation personnelle, et c'est là-dessus que Moberg a joué. C'était son grand argument : ce ne sont pas les utilisateurs qui doivent être punis, mais les vendeurs. Kvam en a pris pour trois ans, qui ont été plus tard ramenés à deux ans et demi. Ça fait maintenant presque trois ans qu'il est sorti et...

— Et ?

— Eh bien, en fait, rien. Depuis, il n'est plus du tout dans le coup. En ce qui nous concerne en tout cas. Il a monté cette boîte dont tu as parlé, baby-sitters, aides ménagères, etc. C'est supposé être une boîte respectable.

— Respectable est le mot qui convient.

— Il y a autre chose ? Mes boulettes de viande m'attendent.

— Tu as quoi sur Lund ?

— Ça doit être Nounours, le bon vieux Nounours. Rien de spécial sur lui. Tout le monde ici était persuadé qu'il s'était noyé dans l'alcool depuis longtemps. Sorry.

— Eh bien, merci beaucoup. Tu m'as donné de bons tuyaux.

— Appelle-moi si l'occasion se présente. Dans un an ou deux. »

Finckel raccrocha pour aller retrouver ses boulettes chez lui. Immobile dans la cabine téléphonique, je réfléchis. J'ouvris l'annuaire, cherchai Aide Familiale S.A. et en composai le numéro. C'est Madame Kvam qui décrocha, l'homme au manteau gris avait raison : les Télécommunications rendaient sa voix grave et sexy. Elle dit :

« Aide Familiale S.A., j'écoute.

— Bonjour, je m'appelle Veum. »

Quelques secondes de silence, puis sa voix reprit, tout aussi aimable. Il aurait été difficile de dire si elle avait quelque chose de forcé.

« En quoi puis-je vous être utile ?

— J'ai besoin d'une baby-sitter... pour ce soir.

— Ce devrait être possible, estima-t-elle. Vous avez déjà fait appel à nous ?

— Non, c'est la première fois.

— Et l'enfant, quel âge a-t-il ? »

J'eus la présence d'esprit de m'en tenir à la vérité :

« C'est un garçon, il va avoir cinq ans. »

Je pensai à lui. Ce n'était pas une pensée très gaie.

« Pour quelle heure souhaitez-vous avoir la baby-sitter ?

— À... vers 19 h 30, si c'est possible ?

— C'est tout à fait possible. Et où habitez-vous Monsieur... Veum ? »

Avait-elle hésité une seconde avant de dire mon nom ?

Elle nota l'adresse que je lui donnai.

« Très bien, Monsieur Veum. Notre tarif est de vingt couronnes de l'heure, frais d'agence compris. Vous payez directement à la baby-sitter. Tout est clair ? »

Je me demandai comment les gens faisaient pour avoir les moyens de s'offrir une baby-sitter à notre époque — en tout cas par l'intermédiaire d'Aide Familiale S.A. L'explication était bien sûr que presque personne ne pouvait se le permettre. Je répondis :

« Tout est clair. Je vous remercie. Au revoir.

— Au revoir, Monsieur... Veum. »

Derrière moi la porte s'ouvrit et une femme au nez comme une tumeur maligne croassa :

« Z'en avez encore pour longtemps ?

— J'ai terminé, Madame, à l'instant. »

Je lui abandonnai la cabine et repris la direction

de la ville. J'avais encore davantage matière à réflexion. Encore davantage d'informations à trier. Une maison close dirigée avec professionnalisme, en plein Bergen, et le mot clef auquel on revenait toujours : les stupéfiants.

Il était vraisemblablement temps de rendre une nouvelle visite au célèbre avocat des affaires de drogue, William Moberg. Et si Muus l'avait laissé repartir, ce serait même pour tout de suite.

25

La secrétaire dont les neiges du Kilimandjaro recouvraient la chevelure leva les yeux vers moi. Son visage avait retrouvé son calme depuis les événements éprouvants de la veille. Seules les lignes qui entouraient sa bouche et un soupçon de rougeur autour de ses yeux disaient qu'il s'était passé quelque chose d'inhabituel. Elle était vêtue de noir : un pull-over qui ne cachait rien et une jupe qui ne vous poussait pas particulièrement à l'affliction. Autour de son cou et descendant entre ses seins courait un collier de perles rouges. Ses doigts finirent de taper un paragraphe. Puis ses mains s'immobilisèrent sur le bord du bureau, devant la machine :

« Monsieur... Veum ?

— Moberg est là ? »

Elle fit oui de la tête et se leva. Elle gagna la porte du bureau de Moberg et prit position devant elle, comme si elle voulait le défendre contre le monde entier.

« Il est libre ?

— Il est occupé. Il n'a presque pas été là aujourd'hui et il a pris beaucoup de retard.

— Sa femme est morte hier, de mort subite, mais il a pris beaucoup de retard. »

Elle me toisa.

« Dans certaines professions, on doit être comme les acteurs, Monsieur Veum. Paraître en scène, chanter et danser, même si l'être qui vous est le plus cher est mort la veille. Le moulin de la justice moud régulièrement et sans à-coup. Les dates des procès, des mises au point des plaidoyers, des conseils d'administration et des réunions sont fixées longtemps à l'avance. Les clients de Maître Moberg comptent sur lui pour qu'il les aide de son mieux, sans que sa vie personnelle n'entre en ligne de compte. C'est pourquoi... »

Elle se tut, déglutit et songea à l'homme qu'elle avait pour patron. Je me sentais peu de chose en comparaison. Mais pas au point de ne pas pouvoir demander :

« Il a peut-être cinq minutes ? »

Elle déglutit à nouveau. Il y avait comme un voile brillant sur ses yeux, telle la brume du matin, dans la montagne, au-dessus d'un glacier.

« Je vais voir. »

Elle entra, aérienne, dans le bureau de Moberg et referma soigneusement la porte derrière elle. La porte se rouvrit plus rapidement que je ne m'y attendais — brutalement — sur Moberg lui-même. Il se tint dans l'ouverture de la porte, en costume gris, chemise blanche et cravate noire. Il n'avait pas autant de couleurs que la dernière fois que je l'avais vu, mais plus que jamais il ressemblait à un vieux gymnaste. Il vint rapidement vers moi tout en parlant sans discontinuer. Derrière lui je voyais sa secrétaire, Mademoiselle Varde. Quelque chose qui semblait des larmes coulait de ses yeux.

« Que diable venez-vous faire ici, Veum ? Je viens de passer des heures à échanger des élucubrations et des spéculations avec trois flics ennuyeux à mourir, et je ne vous cacherai pas qu'une bonne part de la conversation tournait autour de vous, Veum, j'en ai encore un mauvais goût dans la bouche. Je ne veux pas vous voir. »

Il était tout proche de moi, à présent. Il me fixait droit dans les yeux d'un air mauvais en bombant le torse comme s'il allait me jeter dehors. Il répéta :

« Je ne veux pas vous voir. »

Mais il me voyait. Pour parer à toute éventualité, je bandai mes abdominaux. Sinon, je ne bougeai pas d'un pouce.

« Cinq minutes, Moberg. Cinq minutes... avec un complice. Sinon, je vais trouver les flics, et je leur raconte ce que j'ai découvert. »

Il se dégonfla un peu. Il jeta par-dessus son épaule un regard rapide pour voir où se trouvait la secrétaire et ce qu'elle pouvait entendre. Il n'y avait aucun risque. Elle s'essuyait les yeux avec un minuscule mouchoir, si bien qu'ils furent encore plus brillants qu'avant.

« Très bien, Veum, cinq minutes. Hilde ! ajouta-t-il, tourné vers sa secrétaire, je donne cinq minutes à Veum, à partir de maintenant. Entrez quand le temps sera écoulé. »

Moberg et moi entrâmes dans son bureau. Hilde Varde en sortit. Nous n'avions que peu de temps, et je fus direct :

« Que savez-vous d'un type qui s'appelle Kvam, Moberg, Henning Kvam ? »

Il était encore en mouvement, en train de s'asseoir derrière son bureau, mais se figea et se posa lentement dans son fauteuil, comme un parachutiste qui fait un atterrissage parfait.

« Kvam ? Henning Kvam ? Qu'est-ce qu'il a à voir là-dedans ?

— Henning Kvam, oui. Vous avez assuré sa défense, dans le temps. »

Il posa cinq doigts parfaitement manucurés contre cinq doigts parfaitement manucurés et me considéra.

« C'est possible. Mais je ne comprends toujours pas...

— Vous l'avez défendu, dans une affaire de drogue. Il a bénéficié d'un jugement clément, comme tant de vos clients.

— Écoutez un peu, Veum, vous savez très bien que nous sommes astreints au secret professionnel quand il s'agit...

— Bon sang ! Votre femme a été tuée, assassinée, hier, et vous venez me parler de secret professionnel !

— Bon, ça va. Je l'ai défendu dans une affaire de drogue. Il a écopé d'une peine légère comme il pouvait y prétendre. Un point c'est tout. Qu'est-ce que ça a à voir avec... Margrete ?

— Kvam se droguait. Votre femme se...

— S'était droguée mais ne se droguait plus. Elle était désintoxiquée depuis pas mal d'années.

— Combien ? Deux, trois ? Dix ?

— Elle s'en était sortie, c'est comme ça que je l'ai rencontrée. Je m'occupais beaucoup d'affaires de drogue à cette époque-là — des victimes : les toxicos. L'usage de stupéfiants était alors en vogue, et je désirais y mettre fin — à ma manière. J'étais d'avis — et je le pense encore — que l'on devait faire une nette distinction entre les utilisateurs et ceux qui utilisaient les utilisateurs, ceux qui les exploitaient, les véritables gros bonnets. Eh bien, beaucoup de gens qui travaillent à aider les drogués sont eux-mêmes d'anciens toxicomanes. Margrete en faisait partie. »

Je réfléchissais tellement que mon cerveau en craquait. Je revoyais la femme morte dans la voiture. La main du médecin sur son bras. La chaîne des marques bleues. Non pas des cicatrices anciennes mais des marques récentes.

« Votre femme avait des traces de piqûres toutes fraîches sur le bras, Moberg. »

Moberg me toisa avec lassitude. Il regarda sa montre, la porte, puis revint à moi.

« Pour être franc, Veum, je ne vais pas repasser toutes ces conneries en revue avec vous. J'en ai eu ma dose avec les bœufs du commissariat. On ne vous a jamais dit comment on désintoxique les drogués ? Vous savez que c'est une dure épreuve ? Que les désintoxiqués peuvent souffrir de séquelles pendant des années ? Qu'il y a des substances qui leur font défaut, des substances dont ils ont besoin ? Margrete se faisait des piqûres de vitamines, deux à trois fois par semaine. De vitamines, Veum, Margrete n'était pas toxicomane, et c'est justement ce genre de ragots que je veux éviter maintenant qu'elle est morte. »

Il prononça ce dernier mot comme s'il n'y croyait pas tout à fait ou comme s'il n'en comprenait pas vraiment le sens.

Dans mon dos, la porte s'ouvrit. Hilde Varde annonça :

« Les cinq minutes sont écoulées, Monsieur. »

Je fus surpris de ne pas l'entendre l'appeler William, mais c'était sans doute à cause de ma présence. Moberg me regarda.

« Cinq minutes de plus », demandai-je.

Il se leva.

« C'était cinq minutes et pas une de plus. Le temps est écoulé, Veum, et vous en avez fait mauvais usage.

— Je n'ai pas terminé. Qu'en est-il de l'affaire pour laquelle vous m'avez demandé de passer vous voir la première fois ? Il faut aussi que nous en parlions, que nous parlions de... »

Il leva la main et posa sur sa secrétaire un regard fatigué.

« Ce type est prolixe comme un politicien. Donnez-nous cinq minutes de plus, Hilde. »

Elle sortit sans bruit, laissant derrière elle les effluves d'un parfum qui ressemblait vaguement à de l'after-shave. Frais et acide.

« Votre femme avait un amant. Il s'appelait Stein Wang et louait un appartement au centre-ville. »

Je lui indiquai l'adresse et vis son visage se figer.

« Elle lui rendait visite plusieurs fois par semaine — et pour la dernière fois le soir où elle a été assassinée. Avant qu'elle ne passe vous prendre pour vous emmener à Flesland. Vous saisissez ce que je suis en train de vous dire ? Elle sortait tout droit du lit de son amant et vous a expédié à Stavanger. Je l'ai filée jusqu'à chez vous, et elle n'a reçu la visite de personne, en tout cas jusqu'à minuit. Mais c'est la dernière fois que quelqu'un d'autre que le meurtrier l'a vue en vie. Vous, à l'aéroport — moi quand je l'ai suivie jusqu'à chez vous. Celui qui lui a rendu visite après, celui qui l'a vue après nous était le meurtrier — et quelque chose me dit qu'il s'agit de son mystérieux amant.

— Mais... mais... vous avez bien dit que personne n'est venu... et pourquoi se trouvait-elle dans la voiture ? »

Je constatai que mes paroles avaient fait forte impression sur lui.

« Écoutez, Moberg. Que pensez-vous de ça : elle a une nuit à passer seule chez elle et elle revient tout droit de chez son amant. Peut-être cet amant ne pouvait-il pas venir avant minuit passé, peut-être est-il arrivé trop tard. Peut-être est-il marié et a des obligations ailleurs. Peut-être est-il resté jusqu'à une heure où il n'y a plus de bus — ce devait être le cas, d'après ce que nous savons — et un taxi aurait été trop peu discret. Peut-être devait-elle le reconduire chez lui. Peut-être se sont-ils disputés. Ou peut-être avait-il déjà tout projeté. Peut-être exigeait-elle trop de lui, peut-être voulait-elle qu'il divorce, peut-être voulait-elle divorcer, peut-être ne le voulait-il pas, peut-être, peut-être... En tout cas ils descendent dans le garage. Ils s'asseoient dans la voiture, continuent à se disputer. Il voit rouge, la prend à la gorge, serre... Qu'est-ce que j'en sais ? » fis-je en écartant les bras.

À présent, cela l'intéressait vraiment. Il composa un numéro sur le téléphone et dit :

« Hilde, ça va prendre un peu plus de temps que prévu. Nous ne voulons pas être dérangés, par personne. Compris ?

— Entendu », fit la voix de Hilde dans le combiné, et nous fûmes à nouveau seuls.

Moberg me dit :

« Ce n'est pas bête ce que vous dites là, Veum. Mais... qui est cet amant ?

— Stein Wang ? répliquai-je en haussant les épaules. C'est vraisemblablement un pseudonyme. Mais revenons à notre première rencontre : vous pensiez que votre femme vous trompait : pourquoi ?

— On sait tout simplement ce genre de choses, Veum. Vous n'êtes pas marié ?

— Je l'ai été.

— Bon, alors vous comprendrez peut-être. Nous avions commencé à nous éloigner l'un de l'autre. Ce qui nous avait rapprochés, c'était notre intérêt pour les cas concrets de toxicomanie, et voilà plus d'un an que je n'ai pas eu d'affaire de drogue. Nous n'avions pas grand-chose d'autre en commun, et puis, malgré tout, elle avait trente ans de moins que moi, je... »

C'était lui à présent qui haussait les épaules.

« Ce genre de choses, on le sait, tout simplement. Mais je voulais en avoir la certitude absolue. Et alors, j'aurais divorcé.

— Vous auriez réagi aussi durement, à notre époque si libre ?

— Je suis de la vieille école, Veum. Je ne supporte pas la tromperie. Je n'admets pas qu'on me mente. Le mensonge et la malhonnêteté sont la pire chose que je connaisse — et l'infidélité, c'est de la malhonnêteté, un parjure. »

Je lui dis tranquillement :

« À présent, vous l'avez, votre certitude. Voulez-vous m'aider à trouver ce mystérieux Stein Wang ? »

Il me regarda.

« S'il existe — et s'il a assassiné Margrete — je paierai tous les honoraires, Veum. »

Je me sentis littéralement tomber à la renverse dans mon fauteuil. C'était la meilleure nouvelle depuis des semaines.

« Et c'est là que Henning Kvam entre en scène, dis-je.

— Comment cela ?

— Ce nid d'amour — pardon — de votre femme, euh... il y avait là une piste, dans le même immeuble, qui m'a conduit, mais peut-être par hasard, jusqu'à Kvam. Il dirige une espèce de bordel...

— Un... un quoi ?

— Vous avez bien entendu. Une espèce de bordel, à Møhlenpris.

— Bon, et alors ?

— Rien de plus que ce lien : vous avez été une fois l'avocat de Kvam, et Kvam et votre femme se sont drogués, dans le temps. Lui continue peut-être. Et puis une intuition, rien de plus que l'intuition qu'il existe un lien entre ces deux choses : le meurtre de votre femme et la maison close de Kvam. Un lien que je ne discerne pas encore mais qui est peut-être caché quelque part.

— Vous ne pensez quand même pas que Margrete... qu'elle... que ce bordel... »

Ce qu'il esquissait là ne m'était pas venu à l'esprit et il me fallait y réfléchir plus à fond avant de pouvoir lui répondre :

« Je ne sais pas. Je ne le crois pas. La semaine où je l'ai suivie, en tout cas, elle ne s'en est jamais approchée, pas un seul instant. »

Mais il venait de me donner une idée.

« Mais ce Kvam, poursuivis-je, qu'est-ce que vous pouvez m'en dire ?

— Pas grand-chose. Un membre de sa famille m'avait demandé de m'occuper de l'affaire. J'ai étudié le dossier et j'ai accepté. C'était un toxicomane, pas un toxicomane sympathique, mais un toxicomane. Et il n'avait pas passé grand-chose : juste de quoi remplir un havane de taille moyenne et se faire un médiocre trip au haschisch. Je n'ai pas eu un très bon contact avec lui. Il avait l'habitude des procès, il avait déjà toute une série de petits délits à son actif. Il était un peu renfrogné, réservé, ne voulait jamais vraiment se confier. Mais c'était mon travail et je l'ai fait.

— Vous n'avez jamais eu de contacts privés avec lui ? »

Il secoua la tête.

« Son cas n'était pas... fascinant à ce point.

— Et votre femme, l'a-t-elle rencontré ?

— Non. »

Il réfléchit.

« En tout cas pas par mon intermédiaire.

— Qu'est-ce que vous voulez dire ?

— Ce que j'ai dit. Rien de plus. À ce que je sache, elle ne l'a jamais rencontré. Mais je me rends compte maintenant que j'ignorais beaucoup de choses sur Margrete.

— Vous avez des documents sur Kvam ?

— Oui. Mais je ne peux pas vous les montrer, Veum. C'est absolument tabou. Le secret professionnel est absolu, même dans des circonstances comme celles-ci. Je peux vous raconter ce dont je me souviens, mais je ne peux rien vous montrer. »

Il me raconta ce dont il se souvenait, mais ce n'était pas particulièrement intéressant et cela ne m'apprit rien de plus que ce que Finckel m'avait déjà rapporté. Je me levai.

« Bien. J'ai du travail, Moberg. Je travaille pour vous. J'imagine que je vais entendre parler de Muus sous peu. Qu'est-ce que vous lui avez raconté ? Vous n'avez pas dit...

— C'est comme je vous l'ai dit ce matin, Veum. Officiellement, je ne dis rien. Margrete était pure et innocente. Il ne m'est jamais venu à l'idée qu'elle puisse m'être infidèle.

— Alors, si la police m'interroge, je ne dois pas dire que vous m'avez engagé pour... »

Il m'interrompit :

« Non, vous ne devez rien dire du tout. Si vraiment vous êtes dans le pétrin, vous pouvez dire que je vous ai engagé — aujourd'hui — pour trouver qui a tué Margrete, pour compléter l'enquête de la police. Si tout va mal. Et rien de plus. »

Je poussai un soupir :

« Que diriez-vous... d'une avance ?

— Combien ?

— Cinq cents ?

— C'est bon. Mais vous n'aurez rien d'autre, rien d'écrit, et je ne veux pas de récépissé. »

J'opinai, résigné. Il m'emmena rejoindre les neiges du Kilimandjaro. Tout en me tapant amicalement sur l'épaule, il dit :

« Hilde, donnez cinq cents couronnes à Veum et inscrivez cela comme frais de procédure. Il va faire un petit travail pour moi. »

Hilde Varde produisit une caisse, Moberg me serra solennellement la main :

« Eh bien, merci Veum. Vous me tenez au courant. Et... »

Il eut une hésitation.

« Bonne chance ! »

Il leva une main en guise de salut. D'une certaine façon, il me rappelait un candidat à la présidence américaine, qui, moyennant finances, venait de se débarrasser d'un fait gênant. Puis il referma la porte sur lui, sans bruit.

Hilde Varde, cinq billets de cent couronnes à la main, le suivit des yeux. J'esquissai un sourire :

« Ça, c'est un changement, hein ?

— Oui, reconnut-elle en me regardant avec étonnement.

— C'est comme ça, quand on fait preuve de charme.

— Quel charme ? dit-elle, acide.

— Allons, allons. Dois-je vous dire en quoi il consiste ?

— Dites toujours.

— Nous avons fait partie du même corps

d'archers*. À Bergen, ça crée des liens indéfectibles. »

Elle eut un sourire prudent.

« Euh, j'ai bien vu qu'il n'y avait rien... de plus. »

Je regardai les billets en me demandant quand elle allait me les donner.

« Dites-moi, fis-je, vous vous rappelez, la dernière fois que je suis venu ? Je vous ai posé une question et vous m'avez répondu non.

— Ah bon ? » répondit-elle.

Mais je vis qu'elle s'en souvenait, car elle rougit légèrement.

« Vous avez dit que vous ne dîniez pas avec les inconnus, n'est-ce pas ?

— Ah bon ?

— Je suis le gentil Veum, qui montre le bout de son nez tous les deux jours. Nous sommes pour ainsi dire... »

Je désignai du menton les billets de cent.

« ... collègues. Que diriez-vous de demain, vendredi, après le travail ? Qui a les moyens, de nos jours, de refuser un repas gratuit ? »

Pas moi, en tout cas, pensai-je en attendant sa réaction. Elle me considéra comme si elle évaluait ma force, comme si elle nous imaginait tous les deux sur un divan et se demandait si, le cas échéant

* Corps d'archers : Compagnie de jeunes garçons qui font l'exercice et pratiquent sport et vie en plein air. C'est une spécialité de Bergen : les défilés en uniforme au son du tambour rythment la vie de la ville et sont accueillis avec enthousiasme et humour par les badauds, et émotion par les parents.

— le pire des cas —, elle pourrait se dégager. Elle n'eut pas l'air particulièrement effrayée de ce qu'elle vit.

« Bon, d'accord ! Je n'ai jamais eu l'occasion de dîner avec un détective privé.

— Il y a un commencement à tout. Je peux passer vous prendre quelque part ?

— Vous pouvez venir me retrouver en ville. »

J'indiquai un restaurant où je n'aurais jamais eu les moyens de dîner sans les cinq billets de cent couronnes qu'elle avait toujours à la main. Nous nous mîmes d'accord pour 19 h 30 et je fis un signe de tête éloquent vers les billets. Elle me les donna et je les fourrai dans mon portefeuille.

Elle s'était réinstallée derrière sa machine à écrire, avec sur les lèvres un petit sourire figé.

« Au revoir », lui dis-je en lui jetant un dernier regard depuis la porte.

« Au revoir », me dit un sourire muet. La lampe au-dessus de sa machine projetait un fort cône de lumière vive sur ses cheveux, presque comme un petit soleil. Et le soleil passait au-dessus des neiges du Kilimandjaro.

26

Je rentrai chez moi et dînai. Le repas ne se révéla pas passionnant, mais il fut bon, comme tous les repas quand, sans crier gare, on se retrouve plus riche de cinq cents couronnes.

Je lus ensuite un journal dont les petites annonces me rappelaient qu'il ne restait plus qu'un mois et demi avant Noël. Les Pères Noël avaient déjà fait leur entrée.

Ensuite je m'allongeai sur ce que j'appelais un divan et m'étonnai de ce que ni Muus ni ses subordonnés ne fissent leur apparition. Ils s'employaient vraisemblablement à vérifier et contre-vérifier les dépositions des témoins — une tentative pour me coincer, moi ou un autre.

Pendant ce temps-là, j'attendais la baby-sitter. Elle fut ponctuelle, une minute avant 19 h 30. Elle sonna avec fermeté et détermination à la porte, et j'ouvris. Ses cheveux roux étaient coupés à peu près au ras du crâne. Son visage était pâle et maigre, ses yeux écartés et transparents, comme si elle avait grandi dans des marais. Elle était nu-tête et portait un manteau trois-quarts de couleur verte. Une de ses mains tenait un petit sac bleu clair comme si elle transportait un morceau de ciel d'été pour se distraire. Elle avait l'accent de Trondheim.

« Monsieur Veum ? Je suis la baby-sitter.

— Parfait, dis-je. Entrez. »

Elle me suivit et se débarrassa de son manteau dans ce que j'appelais l'entrée (la moitié d'un placard à balais). La robe sous le manteau était tricotée à la main, avec des rayures. Les bandes horizontales étaient bleues et mauves, en alternance. Aucune n'avait la même largeur et si on regardait la fille trop longtemps, on attrapait le mal de mer. Elle n'avait pas l'air d'être venue pour s'amuser.

« Où est l'enfant ? demanda-t-elle en regardant autour d'elle comme si elle s'attendait à ce que l'enfant fût accroché sous le vieux manteau gris de ma première communion.

— Ici », dis-je en lui montrant le chemin de la salle de séjour.

Elle y entra. Elle se cramponnait des deux mains à son petit sac.

« Où ça ? dit-elle en regardant avec méfiance autour d'elle.

— Ici, dis-je en posant une main à plat sur ma poitrine tandis que je lui offrais mon sourire le plus espiègle.

— Qu'est-ce que ça signifie ? »

Je m'apprêtais à lui répondre, mais elle me devança, non pas en me disant quelque chose, mais en me balançant son sac dans la figure. Ce bout de ciel d'été était dur et l'un des coins me frappa au-dessus de la joue.

« Vieux cochon ! Non mais ! Tu te crois peut-être tout permis ? »

Son accent de Trondheim se faisait de plus en plus net.

« Espèce de sale vieux bouc en rut ! J'va t'calmer, moi ! »

Là-dessus le sac me revint en pleine figure et le même coin me heurta l'autre joue. Elle maniait le sac à main avec efficacité. Elle aurait dû s'engager dans la Légion, elle y aurait fait un malheur.

Nous nous retrouvâmes dans l'entrée. Elle arracha son manteau de la patère, tandis que j'essayai d'arranger les choses.

« Ne me touche pas ! gronda-t-elle. Si tu fais mine de me toucher, je vous dénonce pour viol. »

Je notai que dans l'espace d'une demi-phrase nous ne nous tutoyions plus. Ce fut la dernière chose que je notai, car, un instant, je relâchai mon attention, et l'un de ses genoux surgit du manteau et me frappa au bas-ventre — un coup rapide et dur. Tandis que je me pliais en deux, elle m'assena le sac à main sur la nuque : tout fut noir avec des flocons rouges, rouge vif, qui dansaient la polka. J'étais allongé pour le compte, la langue sur le plancher, ça faisait longtemps qu'elle n'avait pas goûté de carpette. Loin, très loin, j'entendis des pas qui s'éloignaient dans un escalier — *mon* escalier.

Je remerciai le Créateur de n'avoir pas besoin de baby-sitter tous les jours.

27

Je n'avais pas l'intention de rester à la maison à attendre que Muus et Cie aient quelques idées lumineuses. Après m'être offert deux solides lampées d'aquavit pour me remettre de la visite de la baby-sitter, je rassemblai ce dont j'avais besoin : un jeu de clefs, une plaquette en plastique, quelques passe-partout et une lampe de poche. La soirée n'était pas encore avancée et, pour passer le temps, j'allai à la séance de neuf heures de l'Eldorado. Ils passaient l'un de ces westerns modernes où la seule différence entre le héros et le bandit est que le premier a son nom au début du générique.

Après le cinéma, je contournai Nøstet pour atteindre Møhlenpris. Je me garai à quelques rues de la maison à la porte verte. Il était presque 23 heures, le rez-de-chaussée était éteint, mais il y avait encore de la lumière dans les étages. L'équipe de nuit était au travail. Le snack-bar du coin de la rue était en train de fermer, mais, de toute façon, je n'avais pas projeté d'y aller ce soir-là.

Si l'on doit tuer quelques heures à Møhlenpris et qu'on n'y connaît personne, on trouve le temps long. Il n'y a pas beaucoup de distractions. Même le parc de Nygård, ce qu'il y avait de mieux dans le secteur, est devenu un plaisir douteux.

Je déambulai une demi-heure dans le parc. Autour de moi, la ville s'étendait, tel un gigantesque joyau jetant ses feux. Là où je me trouvais, parmi les grands arbres brun gris et les petits cours d'eau, régnait une atmosphère merveilleusement paisible. Si l'on franchit l'un des petits ponts, non loin de la grande mare aux canards, on a le choix entre deux sentiments : romantique, si l'on est accompagné ; mélancolique, si l'on est seul. J'étais seul.

Au loin, chez BMV, une immense grue faisait une pirouette soucieuse, et l'équipe du soir lançait par-dessus Viken les à-coups de sa musique. En guise d'accompagnement, la circulation grondait sourdement sur le pont de Nygård.

Je m'arrêtai trente secondes sous un réverbère près de Jahnebakken. Je m'étais tenu là, un soir de janvier, au début des années soixante. J'étais jeune et je tenais une fille dans mes bras. Elle était jeune, elle aussi, et le froid de l'hiver lui rougissait le visage, et les frimas nous entouraient comme un brouillard. Cela semblait une éternité. Une éternité qui avait tout modifié, tout ce dont nous rêvions à ce moment-là. Elle était mariée maintenant, dans l'est de la Norvège, mère de trois enfants, avec un chalet à la montagne, cela faisait quinze ans que je ne l'avais pas vue. Et elle s'appelait...

Cette fois-là, pour aller de Fjøsanger à Nøstet, nous avions emprunté le chemin du haut à travers le parc de Nygård. Alors, quelques jardins abandonnés, reconquis par la végétation, jouxtaient le parc sur notre droite, quelques vieilles villas, quelques buissons de rhododendrons — et, au-dessus, nous apercevions Fløien se courber vers le ciel d'hiver. À présent la vue était bouchée, les villas démolies, les jardins nivelés. À la place, ils avaient dressé le nouveau bâtiment de la Faculté des Sciences, et emprunter le chemin du haut pour traverser le parc de Nygård aurait été comme marcher sur le fond d'un étang asséché.

C'est près du vieux lac aux cygnes — que les cygnes avaient déserté depuis longtemps — que je quittai le parc. Plus bas, dans une rue transversale, je m'arrêtai pour observer quelques fenêtres éteintes. Là, par un matin d'été, très très tôt, mon meilleur camarade d'école et moi, nous étions installés dans une embrasure. Nous avions partagé une demi-bouteille de bière (la dernière qui nous restait), et la tête nous tournait un peu. Il était 6 heures et, dans le ciel d'été blond, nous parvenaient les bruits étouffés de la ville silencieuse. Nous venions de raccompagner deux filles chez elles, nous étions jeunes, heureux et amoureux. Puis mon copain avait déménagé dans une autre ville... Il y avait une éternité de cela,

Tout semblait à une éternité. Et le soleil brille toujours là où l'on n'est pas — ou bien là où l'on était quinze ans plus tôt.

Je revins à Møhlenpris en montant entre le Jardin botanique et la Maison des Étudiants, puis en redescendant vers la vieille bâtisse, vers ces façades grises qui semblaient les visages ravagés de vieux ivrognes : en ruines, mais non dénués d'un certain charme, d'une certaine personnalité.

Je repassai devant la maison à la porte verte. Il était minuit passé, bientôt il serait minuit et demi. Møhlenpris dormait. Personne dehors. La maison à la porte verte ressemblait à toutes les autres et paraissait morte, désertée. J'attendis une demi-heure encore. Il faisait froid. Une légère pluie venait de suroît. Rien ne se passa. Personne ne vint, personne ne partit. Je n'apercevais plus la moindre lueur.

Prudemment, je m'approchai de la porte verte.

Lentement, comme un chat qui chasse, je montai les marches du perron. D'un doigt précautionneux je caressai le trou de la serrure. La porte était fermée à clef, mais la serrure était simple. Elle me prit deux minutes.

Encore une fois j'examinai les alentours. Je parcourus du regard façade après façade. Rien. Pas un chat. J'ouvris la porte verte et entrai.

Je me retrouvai devant les boîtes aux lettres vertes. Je compris alors combien c'était génial. Une entrée normale avec des boîtes à lettres normales. Des noms normaux qui n'étaient peut-être même pas des pseudonymes, Rigmor Lange ou pas Rigmor Lange. Ce même prénom était-il seulement une coïncidence ou s'agissait-il d'un système : peut-être les prénoms étaient-ils authentiques et les noms de famille faux. Dans ce cas, les autres « employés » s'appelaient Gro, Vivi, Liv et Steinar (le couple dont avait parlé l'homme au manteau gris ?). Mais il devait aussi y en avoir d'autres, parfaitement anonymes. Et puis il y avait les Kvam, Henning et Kate. Et Nounours Lund, n'oublions pas Nounours Lund.

J'examinai la porte du fond du tambour d'entrée. Je me demandais si un système d'alarme était installé, et si j'allais déclencher des sonneries quelque part en m'introduisant dans la maison, si Nounours Lund allait sortir de son sommeil de Belle au bois dormant pour me fondre dessus comme une torpille en folie.

Il n'y avait qu'un moyen de le savoir.

La porte avait deux serrures. L'une était la vieille serrure d'origine. Elle se laissa faire aussi facilement que celle de la porte verte : il me fallut, en gros, deux minutes. L'autre, plus récente, se révéla plus difficile. J'essayai avec la plaquette de plastique. Cela ne réussit pas. Je ne pouvais pas utiliser les passe-partout. J'essayai le jeu de clefs. L'une n'entrait pas du tout, l'autre qu'à moitié. Plusieurs entraient, mais ne tournaient pas. Il me restait deux clefs. Je choisis celle qui me paraissait la mieux appropriée. Il y eut un léger mouvement dans la serrure, comme si elle fléchissait. Je l'aidai à se décider avec la plaquette de plastique, et ça marcha. Avec un double cliquetis, à peine audible, la porte s'ouvrit. Elle resta entrouverte. Immobile, je tendis l'oreille. Je retenais mon souffle et étais prêt à battre en retraite rapidement ; mais il n'y eut pas un bruit, pas un mouvement.

Je poussai doucement la porte du bout des doigts. Elle obéit, docile et bien huilée. Je me retrouvai dans le long couloir où j'avais rencontré Nounours Lund deux jours plus tôt, mais ce soir, j'avais le couloir pour moi tout seul.

J'avais calculé mon coup à l'avance. Les bureaux d'Aide Familiale S.A. pouvaient être assez intéressants, mais j'étais surtout curieux de savoir à quoi ressemblaient les étages supérieurs.

Je gravis lentement l'escalier, en longeant le mur. Je posai prudemment le pied sur chaque marche, prêt à me rejeter en arrière au moindre craquement.

Il faisait noir comme dans un four et je tenais ma lampe à la main, mais sans l'utiliser. Pas encore, je voulais d'abord m'habituer à l'obscurité.

J'atteignis le premier étage sans provoquer de craquement ni trébucher sur une marche. L'obscurité prenait des contours, le noir cédait la place à quelque chose de grisâtre où rien n'était tout à fait distinct, mais où l'on pouvait quand même discerner où l'on se trouvait.

Sur le palier, il y avait deux portes, des portes tout à fait habituelles, avec des serrures tout à fait habituelles. Sur une porte était inscrit *Rigmor Lange*. Sur l'autre *Vivi Sulen*. Les deux noms étaient aussi tentants l'un que l'autre, mais c'était Rigmor qui m'avait conduit là, aussi choisis-je sa porte en premier.

Trois minutes et un clic plus tard, je franchis sans bruit la porte. Un silence plus profond m'attendait. Je me trouvais dans un court corridor au sol couvert de moquette. Je le parcourus sans bruit tout en remerciant *in petto* mes hôtes de ce confort.

C'était un bon vieux F2 avec cuisine, pas l'une de ces maisons de Møhlenpris où les appartements comptent cinq grandes pièces avec de la place pour deux pianos dans chacune et une chambre de bonne pleine à craquer rien qu'en recevant la visite de sa petite-nièce.

Mais l'appartement avait été transformé. Les murs étaient peints en un violet foncé qui s'harmonisait avec la moquette noire. Au bout du corridor, où se trouvait auparavant la cuisine, les cloisons avaient été abattues et la cuisine métamorphosée en un bar décoratif de teck brun avec un délicat évier brun foncé pour ceux qui souhaitaient mettre de l'eau dans leur whisky ou se laver les mains. Derrière, toute une batterie de verres s'alignaient devant un miroir. Un léger bourdonnement trahissait l'emplacement du réfrigérateur — lui aussi recouvert de teck foncé. Je ne l'ouvris pas. Le monde recèle assez de tentations comme ça.

Je revins sur mes pas. Pour la première fois j'utilisai la lampe de poche. Je la dirigeai vers la porte de la chambre peinte en rose vif. Au beau milieu était dessinée une couronne de fleurs, qui entourait un prénom féminin : *Randi*. « Salut, Randi », dis-je doucement.

Je poursuivis mon chemin. L'autre porte était noire comme la poix. Là, c'était une ronde de petites femmes nues qui y était peinte, si petites qu'il fallait une imagination bien déliée pour voir qu'elles étaient effectivement nues. Mais j'avais l'imagination bien déliée. Dans le cercle il y avait un autre prénom féminin : *Rigmor*.

Ouais !

La poignée de la porte était noire, elle aussi, mais je la trouvai. Je l'abaissai prudemment en retenant mon souffle. Cette porte-là n'était pas fermée. Je l'ouvris, lentement.

La pièce était sombre. Je me glissai à l'intérieur, refermai la porte derrière moi. Je m'immobilisai après quelques pas et regardai autour de moi. Un coup d'œil à gauche. Un coup d'œil à droite. Et je me sentis transformé en bloc de glace. Au milieu du mur de droite il y avait une porte. Et je n'étais plus seul. Devant la porte, un homme était là, qui me regardait. Dans la main droite, il tenait quelque chose qu'il braquait sur moi.

28

Il n'était pas laid, habillé simplement, pour la circonstance : pull-over noir à col roulé, veste et pantalon en jeans et chaussures de caoutchouc. Ses cheveux étaient blonds et exactement de la bonne longueur. Pas longs au point de pouvoir y planter des tulipes, mais pas courts au point de vous donner l'envie de vous brosser les dents avec. Ce qu'il tenait à la main était une lampe de poche.

Il me fallut quelques secondes pour réaliser que je contemplais mon propre reflet. Un miroir immense allait du sol au plafond, et il avait sûrement une fonction. Entre le miroir et moi s'étendait un gigantesque lit carré recouvert d'un dessus-de-lit noir.

D'ailleurs, le noir dominait dans cette chambre. Les rideaux des fenêtres étaient noirs et impénétrables. De ma lampe je balayai les murs. Ils étaient peints en noir. Un certain nombre d'agrandissements photographiques y étaient apposés. Ils montraient tous des variations sur le même thème.

C'étaient des photos en couleur. Les femmes y étaient vêtues de sous-vêtements noirs : corsets, slips et soutiens-gorge, parfois rien qu'un slip, parfois rien qu'un corset. Elles portaient de hautes bottes à tige, noires, et entre les doigts, les dents, ou caressant d'autres parties hautement décoratives de leur anatomie, elles tenaient un long fouet noir. La seule chose qui différenciait ces femmes était la couleur de leur chevelure : rousse, brune, blanche, blonde, jaune, et quelques teintes intermédiaires.

Au beau milieu d'un mur se dressait une grande armoire noire. Je l'ouvris. L'intérieur de chaque porte était garni d'un miroir. Aux parois de l'armoire était accroché un bel assortiment de fouets, de chats à neuf queues, quelques déplaisantes boules de fer avec des piquants et autres instruments de torture bien choisis. Sur une série de têtes de morts (en plastique, à ce que je constatai) était juché un choix de perruques que j'eus l'impression de reconnaître : rousses, brunes, blanches, blondes et jaunes. Cela me ramena aux photographies. Je les étudiai à nouveau et constatai alors que sous les perruques les traits du visage restaient les mêmes. C'était ma vieille connaissance, Rigmor Moe.

Debout au milieu de la pièce, je regardai autour de moi. C'était donc ici que Rigmor Moe passait une partie de son temps libre. Ici, pour quelques brèves heures vespérales, elle faisait office de prêtresse pour augmenter ses gains. Dans une chambre funéraire noir et or, elle dispensait à ses clients plaisir et souffrance pour leur plus grande joie et, espérais-je, pour la sienne aussi.

J'eus un léger frisson.

Sans davantage examiner les lieux, je quittai le domaine secret de Rigmor Moe.

L'autre chambre — celle de la mystérieuse Randi — était quasiment identique mais plus plaisante. Là, pas d'objets noirs et terrifiants. En revanche, le rose, le blanc et la peluche y régnaient à en donner la nausée. Le grand miroir était parsemé de minuscules cœurs de plastique et même le grand lit avait la forme d'un cœur. Des rosettes, de mignons petits pompons et une infinité de coussins. La grande armoire contenait des costumes aussi prometteurs que dans la pièce d'à côté, mais ceux-ci étaient plus agréables, plus mignons, plus câlins. Je n'avais même pas besoin de contempler les photographies qui décoraient les murs pour imaginer à quoi Randi ressemblait. C'était une petite frisée rondelette avec les seins et le ventre en forme de bonbon, au charme prometteur des filles bien en chair. Un petit lapin dodu qui aimait à être allongé dans des lits moelleux avec un roman à l'eau de rose et une boîte de bonbons à portée de la main. Une nuit avec elle serait comme s'empiffrer de meringues : c'est délicieux sur le moment, mais, bon sang, quel écœurement le lendemain !

Les traits de Randi ne me disaient rien. Nous n'avions pas été présentés.

J'en avais assez vu. J'ouvris la porte du couloir et quittai la chambre. Je perçus trop tard le mouvement à droite de la porte. Avant que je n'aie eu le temps de me retourner, le plafond me dégringola sur la tête. Le sol s'ouvrit sous moi et je tombai à travers des ténèbres sans fin.

Ce plafond était très lourd, et je tombai longtemps. Et quand enfin j'atterris, quelqu'un me parsema des étoiles autour de la tête. Quelques-unes étaient roses. Les autres, noires.

29

S'envola un petit oiseau par la fenêtre, par la fenêtre, par la fenêtre...

S'envola un petit oiseau bleu...

« Beate, est-ce toi, Beate ? »

Pas de réponse.

« Tom ! »

Pas de réponse.

« Tom ! »

Je soulevai la tête. Je la reposai.

J'étais une bouteille brisée, quelqu'un m'avait utilisé pour en éventrer un autre, puis m'avait jeté dans un caniveau, quelque part.

Je soulevai à nouveau la tête. Pourquoi y avait-il tant d'étoiles ? Pourquoi les étoiles étaient-elles rouges ? Comme si quelqu'un avait fait tomber toute une cargaison d'étoiles de l'école du dimanche* dans un pot de peinture rouge. Mais les clôtures, on ne devrait pas les peindre en rouge. On devrait les passer à la chaux.

« Tom ! »

S'envola un petit oiseau bleu.

« Beate, Beate, Beate... »

Ce qui mouillait mon visage, ce n'était pas du sang. Ce n'était pas de la pluie ; c'étaient des larmes. Mais ce qui mouillait mon occiput ? J'y mis prudemment la main, la retirai prudemment pour la regarder. Ce qui mouillait mon occiput était de la pluie.

J'essayai de bouger. Je me faisais l'effet d'un vieux cargo resté très longtemps en cale sèche. De la rouille dans les machines, de la poussière dans les coursives, une cargaison insensée dans la cale.

S'envola un petit oiseau bleu...

« Mais enfin, Beate, mon Dieu, ce n'est pas ce que je voulais dire. Pourquoi t'es-tu envolée par la fenêtre, Beate ? Pourquoi m'as-tu laissé ici ? C'est si mouillé ici. Et Thomas, le petit Thomas... »

S'envola un petit oiseau bleu...

Je me mis à genoux, tins ma tête entre mes coudes. Ça cognait dans mon corps, mais surtout dans ma tête. J'avais du sable et de la boue sur les vêtements et le visage, et devant mes yeux dansaient de l'herbe jaunie et des graviers grisâtres.

Je levai la tête et regardai autour de moi. Des

* Nom que portent les cours de catéchisme chez les protestants.

arbres, des arbres sombres pleuraient. De l'herbe, de l'herbe et encore de l'herbe. Et au-delà de l'herbe, un talus, de grosses pierres, et au haut du talus, une surface artificielle... et un bourdonnement. Le bourdonnement de la circulation, de voitures, une infinité de voitures.

Les arbres formaient un petit bosquet, les pierres tout autour étaient grises, le ciel qui recouvrait tout était livide à faire peur et blanc comme le visage d'un mourant qu'on a aimé.

Je me mis debout, mais ça n'allait pas. Je me rassis et vomis. Les vomissures coulèrent sur mon pull et mon pantalon. Cela n'avait pas d'importance. Je me sentais mieux. Les étoiles avaient disparu, il ne subsistait qu'un léger papillonnement grisâtre devant mes yeux. Le mal de tête était constant, mais je m'y ferais.

Je me remis debout en prenant appui sur un tronc d'arbre glissant. Ça allait mieux. Je fis quelques pas. Sans tomber. Ma tête ne se détacha pas. « Tout va mieux avec Coca-Cola. »

Ma bouche était sèche comme le côté utile d'un papier de verre. Entre quelques touffes d'herbe, il y avait un fossé fangeux et au fond du fossé, de l'eau brune, boueuse. Je me mis à genoux pour boire, puis je vomis encore un peu, pour le plaisir, et me sentis encore un petit peu mieux.

Il me vint à l'idée de vérifier mes poches. Les clefs, les passe-partout, la plaquette de plastique : tout y était. Les clefs de ma voiture, les clefs de l'appartement et du bureau. Mon portefeuille :

tous les papiers y étaient, mais pas un seul billet de banque. J'eus une pensée pour les cinq billets de cent couronnes que Moberg m'avait donnés et me réjouis d'en avoir laissé quatre chez moi. Je n'en étais pas moins démuni, sans un sou, près d'un fossé à la lisière d'un mauvais rêve.

S'envola un petit oiseau bleu...

Je pataugeai dans l'herbe sombre, grimpai le talus bossu et atteignis la route. La circulation avait diminué. Les heures de bureau étaient passées, supposai-je — les heures d'ouverture des bureaux, en ville. Je regardai autour de moi. Derrière le petit bois, de l'autre côté d'une lande, quelques modestes maisons apparaissaient dans une zone défrichée. Derrière elles se dressaient encore plus de maisons, quelques immeubles bas et le squelette d'une tour à demi terminée. Je me trouvais au beau milieu d'une pente, avec, de chaque côté de la route, des étendues d'herbe et de bruyère.

Je jetai un coup d'œil aux montagnes alentour et estimai que je devais être à Åsane. Je fis signe à quelques voitures de passage, mais les conducteurs, pour la plupart des femmes, se contentèrent de me jeter un regard effrayé et d'accélérer. Je me mis à marcher dans la direction où je supposais que la ville se trouvait. Je faisais signe aux voitures qui passaient. Des visages désapprobateurs, incrédules, me fixaient. Je ne devais pas avoir fière allure. Ça me contraria.

Finalement, un taxi s'arrêta, non sans hésitation. Le chauffeur me considéra avec scepticisme, mais lorsque je lui racontai que j'avais été victime d'une agression et que je paierais s'il me conduisait chez moi, il me fit monter. J'évitai son regard dans le rétroviseur et m'effondrai, épuisé, sur le siège. Dans ma tête résonnait une vieille chanson :

S'envola un petit oiseau bleu par la fenêtre, par la fenêtre, par la fenêtre...

Et dans ma tête, il y avait une petite femme en corset noir qui me distribuait des coups de fouet tandis qu'une autre femme, vautrée sur un lit rose, s'empiffrait à cœur joie de petits cœurs roses.

Je demandai au chauffeur de s'arrêter, me jetai hors de la voiture et vomis dans le caniveau. Jamais deux sans trois, et je recommençais vraiment à retrouver mes esprits.

Je me rappelais ce qui s'était passé. Je me rappelais les chambres de Rigmor et Randi et je me rappelais le mouvement brusque. Je me rappelais la chute du plafond sur ma tête. Je ne connaissais dans cette maison qu'une seule personne capable de vous frapper au point de vous donner l'impression que le plafond vous tombe sur la tête. Et je savais son nom : Nounours Lund. Ce bon vieux Nounours Lund.

Je dis au chauffeur : « Roulez lentement, nous arriverons toujours à temps. » Il ouvrit de grands yeux dans le rétroviseur et accéléra. Et nous arrivâmes à temps. Ils avaient attendu aussi longtemps que la dernière fois, et n'étaient pas davantage d'humeur câline — Ellingsen et Bøe.

30

La lumière du matin tranchait dans la pièce comme un vieux couteau rouillé dans un morceau de *geitost* amolli par le soleil. Quatre visages blêmes me regardaient : Ellingsen, Bøe, Andersen... et Muus.

J'étais assis à la même place que la dernière fois, la lumière désagréablement en pleine figure. Je portai avec précaution une main au sommet de mon crâne. J'étais convaincu que Nounours Lund avait planté une bosse grandiose. Je penchai la tête un tantinet en avant et répondis par le mutisme à la question de savoir où j'avais passé la nuit.

« Une pilule pour dormir ? » ricana Muus en soulevant un peu son cigare.

Je fis mine de hocher la tête mais cessai instantanément lorsque je vis un rideau rouge scintillant descendre devant mes yeux. J'articulai, avec prudence, pour ne pas créer de trop fortes vibrations dans mes cordes vocales :

« Ou-ou-iii-h.

— Et où l'as-tu trouvée ?

— Je... »

Ma voix se brisa, ce qui me donna le temps de réfléchir.

« Je ne suis pas tenu de le dire.

— Non, si tu ne veux pas faire de déposition.

— Non, je ne veux pas faire de déposition. »

Je le déposerais lui-même, le moment venu, à ma façon.

« Eh bien, nous revoilà au point de départ, dit Muus.

— Oui, fis-je, pour entretenir la conversation.

— Nous avons bavardé avec Moberg, hier.

— C'est ce qu'on m'a dit.

— Ah oui ?

— Oui.

— Il nous a raconté une histoire différente de la tienne pour expliquer pourquoi tu étais passé à son cabinet lundi dernier.

— Oui.

— Il a dit que ça concernait une tout autre affaire.

— Oui.

— Il a dit qu'il ne t'avait pas demandé de filer sa femme.

— Non ?

— Et tu es d'accord ? »

Je ne répondis pas.

« Dans ce cas, ça contredit tes précédentes déclarations. Moberg ne comprenait pas ce que tu voulais dire — à ce qu'il a affirmé. Il n'avait jamais eu le moindre soupçon d'une éventuelle infidélité de sa femme. Il ne t'avait jamais demandé de la suivre — et en conséquence tu n'avais jamais décliné son offre. »

J'eus un sourire las. J'avais une migraine phénoménale. Je ne savais vraiment pas où j'en étais. Moberg assurait que je mentais. Mais Moberg m'avait aussi engagé — à tout le moins oralement et pécuniairement — pour découvrir qui avait assassiné sa femme. En d'autres termes, Moberg était mon client et méritait ma loyauté — au moins en partie. Une mauvaise pensée m'assaillit : peut-être était-ce justement pour cela qu'il m'avait engagé ?

« Précisément, dis-je.

— Précisément ? Qu'est-ce que tu veux dire ? »

Je regardai autour de moi.

« Je suis désolé. Je suis indisposé, fis-je en tapotant doucement ma bosse.

— Nous pouvons t'enfermer jusqu'à ce que tu confirmes cette déposition.

— Ah oui ! Et tu trouves ça où dans le code ?

— Nous t'avons convaincu de déposition mensongère.

— Pas mensongère... obscure, rectifiai-je.

— Obscure ?

— Disons les choses comme ceci : Madame Moberg est assassinée. Très bien. Moberg m'a demandé de la suivre, parce qu'il la croyait infidèle, mais il n'est pas certain à cent pour cent que les deux affaires soient liées.

— Qu'est-ce que tu es en train de me chanter ? »

Son cigare pointait comme un canon de DCA dans le coin de sa bouche.

« Moberg m'a dit qu'il ne trouvait pas bon de salir la réputation de sa femme... maintenant qu'elle est morte. C'est ma parole contre la sienne, Muus. Si tu m'enfermes, tu dois l'enfermer aussi.

Et un avocat du calibre de Moberg, ça ne se met pas au violon aussi aisément qu'on ferme une porte. Il y a un pied dans l'entrebâillement de la porte, et ce pied a la langue bien pendue. Alors réfléchis-y, Muus, et prends ton temps. »

C'était un long discours, et je fus à deux doigts de tourner de l'œil.

Muus réfléchit.

« Bon ! Laissons tomber pour l'instant. Nous en venons à ce qui est ennuyeux : on ne peut plus te considérer comme particulièrement suspect. Pas particulièrement. »

Il n'avait pas l'air ravi. Je voyais bien que ça lui coûtait.

« Ah non ? » fis-je.

Muus fit un signe de la tête à Andersen.

« Raconte-lui, toi ! »

Andersen acquiesça gravement, m'adressa un sourire timide, essuya son visage porcin glabre mais amical et commença :

« Il fallait bien qu'on vérifie ta déposition, Veum. C'est ce que nous avons fait hier. En partie. Nous avons parlé aux voisins de Moberg à Natland Terrasse. Nous avons parlé à la plupart de ceux qui y habitent. Nous avons contrôlé avec la centrale des taxis, avec les gens qui habitent au-dessous de chez toi, avec tout un tas d'autres témoins...

— Mon Dieu ! Mon Dieu ! Mon Dieu !

— Nous avons abouti au tableau suivant. Tu as suivi Madame Moberg jusqu'à son nid d'amour à environ 18 h 12. Elle en est partie à 20 heures, a récupéré son mari à 20 h 23 et l'a conduit à Flesland où elle l'a quitté à 20 h 55. Son avion a décollé à 21 h 45. Quant à elle, tu l'as suivie jusqu'à chez elle. À 21 h 30, vous étiez à Natland Terrasse. Environ trois quarts d'heure plus tard, Moberg était à Sola. Selon ta déclaration, tu es resté, euh... sur les lieux jusqu'à minuit. Tu dis qu'elle a éteint à 23 h 05. Tu ne l'as plus du tout revue après son retour chez elle. Une question se pose : serait-il possible que quelqu'un l'ait attendue là, avant que vous n'arriviez ?

— Bon sang, mais bien sûr qu'il y avait quelqu'un là. Le mystérieux amant du nid d'amour, à qui elle avait raconté plus tôt qu'ils auraient toute la nuit pour eux seuls. Dès qu'elle se serait débarrassée de Moberg. Et ils ont eu un désaccord, ou bien ils avaient décidé ça d'avance, tout organisé. Il ne peut pas rester là toute la nuit, il est vraisemblablement marié. Elle lui propose de le reconduire chez lui. Ils descendent au garage. Là, il l'étrangle et s'en va. Natland Terrasse : c'est un endroit aux multiples possibilités. Il a pu faire la traversée vers Sædalen. Il a pu descendre Birkelundsbakken et rejoindre Paradis. Il a pu emprunter un raccourci pour aller de Natland à Slettebakken. S'il n'était pas trop tard, il a pu prendre le bus, de Paradis, de Natland ou de Slettebakken. Ou bien un taxi. Ou bien il avait peut-être garé sa voiture dans les environs. C'est quasi impossible à vérifier.

— Justement, répliqua Andersen, mais *toi*, nous avons pu te vérifier.

— Ah oui ? émis-je en le regardant plein d'espoir.

— Tu as quitté les lieux à minuit environ. Eh oui ! Tu as été vu. Une Madame... Madame... »

Il chercha un papier.

« Bref, une Madame Machin revenait de son club, dans une Peugeot vert foncé. Peut-être te la rappelles-tu. Elle fait partie de ces gens qui ne peuvent s'empêcher de retenir les numéros de voitures qu'ils voient. Et elle a vu ton pot de yaourt redescendre de Natland Terrasse, exactement à 24 heures, car elle écoutait les informations de minuit à la radio. Les gens qui logent au-dessous de chez toi confirment qu'ils t'ont entendu rentrer vers minuit et demi et, selon eux, la maison où tu habites est si bien isolée qu'ils l'auraient entendu si tu étais ressorti.

— C'est tellement bien isolé qu'ils m'entendent ouvrir les yeux le matin.

— Ils affirment t'avoir entendu te lever à 7 h 30 le lendemain matin, et à ce moment-là, Madame Moberg, à en croire le médecin légiste, était morte depuis déjà au moins cinq heures et demie. *Voilà**, dit Andersen, en se tournant triomphalement vers Muus.

— Voilà, voilà, dit Muus, à la norvégienne.

— Voilà, dis-je, un peu hésitant. Ça m'ennuie de

* En français dans le texte.

démolir un brillant raisonnement, Jon, mais... je pourrais bel et bien l'avoir tuée — avant minuit ? »

Muus secoua la tête et lança à Ellingsen :

« Tu entends ça ? Ce type nous supplie ni plus ni moins de le suspecter !

— Typique des masos, répondit Ellingsen.

— Non, répliqua Andersen, tu n'aurais pas pu. C'est justement le clou de l'histoire. La même femme qui t'a vu quitter Natland Terrasse habite un peu plus loin que les Moberg. Et en passant devant la maison, une ou deux minutes après minuit, elle a vu Madame Moberg sortir de la maison et descendre le sentier en direction du garage ! »

Il avait marqué un point. Tous restèrent silencieux. Les autres, bien sûr, étaient déjà au courant, mais ça continuait à les faire réfléchir. Cela mettait l'heure du crime quelque part entre minuit et à peu près 2 heures, l'estimation du légiste.

« Seule ? Elle était seule ?

— D'après notre témoin, oui.

— Et le témoin n'a rien vu d'autre ?

— Non.

— Et elle ne s'est pas arrêtée pour lui parler ?

— Non. Elle ne la connaissait pas à ce point-là, seulement de vue.

— Il devait la guetter dans le garage. Non, elle a dû remonter, et ensuite ils ont dû redescendre vers le garage, tous les deux. Ou alors elle l'a précédé et il l'a rejointe. Ou le contraire. Ou alors...

— Bon ! dit Andersen, c'est ce que nous devons trouver.

— *Nous !* » dit Muus en se frappant la poitrine.

Et, s'adressant à Andersen, il ajouta :

« Pendant combien de temps tu vas nous tenir à écouter les théories fumeuses de ce rigolo ?

— Je... commença Andersen.

— Tu n'as pas besoin de répondre, l'interrompit Muus. Nous n'allons pas l'écouter, pas une seconde de plus. »

Il se tourna vers moi :

« Veum... du vent ! »

Il me désigna la porte de la tête.

« Cher vieil ami », fis-je.

Je me levai. Cela me fit mal partout, mais surtout dans la tête.

Je sortis, pris l'ascenseur pour descendre et un taxi pour rentrer.

Je me déshabillai et restai sous la douche pendant dix minutes tandis que je pensais, non sans satisfaction, que les voisins du dessous entendaient chaque goutte qui tombait. Là-dessus, j'allai me coucher, somnolai une seconde, me réveillai cinq minutes plus tard et constatai que j'avais dormi quatre heures.

Le sommeil avait fait baisser le volume de la migraine de quelques degrés, et je n'avais plus le temps de dormir. J'avais une visite à rendre, une explication à avoir. Une visite à une maison à la porte verte et une explication derrière la porte verte.

31

En tournant dans la rue, je vis la jeune fille de la veille s'engouffrer par la porte verte.

Je m'immobilisai puis rebroussai chemin, traversai la rue parallèle et gagnai le snack-bar du coin. La grande bringue n'avait pas l'air de s'attendre à me revoir. Je la remerciai de la dernière fois* et commandai une tasse de café et un grand chocolat chaud.

« Je n'ai pas pris mon petit déjeuner aujourd'hui, lui expliquai-je.

— On n'a plus le temps de rien faire, de nos jours », répondit-elle.

La conversation en resta là et j'allai m'installer à ma place habituelle pour attendre. Cette fois il n'y eut pas d'amie pour me tenir compagnie, mais le temps passa vite. Elle resta une heure à l'intérieur, puis elle sortit et descendit la rue presque à petites foulées pour disparaître derrière le coin. Je me levai brusquement et me lançai à sa poursuite sans même remercier pour le café.

Elle marchait rapidement devant moi, légèrement penchée en avant, avec une démarche raide qui ne cadrait pas avec son âge. Elle avait dans les

* Règle de politesse scandinave : on ne doit pas manquer, lorsqu'on rencontre à nouveau son hôte, de le remercier « de la dernière fois », même un an après avoir été invité.

seize ans, peut-être, mais marchait comme si elle en avait soixante et souffrait de maux d'estomac. Elle tourna au coin d'une rue et lorsque je l'atteignis à mon tour, elle avait disparu. Je jurai.

Une imposante et lourde matrone descendait la rue, tout au bout, chargée de deux sacs de plastique blanc où quelque chose tintait, et ce n'était pas de la limonade. À part ça, la rue était vide. Cela me laissait deux possibilités. Il y avait deux perrons et deux portes d'entrée à proximité. Elle devait avoir emprunté l'une d'elles. Peut-être y habitait-elle ou peut-être... J'avais vu son visage quand elle avait descendu la rue en sortant de la maison à la porte verte : un visage blême, fantomatique, avec une faim que je connaissais bien.

J'ouvris la première porte et entrai. La cage d'escalier était marron, sale. La porte du fond était entrebâillée. Je la passai, m'immobilisai et tendis l'oreille. Un escalier sombre au linoléum fatigué conduisait aux étages supérieurs, à des effluves de chou cuit et de couches lavées. Sous l'escalier, un recoin sombre permettait d'entreposer vélos et voitures d'enfants ; il n'y avait là ni vélo ni voiture d'enfant, mais j'entendis un son étouffé, comme celui d'un rat en quête de nourriture dans le noir.

J'allai jeter un coup d'œil sous l'escalier. Elle rencontra mon regard. Son visage blême semblait une tête de mort, mais plus encore elle faisait penser à un enfant mendiant des pays sous-développés.

Je vis briller l'aiguille acérée dans sa main. Je vis

la manche retroussée, la lanière de caoutchouc dont elle avait garrotté son bras pour faire ressortir les veines. C'était une seringue à usage unique, et elle était presque pleine. J'eus un vertige en pensant à la façon dont Henning Kvam payait certaines de ses filles.

Je saisis la main qui tenait la seringue. Elle chercha à me mordre la main, mais je l'éloignai. La seringue tomba par terre et y resta. Elle tenta de s'en saisir, mais j'arrêtai son mouvement de mon autre main. Je la tenais fermement à présent et lui dis : « Tu veux que j'écrase ta seringue avec mon pied ? » Elle me pria d'aller à tous les diables me faire passer du baume à l'huile de foie de morue sur l'organe approprié. Elle me pria de m'enfoncer un parapluie rouillé à un endroit où ça aurait certainement fait très mal. Elle me pria de faire toutes sortes de choses divertissantes, mais aucune de ses propositions ne m'impressionna. J'en avais entendu d'autres — et de pires — de la part d'une fille qui s'appelait Eva-Beate. Je savais ce qu'était une adolescente toxicomane et ne fus pas choqué.

Mais j'étais en rogne, littéralement hors de moi. Pas contre elle, mais contre ceux qui l'avaient utilisée, ceux qui l'avaient amenée à être ce qu'elle était. Quand j'empoignais son petit bras tout mince de jeune fille, le bout de mes doigts rejoignait mon pouce. J'en regardai la face interne : elle était couverte de cicatrices, comme des traces laissées par un insecte particulièrement sanguinaire. Mais cet insecte-là était plus dangereux que la plus venimeuse des tarentules et plus assoiffé de sang que le plus cruel des vampires. Cet insecte était mauvais, sans pitié, et j'avais appris à le haïr comme à le craindre. J'avais vu quelques-unes de ses victimes.

« Dis-moi, comment t'appelles-tu ?

— Va te faire foutre », répondit-elle en louchant vers la seringue.

Sa lèvre supérieure était humide de sueur, et elle avait des taches rouges sur le cou.

« Je l'écrase si tu ne réponds pas correctement.

— J'en aurai une autre chez... chez quelqu'un que je connais.

— À ta place, je n'en serais pas si sûre. Alors, comment t'appelles-tu ? »

Dans les étages, une porte s'ouvrit et une voix grossière de femme cria :

« Julia ! Juuulia ! »

Nous écoutâmes. Une autre porte s'ouvrit. Une voix de femme plus claire dit :

« Qu'est-ce qu'il y a ?

— Baisse ta foutue radio sinon j'te balance mon eau de vaisselle sous ta porte !

— Essaye un peu, pour voir, face de rat ! »

Une porte fut claquée. Puis une autre.

« Tu veux devenir comme ça ? » lui dis-je.

Elle secoua la tête. Je lui demandai doucement :

« Comment t'appelles-tu ? »

Elle me le dit — pas à moi, mais à la seringue. Elle confia à la seringue comment elle s'appelait et où elle habitait. Elle raconta qu'elle avait quitté l'école en juin et n'avait trouvé de travail nulle part. Qu'elle avait seize ans, depuis deux mois. Momentanément, je ne lui demandai pas depuis combien de temps elle travaillait derrière la porte verte. Si c'était depuis plus de deux mois, ça ferait un sujet de conversation supplémentaire pour Kvam.

« Mais comment as-tu commencé à... te shooter ? »

Pour la première fois, son regard passa de la seringue à moi.

« Ce printemps. Avec une amie, on a pu acheter du hasch par ici, dans une maison dans le coin, dont elle avait entendu parler. C'était bon marché, pas plus cher qu'une bière. Et puis ç'a été vraiment bizarre. Ça ne pouvait pas être le hasch, on avait dû nous donner autre chose avec. Un garçon que je connais m'a dit... m'a dit qu'ils mélangeaient des choses plus fortes... dans... dans le hasch. Pour nous rendre dépendants. Mon copain m'a dit d'aller trouver... mais, c'était trop tard. Et puis c'est devenu très cher. Très très cher. On... le type a dit qu'on pouvait lui rendre des services et qu'alors on aurait la came gratuite. "Quels services ?" j'ai demandé. "Tu sais bien !" qu'il a dit. C'était dégoûtant, mais il fallait que j'en aie. Et puis je l'avais déjà fait, alors c'était moins... Mais c'étaient des vieux, beaucoup étaient très vieux. C'était répugnant, répugnant. »

Son visage était presque méconnaissable. Il s'était tordu en un masque grotesque, et ses yeux quittèrent la seringue pour me regarder en coin. Les larmes coulaient de ses yeux. Son nez coulait, sa bouche bavait et sa voix n'était plus qu'un mince filet.

« S'il te plaît, suppliait-elle, s'il te plaît, sois gentil, donne-moi la seringue, il me la faut, j'en ai besoin. Dis, tu n'es pas comme ça, je ferai tout ce que tu voudras, je vais... tu auras... je vais te sucer comme on te l'a jamais fait... J'ai une amie, tu nous auras toutes les deux, en même temps, et puis je... on... mais s'il te plaît, s'il te plaît... »

Je lui donnai la seringue. Ça ne sert à rien de commencer de cette façon-là. Pas sous un escalier délabré dans une entrée sale. On n'ôtera pas l'idée de l'arbre de Noël de la tête d'un enfant qui a aperçu les cadeaux.

« Tu n'as pas besoin de faire quoi que ce soit. Je te la donne. Tiens ! »

Et je lui donnai la seringue. Dans quelques jours, de toute façon, elle serait placée. Elle avait un long chemin à parcourir et je ne savais pas si elle parviendrait au bout. Ce chemin passait par une forêt sombre et effrayante, une forêt pleine des visions les plus répugnantes et des cauchemars les plus éprouvants. Je savais en revanche que si elle traversait la forêt, si elle atteignait la campagne verte qui y faisait suite, elle se trouverait devant le plus beau paysage qu'elle ait jamais vu. Et elle le verrait plus clairement que quiconque, car c'était quelque chose à quoi elle avait depuis longtemps tourné le dos, des retrouvailles inespérées. C'est pourquoi je la laissai prendre sa seringue. Ses yeux brillèrent, son corps s'arc-bouta, frissonna, et je vis son expression vide, hébétée : une forme étonnante de bonheur et de vie.

Lorsqu'elle fut revenue à elle, je la raccompagnai chez elle. Elle habitait à deux pas de là, en remontant vers Nygårdshøyden. Je la vis entrer, et j'attendis dehors un bon moment. Elle ne ressortit pas. Et personne n'appela le médecin de garde. Tout était comme d'habitude et je quittai cette rue. À nouveau je mis le cap sur la maison à la porte verte.

32

Cette fois, c'était une visite officielle. C'est pourquoi je sonnai.

J'attendis.

La sale tronche de Nounours Lund se montra dans la pénombre. Il me fixa à travers la vitre avec un demi-sourire qui ne parvenait pas à cacher sa stupéfaction. Il ouvrit la porte et en emplit l'encadrement :

« Qu'est-ce que tu veux ? demanda-t-il.

— Depuis quand on se tutoie ? répondis-je.

— Tu veux mon poing dans la gueule ?

— Du calme, Nounours. Ton heure viendra. Pas mal de temps a passé depuis que tu boxais à l'Eldorado, mon vieux. Tu ne cognes plus aussi fort. On se retrouvera à l'aube, va t'entraîner un peu, qu'on puisse causer plus tard. Je veux voir Kvam. »

Il ouvrit la bouche pour dire quelque chose. Puis il comprit le contenu de la dernière phrase. Il me claqua la porte au nez et je le vis entrer chez Aide Familiale S.A. Il y resta un bon moment, mais j'attendis patiemment. Il finit par ressortir, ouvrit la porte et s'effaça. Je passai rapidement devant lui, sur mes gardes. Mais rien ne se produisit. Il me montra la porte du bureau. J'y entrai.

Kate et Henning Kvam étaient, l'une assise et l'autre debout, derrière le comptoir, lui un peu sur la gauche de sa femme. Ils avaient tous les deux les yeux tournés vers la porte. Aucun ne fit de sourire en me voyant entrer.

Kvam dit :

« C'est bon, Nounours. Tu peux nous laisser. Mais tiens-toi devant la porte et entre si tu entends du bruit. »

La porte se referma dans mon dos.

« Quelqu'un s'attend donc à du bruit ? »

Aucun d'eux ne répondit.

« Je m'appelle...

— Jerven, n'est-ce pas ? m'interrompit Kvam, une expression ironique derrière ses verres épais.

— Aujourd'hui, c'est Veum. Je...

— Veum, Veum... Qu'est-ce que c'était déjà, ma chère ? »

Il regarda sa femme. Sa frange était fraîchement coupée et légèrement arrondie, comme sur un buste d'empereur romain.

« N'avons-nous pas eu une plainte, hier, contre un certain... Veum ? »

Madame Kvam acquiesça en silence, et il poursuivit, en s'adressant à moi.

« L'une de nos baby-sitters a déposé une plainte contre un certain Veum. C'est vous ? »

J'ignorai la question, me penchai sur le comptoir, regardai Madame Kvam dans le blanc des yeux et demandai :

« Et toi, ma chère, dans quelle couleur opères-tu ? Le blond platiné ? »

Je vis que j'avais fait mouche et poursuivis :

« Eh oui, le noir et le rose sont déjà pris, si j'ai bien compris. »

Je levai les yeux vers Kvam.

« La ferme ! Kvam. Je sais de quoi il retourne. Je sais ce qui se passe dans cette maison, je viens de faire un brin de causette avec l'une de tes nymphettes, seize ans depuis deux mois et déjà camée à mort. D'où a-t-elle eu la drogue, Kvam ? D'où l'as-tu eue, toi ?

— Je ne comprends rien à ce que tu racontes. Tu y comprends quelque chose, toi, Kate ?

— Répète-le un petit nombre de fois, tu finiras peut-être par y croire. J'en sais suffisamment long sur cette maison pour te faire coffrer un bon nombre d'années, et tu ne seras plus très frais quand tu sortiras. »

Kvam respirait bruyamment, mais il ne perdait rien de son aplomb.

« Nous avons une plainte contre toi, Veum. Une

de nos baby-sitters. Elle trouvait que nous devrions prévenir la police. Nous lui avons conseillé de laisser tomber...

— Trop aimable.

— Mais peut-être que nous allons le faire quand même, après tout. La plainte parle de tentative de viol, ce n'est pas très joli, Veum. »

Je découvris mes canines :

« Tu ne me fais pas peur, Kvam. Ce n'est pas beaucoup plus joli, ce qui se passe ici...

— Et qu'est-ce qui se passe ici ?

— Mais ce n'est pas le pire. Je ne me soucie guère de quelques atteintes aux bonnes mœurs et, pour ma part, tu pourrais t'en tirer sans dommage. Ce qui me soucie, ce sont les petites filles bourrées de drogue jusque-là. »

Je tins ma main à plat un peu plus haut que ma tête.

« Et là, tu tomberas, Kvam. Tu tomberas très bas, longtemps et durement. »

Sur un autre ton, je dis à Madame Kvam, dont le visage aussi avait pris une teinte blond platiné :

« Et tu tomberas avec lui, ma chère, si tu ne te dépêches pas de tout me dire, et au trot ! »

Elle chercha convulsivement à reprendre son souffle et éructa un mot : « Je...

— Ferme-la, Kate ! »

Ça claqua comme un coup de fouet.

« Il n'a pas l'ombre d'une preuve. Il...

— Mais ce n'est pas tout, dis-je. Et Madame Moberg ? »

Je laissai la phrase en suspens dans l'air, suffisamment longtemps pour voir leurs têtes s'allonger et prendre un air maladif, mais pas assez longtemps pour qu'ils puissent réfléchir. Kvam se jeta sur la première bouée venue :

« Qu... qu... qui ça, Madame Moberg ? »

Je lui exhibai à nouveau mes canines.

« Pourquoi a-t-il fallu la liquider, Kvam ?

— Liqu...

— Ferme-la ! » l'interrompis-je.

Ma question était rhétorique, provisoirement. « Pourquoi ? Moberg m'a raconté qu'elle était désintoxiquée, mais je pense qu'il a menti, ou alors il n'en savait encore rien. Peut-être qu'elle avait été guérie, mais elle ne l'était plus. Elle était sans doute retombée dans ses vieux travers, elle se droguait et je crois savoir où elle se procurait de la drogue. A-t-elle menacé de faire une nouvelle cure, Kvam ? Ne voulait-elle plus ? Ses relations avec un avocat spécialiste des affaires de drogue devenaient-elles alors trop dangereuses ? »

Kvam en était bouche bée comme un poisson hors de l'eau, sa femme donnait l'impression de devoir s'évanouir d'une seconde à l'autre. Je poursuivis :

« Comment lui livrais-tu la drogue ? Dans un appartement du centre-ville loué au nom de Stein Wang ? Plusieurs fois par semaine ? Tu l'aidais peut-être, pendant le trip ? Elle te plaisait ?

— Tu fabules, Veum. Tu fabules.

— Et ce soir-là, elle a raconté que son mari était

parti en voyage et tu t'es dit : c'est maintenant ou jamais. Tu y es allé et... »

Mais il me manquait des éléments pour tout situer. J'avais improvisé un peu trop facilement, un petit peu trop longtemps. Je n'arrivais pas à boucler mon raisonnement, pas encore, pas complètement. J'ajoutai :

« Tu voulais te débarrasser d'elle, et tu l'as fait. La police va me sauter au cou si je lui raconte ça. Ils vont m'envoyer une brioche tous les vendredis pendant dix semaines pour me remercier de mon aide. »

Madame Kvam tourna son visage vers son mari :

« Fais-le taire Henning, je n'en peux plus. Ce type est complètement cinglé. »

Kvam répondit d'une voix qu'il s'efforçait de garder calme :

« Complètement cinglé, Kate. Fou à lier... Nous allons le garder jusqu'à l'arrivée du docteur. »

Et il se mit à appeler le docteur :

« Nounours ! Nounours ! »

La porte s'ouvrit à la volée et Nounours Lund entra au petit galop. Ce qui me rappela que j'avais un compte à régler dans la maison.

« Vide-le, Nounours, dit Kvam. Et... »

Il n'eut pas le temps de finir sa phrase. J'avais fait un demi-tour sur moi-même lorsque Nounours Lund était entré. Comme dans les bagarres quand j'étais gamin, j'avais rapidement estimé la situation. Mon seul avantage était que j'avais dix ans de moins que Nounours et que j'étais vraisemblablement à la fois plus rapide et plus malin que lui. Son atout était d'être fort comme un ours, lourd comme un rouleau compresseur et d'avoir l'énorme expérience de toutes ses années de boxe.

La vitesse était ma meilleure carte et je la jouai avant que quiconque dans la pièce ait eu le temps de s'en aviser. J'exécutai un pas de valse parfait, deux pas en avant et un sur le côté et projetai mon poing droit dans la panse de Nounours Lund. Lui cogner dans le ventre, c'était comme frapper un bloc de ciment emballé dans un édredon. Mon poing s'enfonça avec une étonnante facilité dans une couche de graisse flasque et inutile mais rencontra ensuite le rempart des vieux abdominaux : ce fut comme un coup de pied de cheval. Il ne subsistait peut-être pas grand-chose du boxeur en lui, mais les vestiges s'en trouvaient à coup sûr dans le ventre. Et ils étaient durs.

Nounours Lund cligna des yeux avec surprise. Puis il me dédia un long et affreux sourire. Mais il prit trop son temps. J'avais déjà battu en retraite. Ma main me donnait l'impression d'avoir fait un voyage touristique dans une bétonneuse.

Nounours Lund s'avança sur moi comme un gorille qui, pour tromper son ennui, accepte de faire quelques passes avec un moustique pour sparring-partner. Quelques swings puissants traversèrent l'air devant ma tête. Aucun d'eux ne m'atteignit mais cela ne l'affecta pas outre mesure. Il savait que, pour peu qu'il me touche, un seul coup suffirait.

Je jetai un coup d'œil aux Kvam, mais ni l'un ni l'autre ne faisaient mine de vouloir se mêler à la bagarre. Je reculai le long du comptoir, jusqu'à un coin. Il me suivit, le souffle bruyant. Je continuai à reculer jusqu'au coin suivant et ensuite vers la porte restée ouverte. Il me talonnait. Je passai la porte, puis je m'arrêtai cinquante centimètres plus loin. Nounours Lund suivait toujours. Kvam comprit ce que je mijotais et cria :

« La porte ! »

Au moment où il le dit, Nounours Lund était en plein dans l'ouverture. Le cri l'arrêta et il jeta un regard désemparé à Kvam tout en baissant sa garde. Sans le vouloir, Kvam m'avait aidé. Nounours Lund se tenait où il le fallait et ne se méfiait pas.

Je donnai à la porte le coup de pied le plus puissant que je pus. Il ne soutenait pas la comparaison avec les vieux briseurs de troncs de Pesen, mais c'était suffisant pour Nounours Lund. La porte le toucha en pleine face avec un bruit sec, comme lorsqu'on casse une branche. L'arête le frappa entre les deux yeux. Si son nez n'avait pas déjà été cassé, il l'aurait été désormais. Il allait porter une trace verticale rouge sur le visage pour les semaines à venir. Pendant quelques secondes qui s'étirèrent en silence, la pièce fut comme une photo gelée. Puis la porte revint lentement vers moi et Nounours Lund suivit la porte en trottinant comme une fillette de huit ans qui se rend à son premier bal à l'école de danse. Il avait l'air complètement idiot, tels des projecteurs fous, ses yeux balayaient la pièce en tous sens. Il fit quelques petits pas, puis s'écroula sur le plancher dans un fracas qu'on dut entendre de l'autre côté du pont de Sotra.

« Je te devais bien ça, Nounours », dis-je en flattant la bosse sur ma tête.

Je me retournai vers les époux Kvam :

« J'ai besoin de quelques heures pour réfléchir à la situation. Mais ce n'est pas une raison pour vous détendre. Vous êtes finis, tous les deux, de toute façon, alors vous pouvez aussi bien fermer boutique maintenant.

— Ne compte pas trop là-dessus, Veum », gronda Kvam.

Mais il était trop livide pour paraître dangereux. Sa femme me fixait avec de grands yeux incrédules, si grands qu'on aurait pu y planter des nénuphars.

« Tu as un cor au pied, Veum ? dit Kvam. Donne-moi la moindre occasion, et je le piétinerai !

— Tu l'as déjà fait », répondis-je.

Je jetai un coup d'œil à Nounours Lund qui gisait immobile sur le plancher devant la porte.

33

Je rentrai chez moi, mis le réveil à sonner et m'octroyai encore quelques heures de sommeil. Mais ce ne fut pas un bon sommeil. Je rêvai que je me trouvais dans le garage éteint des Moberg et que je voyais une femme descendre le chemin de gravier depuis la maison. C'était... Madame Moberg... non, c'était... Rébecca... non, c'était... Beate ?

À mon réveil, je retrouvai ma migraine. Je pris deux comprimés et une douche chaude. Ensuite je m'habillai — lentement. J'enfilai une chemise blanche et une cravate noire avec quelques raies rouge sombre. Elle ressemblait à une épave de la dernière Guerre mondiale, mais c'était la seule que je possédais. J'avais deux beaux costumes. J'utilisais l'un pour les enterrements et l'autre, je ne le mettais jamais. Il était réservé aux occasions festives, et c'est celui-ci que je revêtis.

Je me posais sans relâche la même question : pourquoi n'appelais-je pas Muus pour lui raconter ce que j'avais découvert sur Kvam et la maison à la porte verte ? Et à chaque fois, je me faisais la même réponse : parce que j'avais le sentiment déplaisant qu'il existait bien un lien entre le meurtre de Margrete Moberg et Kvam — et parce que je craignais que ce lien ne disparaisse à jamais si quelqu'un envoyait Kvam en prison ou le passait à la moulinette.

Je regardai ma montre. Il serait bientôt 18 h 30. Mon rendez-vous avec Hilde Varde n'était qu'à 19 h 30, mais je devais encore régler quelque chose auparavant. Je pris ma voiture.

Je pénétrai dans la cage d'escalier. Une tuyauterie gémissait encore quelque part mais les tuyaux de ce genre n'en finissent jamais de gémir. Et dans ce genre de maisons, il y a toujours un tuyau pour gémir, à un endroit ou à un autre. Les murs de l'entrée étaient peints en bleu, glaciaux et terriblement propres. Pas le moindre gros mot, pas le plus petit dessin vulgaire. Quelqu'un, dans cette maison, avait la serpillière zélée.

En haut, sur la porte de l'appartement, on avait accroché la même carte de visite qu'en bas, sur la boîte aux lettres : *Rigmor Moe*, en imprimé et *Beate*, au stylo à bille. Je sonnai, et Rigmor ouvrit. Elle avait davantage l'air chez elle, ici : les joues un peu rouges et animées, les cheveux mal peignés, un petit tablier devant ses larges hanches. Ses mains ne paraissaient plus si dangereuses dans leurs gants de caoutchouc roses qui dégouttaient de mousse.

Elle parut ébahie de me voir. Peut-être parce que c'était moi, peut-être parce que j'étais si bien habillé. Je lui demandai :

« Je peux entrer ? Ça ne sera pas long. »

J'imprimai à ma voix un timbre agréable. Elle me considéra avec méfiance :

« De quoi s'agit-il ?

— C'est une longue histoire et je vais essayer d'être bref. Mais pas au point de la raconter sur le pas de la porte pour en régaler tout l'immeuble. »

Elle fit un bref signe de tête et me fit entrer. C'était un vestibule sombre, confortable, avec de longs tapis sur le sol et un grand miroir encadré de vert foncé. Je préférais ce miroir-là à celui que j'avais vu dans la chambre noire de la maison à la porte verte.

Elle m'entraîna dans la cuisine. La petite fille blonde y était à table et mangeait deux tartines de fromage et une de confiture. Un verre de lait à demi bu se trouvait devant elle. Elle portait un pyjama bleu ciel et me jeta un regard interrogateur lorsque j'entrai.

« Bonjour ! lui dis-je.

— Bonjour ! Comment tu t'appelles ?

— Je m'appelle Varg.

— Varg ? »

Elle eut l'air surpris. Je connaissais cet air-là. J'avais la même expression en me découvrant chaque matin dans la glace.

« Mange, Beate, dit sa mère.

— Beate. C'est un joli nom. J'ai connu dans le temps une... dame... qui s'appelait comme ça. »

Elle sourit. Elle avait de grands espaces entre ses dents et le lait lui avait laissé des moustaches blanches. Quelques miettes de pain émaillaient le tour de sa bouche comme des pierres sur une plage. C'était une belle enfant.

« Qu'est-ce que vous aviez à me dire ? » demanda la mère.

Elle tournait le dos à la mousse de la vaisselle et avait retiré ses gants.

« Simplement que tu n'as plus besoin de retourner le soir à la maison à la porte verte. »

Le silence se fit dans la cuisine. Beate se murmurait des choses à elle-même, à moins que ce ne fût à la tartine. Sa voix était rauque lorsqu'elle la retrouva :

« Et que voulez-vous dire par là ?

— Que Kvam est fini. *Finito !* Pour de bon. Tu peux oublier l'adresse et dire adieu à la porte verte, adieu à la chambre noire.

— Mais ils disaient... il disait...

— Oublie-le. Oublie ce qu'il disait. Il est fini. Tu n'as plus besoin d'y aller. Jamais. »

Son visage était maigre et une peur secrète y était apparue.

« Jamais ? Jamais plus ? »

C'était un mot qu'elle employait rarement, je l'entendais à son intonation.

« Combien cela te rapportait-il ? »

Une pointe de mépris envahit son visage et en chassa la peur.

« Rapporter ? Pas tant que ça. Nous avions ce que les clients voulaient bien nous donner, en plus. Et un fixe par soirée que nous versait...

— Kvam.

— Oui.

— Mais comment... je veux dire, comment est-il possible ?...

— Comment est-il possible qu'une jolie et gentille secrétaire se laisse utiliser de la sorte ? »

Elle ne dit pas ces mots, elle les cracha. Involontairement mes yeux glissèrent jusqu'à son bras. Elle vit mon regard et cracha de nouveau :

« Non, Jerven, je ne suis pas de ceux-là. Ils... ils avaient un moyen de pression sur moi. Ils... »

Elle regarda Beate. La petite fille était pensivement perdue dans son monde de lait et de pain, toute concentrée sur son repas, comme les enfants peuvent l'être.

« Ils... Henning, depuis bien des années... connaissait mon point faible : que j'aimais... être forte... dominer, avoir... des serviteurs. »

Elle cherchait ses mots, mais ce n'était pas nécessaire. J'avais vu son équipement, j'avais vu la chambre noire. Je savais ce qu'elle voulait dire.

« Après la naissance de Beate... j'ai été longtemps au chômage et lui, son père, était marié, il ne payait pas régulièrement et... à contrecœur. La vie était souvent difficile et j'ai participé... quelques soirs par semaine... pour Beate, pour l'argent. »

Elle avala sa salive.

« Plus tard, quand j'ai trouvé le travail chez Abr... chez Lange, j'ai voulu cesser. Mais alors ils ont dit, Henning a dit qu'il fallait que je continue, sinon ils me mettraient la Protection de l'Enfance sur le dos. Il a dit qu'ils m'enlèveraient Beate, que les... filles comme moi n'avaient pas le droit d'avoir des enfants, que... que...

— J'ai travaillé à la Protection de l'Enfance. Je n'ai jamais vu des enfants enlevés à leur mère parce qu'elle gagnait sa vie de cette façon-là — à condition qu'elle ait été une bonne mère. Nous avons retiré les enfants aux mères qui n'étaient plus en état de s'en occuper parce qu'elles étaient alcooliques ou droguées, c'est vrai. Mais jamais pour cette raison-là ! Et je vois bien que tu es une bonne mère ! N'importe qui peut le voir. Ça ne se serait jamais produit. J'ai vu des femmes qui gagnaient leur vie de cette façon élever leurs enfants avec plus d'amour que bien d'autres. Les problèmes les plus graves, on les rencontrait chez les enfants d'une tout autre classe sociale, d'un tout autre genre de foyer. Les enfants des familles où les parents ont tellement d'argent et d'ambitions à gérer qu'ils n'ont pas le temps de s'occuper de leurs enfants. »

Je regardai Beate. Elle attaquait la tartine de confiture. Je pensai à Thomas. Dans une autre maison de cette ville, il était peut-être en train, lui aussi, de manger une tartine de confiture avant que quelqu'un — sa mère... ou peut-être son nouveau père — ne le couche.

D'une voix rouillée, je dis :

« Je ne vais pas te déranger plus longtemps. Il faut que tu couches... Beate. Rien qu'une question encore avant que je m'en aille. C'était d'ailleurs pour ça que j'étais venu, à vrai dire. »

Je fis une petite pause.

« C'était Kvam qui louait l'appartement, n'est-ce pas ? Il n'y a pas de mystérieux Stein Wang, c'est Kvam qui le louait, n'est-ce pas ? »

Elle me regarda et acquiesça.

« Il... m'a forcée à le faire, murmura-t-elle. Je l'ai caché, même à Lange. Si tu le dis...

— Je ne dirai rien du tout. Tu peux toujours

raconter que tu pensais qu'il s'appelait effectivement Stein Wang, n'est-ce pas ? »

Elle acquiesça, avec un soupçon d'hésitation cependant.

« Ah bon ? fit-elle.

— Eh oui, car moi, par exemple, je m'appelle Veum, et pas Jerven. Ce qui prouve qu'on ne sait jamais.

— Aaah ! » dit-elle en repoussant une mèche de son front.

Je me dirigeai vers la porte.

« C'est tout. Je trouverai bien le chemin tout seul. Merci de ton aide. »

Elle me salua d'un signe de tête.

« Merci à toi », dit-elle.

Je les regardai. La petite femme blonde aux grandes mains était debout devant la mousse de la vaisselle comme un animal qu'on vient de faire sortir de sa cage. La petite fille était à table et clignait des yeux de fatigue. La lumière du plafonnier était aveuglante. L'image de ces deux êtres resterait sur mes rétines longtemps, très longtemps.

34

Il faisait froid ce soir-là, et sec.

Elle arriva à l'heure, sur de hauts talons qui claquaient. Ses jambes étaient très belles, et elle portait un manteau de fourrure brune qui mettait en valeur sa chevelure blanche comme neige. Je lui dis :

« Elle n'a pas dû être donnée.

— Quoi ?

— La fourrure.

— Ah, ça ! Je travaille, je suis célibataire. J'ai les moyens de m'offrir ça. »

Là-dessus nous montâmes. Le restaurant était aux trois quarts plein, et je me réjouis d'avoir retenu une table. Un homme au smoking impeccable nous mena à une table avec nappe blanche et bougies. Il avança la chaise de Hilde Varde. Je m'avançai ma chaise moi-même. Et nous voilà installés.

La table voisine de la nôtre était occupée par une blonde bien en chair qui donnait l'impression que d'une seconde à l'autre elle allait déborder de sa robe. Elle agrémentait son vin rouge d'un steak au poivre décoratif. De l'autre côté de la table était assis un homme, bouche crispée, qui avait l'air d'avoir misé sur le mauvais cheval.

Le steak au poivre avait une bonne tête et je m'en commandai un. Hilde Varde accorda sa préférence à une fricassée de poulet aux poivrons. Nous commandâmes du vin rouge.

Le maître d'hôtel apporta le vin et, en professionnel, en versa une goutte dans mon verre. Je bus la goutte et la fis tourner dans ma bouche tout en essayant d'avoir l'air du monsieur qui passe tous ses loisirs à goûter des vins.

« Pas mal, fis-je, un peu trop de soleil cette année, peut-être... »

Mais je ne crois pas lui avoir donné le change. Puis nous mangeâmes un peu. Le vin rouge nous dégela. Les plaisanteries d'introduction étaient passées, nous pouvions commencer à faire connaissance.

« Tu as été marié, déjà ? demanda-t-elle.

— Une fois de trop, il y a quelques années.

— Moi aussi, pendant deux ans. Je tournais en rond à la maison toute la journée, c'est ce qu'il voulait. »

Il voulait mettre les neiges du Kilimandjaro dans le congélateur. Ça ne m'étonnait pas, mais il commettait une erreur.

« J'en ai eu assez. Il n'arrivait pas à le comprendre, il mettait ça sur le compte de mon passé.

— Ton passé ?

— Je venais de... ce qu'on appelle un milieu familial à problèmes. Mon père était un coureur de jupons, ma mère buvait, de plus en plus. Elle est morte d'un cancer de l'estomac quand j'avais quatorze ans. J'avais deux frères. L'un est parti en mer et n'est jamais revenu. Il s'est établi en Afrique du Sud, a lancé une marina près de Cape Town. L'autre est un instable. Il a été incarcéré pour la première fois à dix-sept ans — vol de voiture, tentative de viol et vandalisme. »

Elle eut un pâle sourire.

« Plus tard ça a continué dans le même style, si bien que j'ai rompu tout contact avec lui. Et papa est mort. On peut donc considérer que je suis sans famille. Mon mari, Magnus, a réussi à me faire oublier tout ça. Il travaillait dans une agence de publicité, avait des amis sympathiques. Nous n'évoquions jamais mes origines. Nous ne parlions d'ailleurs pas de moi du tout. J'étais là. J'étais la jolie femme de Magnus — “n'est-elle pas jolie ?” »

Elle était jolie, et avait du tempérament. Ces souvenirs lui avaient fait monter le rouge et la chaleur aux joues. Elle conclut brièvement :

« Ça ne pouvait pas durer. J'ai postulé cet emploi chez Moberg, et je l'ai obtenu. J'avais déjà travaillé chez un avocat avant de me marier. Magnus m'a dit que je devais choisir entre ce travail et... lui. Puis il a demandé le divorce. Il ne pouvait pas avoir d'enfants d'une femme qui ne voulait pas rester à la maison, prétendait-il. Il est remarié, avec une gentille fille, qui collectionne les recettes de cuisine, fait des enfants et est la nouvelle jolie femme de Magnus — “elle est plus mignonne que la première, tu ne trouves pas ?”

— Mange ton poulet, dis-je, il va être froid. »

Elle eut un nouveau sourire — un sourire rayonnant — et dit :

« Mais j'ai bien assez parlé, maintenant c'est ton tour. Raconte-moi pourquoi les gens deviennent détectives ?

— Après le bac et le service militaire, j'ai navigué quelques années. Quand je suis rentré chez moi, j'ai fait du droit pendant trois ou quatre semestres avant de laisser tomber. J'ai suivi les cours de l'école de l'Assistance publique et j'ai travaillé quelques années à la Protection de l'Enfance, avec les stupéfiants comme spécialité. Comme ma connaissance du milieu était de plus en plus grande, j'ai pas mal collaboré avec la brigade des stupéfiants et la brigade criminelle aussi. Et puis... Il s'est passé quelque chose et je me suis mis à mon compte.

— Tu as laissé tomber la Protection de l'Enfance ?

— J'ai laissé tomber.

— Pourquoi ? »

Je la regardai :

« Un vendeur de drogue... s'est mis sur mon chemin. »

Elle me rendit mon regard sans rien dire. Je poursuivis :

« De bien des façons, j'ai continué là où j'avais arrêté. Je recherche constamment des enfants en fugue et je les ramène chez eux. Je ne sais pas toujours vers quel genre de chez-eux je les ramène, mais je les ramène. C'est pour ça qu'on me paie.

— Mais tu obtiens quelque chose avec ces jeunes ?

— Je ne sais pas si on peut aborder le problème comme ça. Je suis allé cinq fois à Copenhague arracher des enfants aux mains des trafiquants de drogue. L'une d'elles est morte. Elle s'est suicidée en sautant du douzième étage. Une autre est bien près de mourir, à cause de la drogue : elle a besoin d'un foie neuf, mais il y a beaucoup de monde avant elle dans la queue. Deux autres sont en cure de désintoxication : c'est comme jouer au Loto, tu peux gagner ou tu peux tout perdre. J'en connais une qui est tout à fait guérie. Elle s'est trouvé un petit ami, un chic type, et elle a recommencé à travailler. Ce n'est peut-être pas un résultat énorme, mais en tout cas, c'est mieux que rien, mieux que d'être assis derrière un bureau à remplir des formulaires. »

Elle hocha la tête en silence.

Un moment plus tard elle dit, avec un sourire triste en coin :

« Donc, toi, tu as une mission dans la vie... »

Nous entamâmes une nouvelle bouteille de vin rouge.

Le maître d'hôtel me la fit également goûter.

« Un peu trop de pluie en septembre cette année, peut-être ? »

Cette fois, il sourit ouvertement.

Ensuite, nous avons dansé. Ses cheveux ne sentaient pas la neige. Ils sentaient le léopard, le félin en quête d'une proie. Dans mes bras, elle était légère comme une plume, et elle évitait vivement que je lui marche sur les pieds. L'orchestre — qui se composait de cinq hommes bruns, barbus, vêtus de vestes de smoking lilas — jouait *Moonlight Serenade*, et nous étions devenus amis.

« Varg, souffla-t-elle contre mon cou, en souriant. C'est un nom à faire peur aux petits enfants.

— Mon père voulait une fille. Alors il a décidé de me faire une farce. »

La blonde de la table d'à côté s'était mise à remuer son doigt dans son verre de vin. L'homme à la bouche crispée était depuis longtemps parti au bar. Un homme rougeaud au crâne luisant invita la femme à danser. Elle refusa sans grâce.

« Nous pourrions aller chez moi... proposai-je. Prendre un verre. »

Elle fit son sourire de chat.

« Qu'est-ce que tu as à offrir ? »

Je fis semblant de réfléchir.

« Euh... de l'aquavit et de l'aquavit et...

— De l'aquavit ?

— Peut-être un reste de vodka. Et j'ai une vue splendide, ajoutai-je.

— Et il a une vue splendide. »

Elle eut l'air de réfléchir.

« O.K. », dit-elle, avec un sourire.

Et le soleil se coucha sur les neiges du Kilimandjaro.

Je remerciai les gars du *M/S Boléro* pour toutes les heures passées à jouer au poker, lorsque le maître d'hôtel apporta l'addition. Je payai en espérant afficher la mine impassible du parfait joueur de poker.

Au vestiaire, je l'aidai à enfiler la fourrure que je lui tendais comme si c'était son port d'attache.

J'avais trop bu pour conduire. Je commandai un taxi.

Nous étions confortablement installés sur le

siège arrière et regardions la vie nocturne de Bergen — un souteneur ivre, quelques jeunes qui se battaient et une vieille prostituée avec une bosse sur le front — défiler et disparaître. Elle se pelotonna sous mon bras... Le trajet fut beaucoup trop court.

En haut de la venelle, elle regarda ma maison et dit :

« Alors, c'est ici que tu habites ?

— C'est ici que j'habite. »

Nous entrâmes. Il n'y avait pas de grands hommes sombres qui nous attendaient dans l'escalier ce soir-là. J'en fus ravi.

Dans l'entrée elle abandonna à nouveau sa fourrure. Elle portait une robe noire courte avec des rayures de fil d'argent, et ses épaules étaient dégagées : nues, blanches et rondes. Elle tourna vers moi des yeux que le vin mouillait.

« Je crois que tu es un petit coquin... Varg... »

Ses lèvres étaient brillantes et humides et...

Nous passâmes dans le salon. Elle gagna la fenêtre et regarda à l'extérieur. Elle se tourna vers moi :

« Où est donc la vue dont tu t'es tant vanté ? »

De la tête je lui indiquai la porte de la chambre à coucher. Elle me regarda le temps d'une hésitation, mais ouvrit la porte et entra. Elle fit semblant de ne pas voir le lit. Elle alla à la fenêtre. Lorsqu'elle se tourna cette fois, une légère rougeur colorait ses joues. Elle me regardait ironiquement.

« Si tu grimpes sur l'appui de la fenêtre », dis-je.

Elle conserva son sourire ironique mais tira un tabouret jusqu'à la fenêtre et monta sur le large appui de fenêtre à l'ancienne.

« Non, dit-elle, d'ici non plus.

— Si tu te mets sur la pointe des pieds. »

Elle se mit sur la pointe des pieds. Elle ne se retourna pas, se contenta de secouer la tête.

« Et si tu mesurais dix centimètres de plus », dis-je.

Elle fit demi-tour sur l'appui de la fenêtre. Son regard fit le tour des lieux, là-haut, comme un aigle avant de fondre.

« Mais je fais un excellent café, ajoutai-je. Au petit déjeuner. »

35

Je me tenais à la fenêtre, tournant le dos à la chambre. Un chat efflanqué se faufila le long d'une maison, en quête de nourriture ou d'une compagne.

J'en savais plus long sur elle. Je savais qu'elle était restée vierge jusqu'à quinze ans, qu'une fois elle avait couché avec deux hommes différents en l'espace de quelques heures, qu'elle avait trompé son mari « une demi-fois » (comme elle avait dit) sur les deux ans où ils avaient été mariés — et qu'elle n'avait pas « encore » couché avec William Moberg. C'est elle qui avait parlé l'heure d'avant et elle parlait encore.

Je me tournai vers le lit et demandai, avec autant de désinvolture que je pouvais :

« À propos de Moberg, comment s'entendait-il avec sa femme ? »

Elle souleva la tête de l'oreiller. Sa cigarette passa de la position verticale à la position horizontale. Le bout incandescent faisait comme un œil supplémentaire — qui me fixait.

« Leurs rapports étaient froids, en tout cas les derniers temps. La première année où j'ai travaillé pour lui, elle l'appelait plusieurs fois par jour. Et une fois par semaine, il m'envoyait acheter un bouquet de fleurs pour elle. L'année dernière elle n'a à peu près jamais appelé et il n'a jamais commandé de fleurs. »

Elle s'appuya de nouveau sur l'oreiller. Ses cheveux se confondaient avec la literie. Dans le reflet incandescent de la cigarette, ses yeux paraissaient briller. Quand elle était sur le dos, ses seins étaient tout plats et les tétons évoquaient deux petits bonbons au chocolat.

« Moberg est un type tout à fait fascinant. Il est bien conservé, pour quelqu'un qui a passé la cinquantaine. Il s'entraîne.

— Il fallait bien, dis-je, avec une femme aussi jeune, qu'il se maintienne en forme.

— Il a déjà été marié avant, mais tu es sûrement au courant ?

— Non, je ne le savais pas.

— Elle a repris son nom de jeune fille... Gran ou Grande, quelque chose comme ça. Elle avait bien quelques années de plus que lui. Ils ont un fils. Je l'ai rencontré une fois qu'il se trouvait au bureau. Il était venu soutirer de l'argent à son père. Mais il était assez rouge en s'en allant. Il ne m'a pas plu. C'est un de ces petits blondinets qui croient ressembler à Robert Redford parce qu'ils ont quelques grains de beauté sur la figure. »

Je notai dans un coin de ma tête : Gran ou Grande.

« Et un fils ? De quel âge ? »

Elle haussa les épaules et le lit craqua doucement :

« J'sais pas. Dans les vingt ans, selon moi. Pourquoi ça ? Tu as trouvé... quelque chose... sur l'affaire ?

— Pas grand-chose. Connais-tu un dénommé Kvam ? Henning Kvam ?

— Non, ça ne me dit rien.

— C'était un client de Moberg, il y a quatre ou cinq ans.

— C'était avant que je ne travaille pour Moberg. Je n'y suis que depuis quelques années. »

J'opinai.

« Mais je suppose que ce n'était pas pour me faire subir un interrogatoire en règle que tu m'as attirée ici ? Ou bien as-tu déjà perdu tout espoir ? »

Je souris dans l'obscurité.

« Non. Pas encore. »

Et je retournai au lit. Plus tard, couché dans l'obscurité, j'entendis sa respiration se faire régulière à côté de moi. Je pensais aux trois femmes que j'avais rencontrées ce jour-là. Je pensais à la jeune droguée, à la faim dans ses yeux, à ses offres sans vergogne et à sa gratitude quand elle avait récupéré son poison. Je pensais à ses yeux demi-morts, au long cheminement douloureux qui l'attendait, ou bien à sa mort prochaine. Je pensais à Rigmor Moe adossée à l'évier, et à la petite Beate avec ses miettes de pain et ses restes de lait autour de la bouche, et au cône de lumière vive qui les englobait. Puis je me rappelai l'autre Rigmor Moe, vêtue de noir, un fouet de cuir à la main, avec des cheveux roux, bruns ou blonds... Je pensais à Hilde Varde. Aux neiges du Kilimandjaro qui avaient fondu si rapidement. Une petite femme dans le lit, à mes côtés, la bouche entrouverte et les commissures des lèvres déjà humides de sommeil. Je pensais aussi à Varg Veum. Je pensais à ce qui avait conduit un homme comme Varg Veum à rencontrer ces femmes. Je pensais à Margrete Moberg, morte dans une Opel Kadett rouge, une trace bleuâtre autour du cou et un collier de perles de marques bleues sur le bras. Lentement je m'enfonçai dans le sommeil, un sommeil gris et agité, un sommeil qui me jetait de visage de femme en visage de femme sans me laisser de répit.

36

La table du petit déjeuner fut une réussite. Le café, noir comme de l'encre, avait le goût d'un matin de septembre en haute montagne. Les œufs étaient cuits à point, les jaunes en étaient comme des matins d'été oubliés. Les tartines, fraîchement grillées, croustillaient, le beurre était moelleux et doré — et les saucisses de mouton si fraîches qu'on aurait juré que la veille au soir encore les brebis gambadaient dans la lande. La confiture de fraises, d'un rouge brillant, était sucrée à souhait et la marmelade d'oranges aiguisait l'appétit exactement comme il le fallait : elle vous incitait à prendre une tartine en plus.

La table du petit déjeuner était une réussite, mais le petit déjeuner n'en fut pas une. Hilde Varde n'était pas une adepte des bons petits déjeuners. Pour Hilde Varde un bon matin était un mauvais matin. Pour Hilde Varde, une bonne journée ne pouvait commencer avant que l'horloge ne s'approchât de midi. Elle contemplait une tartine de pain sec, avec sur le visage des regrets comme un cold-cream gras. Elle n'aimait pas la marmelade d'oranges et la confiture de fraises lui donnait des boutons. Quant aux saucisses de mouton, elle en avait eu plus que sa dose dans son enfance, et les œufs lui causaient des nausées. Elle mangeait le moins de beurre possible, le café lui provoquait des remontées acides et pour le lait, elle n'en buvait que dans les occasions tristes. Donc elle but du lait.

Le lait était froid, blanc et frais, et elle en but deux verres. Elle avala une tranche de pain recouverte d'une infime couche de beurre.

Elle ne me laissa pas en placer une.

« Le grand séducteur est content ? demanda-t-elle. Le chasseur contemple sa proie avec le sourire ?

— Je...

— Les hommes sont tous les mêmes. Vous invitez une fille à dîner, à boire un pot, et à contempler le panorama chez vous. Et il n'y a qu'une chose qui vous intéresse. La bonne vieille chose.

— Mais je...

— Et vous nous faites boire juste ce qu'il faut de vin pour que nous ne soyons pas cn état de dire non, et le lendemain matin, vous vous attendez à ce que nous sautions des édredons matinaux fraîches comme des naïades venant à la vie, et que nous ne tarissions plus sur le Grrrand Orgasme, sacro-saint et seul véritable, et... »

Elle chercha ses mots. C'était un miracle. Je tentai de dire quelque chose :

« Mais enfin, écoute...

— Et tu es un homme moderne super viril qui aime à faire un pas de deux avec un petit tablier devant son petit accessoire, le cheveu en bataille et la joue rouge tandis que naissent comme par enchantement les bons petits plats du matin les uns après les autres. Et après, tu es assis là, la robe de chambre entrebâillée, du poil sur la poitrine et tu t'imagines que tu es le plus grand dur que le monde ait connu depuis que Marlon Brando a pris du bide. Ah mon Dieu ! J'en ai vu des bonshommes de ce modèle ! Ah mon Dieu ! »

Elle fit la moue et mit fin à ses agapes, puis se leva et quitta la cuisine sans que j'aie pu dire un seul mot.

Je ne tentai pas de la suivre, je préférai encaisser dans mon coin. Je pris mon petit déjeuner tout seul et ce fut vraiment un merveilleux petit déjeuner.

Quand elle revint, elle avait déjà sa fourrure sur le dos et était prête à partir.

« Ne crois pas, dit-elle, que je sois venue ici pour tes beaux yeux, Varg Veum. Ne va pas t'imaginer que je suis venue parce que tu as une super technique pour accrocher les filles. Je suis venue ici parce que j'avais besoin de faire l'amour. Et je l'ai fait. Ça ne cassait pas des briques, mais je ne m'attendais pas à autre chose. Alors, salut, Varg Veum, à un de ces jours... peut-être ! »

Là-dessus, elle partit.

« *See you later, alligator* », dis-je à la porte close.

C'est ça que j'aime chez les filles d'aujourd'hui : elles ne te laissent jamais conserver la plus petite de tes vieilles illusions idiotes. D'accord, d'accord, je n'étais peut-être pas le plus grand tombeur du monde, mais je savais faire un bon petit déjeuner, et pour le moment c'était bien suffisant, en tout cas pour moi.

37

On était samedi matin. Ce n'était pas le meilleur moment pour rendre visite à des gens qu'on n'avait jamais vus et qui ne retireraient pas de joie particulière de cette visite, mais je désirais mettre tous mes pions en place, le plus tôt possible.

Je trouvai dans l'annuaire une bonne quantité de gens qui s'appelaient Gran, mais seulement une personne qui s'appelait Grande. Liv Grande. Je tentai un coup de poker et me rendis à l'adresse indiquée, une maison à un étage de Fløenbakken.

Le jeune homme qui ouvrit la porte correspondait à la description : des cheveux blonds qui lui tombaient négligemment sur le front, et un air prétentieux sur son joli visage. Il portait des jeans délavés et un T-shirt bleu collant qui mettait en valeur ses bras musclés, sa poitrine large et son ventre plat et dur... Quelque chose me disait que j'aurais eu plus de difficultés à envoyer ce gars-là au tapis que je n'en avais rencontré avec Nounours Lund.

Je dis qui j'étais, ce que je faisais pour vivre et demandai à parler à sa mère :

« Oui, car votre mère a été autrefois Madame Moberg, n'est-ce pas ? »

Il acquiesça à contrecœur et me demanda si je pouvais dire avec plus de précision de quoi il s'agissait. Je lui répondis que je préférais m'en expliquer avec sa mère. Il referma alors la porte et je restai là à regarder Store Lungegårdsvann. Les bateaux avaient été ramenés à terre pour l'hiver et du côté de l'hôpital de Florida, ils construisaient une large route qui avançait sur l'eau. Ce devait être le nouveau pont de Nygård, l'élément de jonction entre l'échangeur de la Danmarksplass et le chaos inextricable de la circulation près de la gare routière. Ce serait un pont entre le Tout et le Néant, entre un avenir bien réglé et un passé rétif : la collision de deux époques, et pas une belle collision. Je poussai un soupir et laissai mon regard glisser jusqu'à Løvstakken, le représentant de l'immuable pour l'éternité : les montagnes.

La porte se rouvrit, le jeune homme me fit entrer et m'invita à monter un escalier.

Madame Moberg — qui s'appelait à présent Madame Grande — n'avait pas fini de prendre son petit déjeuner. Elle était petite et ronde, et ses cheveux, qui avaient été bruns un jour, étaient à présent mêlés de gris et tendaient vers le blanc. Son visage rond aurait pu passer pour jovial, mais le pli amer qui entourait sa bouche révélait qu'elle ne devait pas être facile à vivre. Elle se trouvait dans une pièce peinte en blanc, le dos tourné vers la porte d'une véranda. La porte était fermée. Quand elle était ouverte, elle menait à un jardin d'hiver de très grande dimension où l'on pouvait déguster de plaisants petits déjeuners par de tranquilles matins d'été.

Madame Grande reposa une tranche de pain blanc entamée comme s'il s'agissait du coussin portant les joyaux de la Couronne. Elle m'ausculta jusqu'au cou, constata avec satisfaction que je m'étais coupé en me rasant ce matin-là et me demanda ce que je voulais. Son fils — qu'elle me présenta comme Peter Grande, en insistant sur

Grande — s'alanguit sur une autre chaise et remua à grand bruit sa cuiller dans une tasse de café.

« J'enquête sur le meurtre de Madame... de l'actuelle... c'est-à-dire récemment décédée... Madame...

— Venez-en au fait, jeune homme. »

Sa voix était sombre et profonde.

« De la dernière Madame Moberg en date. La nouvelle femme de votre ancien mari. Elle est morte.

— Oui, figurez-vous que je l'ai appris. »

Elle ne s'écroulait pas en sanglots, mais ne hurlait pas davantage de rire. L'expression satisfaite de sa bouche, cependant, en disait plus qu'assez.

Je ne savais pas encore avec certitude où je voulais en venir. En fait, je ne savais pas ce que je voulais lui faire dire. Je tâtai le terrain :

« Votre... euh... avez-vous eu l'occasion de rencontrer cette... femme ?

— Elle ? La nouvelle ? Jamais ! Vous pouvez en être sûr. Je n'ai jamais mis le pied dans son voisinage. »

L'expression un peu ampoulée produisait une certaine impression pathétique. C'était comme si cette ironie amère l'aidait dans sa tentative pour repousser à bonne distance ce qui n'était que trop proche.

Peter Grande renifla bruyamment et tendit la main vers une tranche de fromage.

« Puis-je vous demander depuis combien de temps votre mari et vous êtes divorcés ?

— Je vais vous révéler, Monsieur — comment, déjà ? — Veum ? Je vais vous révéler un secret mal caché. William Moberg est un cochon. Un vieux cochon. »

Je jetai un coup d'œil sur Peter Grande. Il ricanait ouvertement. Il trouvait que c'était une bonne définition de son père.

« Je l'ai supporté longtemps — pour mon cher Peter. »

Elle dédia à son fils un regard affectueux.

« Mais après l'histoire avec la secrétaire, j'ai renoncé. J'ai rendu la cassure définitive. Je ne pouvais pas lui faire confiance une seconde de plus. C'est une chose d'essayer de maintenir une relation qui boite par égard pour les enfants — pour mon enfant. »

Nouveau regard pour Peter.

« C'en est une autre de ne pas pouvoir laisser un enfant grandir dans un foyer où le stupre est à l'honneur, où filles publiques et infidélité sont le pain quotidien.

— La secrétaire ? Vous voulez dire l'actuelle ?

— Non, quoique je ne doute pas qu'il ait pas mal de choses à se reprocher de ce côté-là aussi. C'était la précédente, je crois. Cela fera bientôt... cela doit faire déjà huit ou neuf ans. Elle s'appelait... Ah, comment s'appelait-elle donc ? »

Je ne prononçai pas un mot en attendant qu'elle trouve comment elle s'appelait. Elle compléta :

« Non, je ne me rappelle plus comment elle s'appelait. Ça n'a d'ailleurs aucune importance. De telles femmes pourraient tout aussi bien n'avoir aucun nom, croyez-moi. Mais en tout cas elle s'est mariée — ça vous montre bien à qui on avait affaire — elle s'est mariée et elle a cessé de travailler chez William... Avec un criminel, avec un des propres clients de William ! Alors vous pensez bien... »

J'étais pétrifié sur ma chaise. Mon cerveau travaillait sans relâche. Je dis, si bas que j'eus moi-même du mal à l'entendre :

« Kvam ? Henning Kvam ? C'est avec lui qu'elle s'est mariée ? »

Son visage s'éclaira.

« Oui, c'est ça ! Une Kate quelque chose, Strøm ou Grønn ou quelque chose comme ça — mais après elle est devenue Madame Kvam. *Madame !* Je me souviens distinctement d'avoir vu la photo de mariage dans le journal. C'était vraiment un personnage douteux, le mari. Et puis elle, là, avec son allure de fille des rues. Un joli couple, vous auriez dû voir ça ! »

Elle s'abîma dans ses pensées. Et j'avais suffisamment à faire avec les miennes. Peter Grande planta ses dents dans une tomate tandis qu'il m'examinait sous des paupières paresseuses. Ses dents étaient grandes, blanches et fortes et ses yeux étaient du bleu des vieilles taches d'encre.

« Eh bien, je crois que je ne vais pas vous déranger plus longtemps. »

Je me levai. Madame Grande leva les yeux vers moi.

« Cette femme... celle qui a été tuée... N'était-elle pas un peu... »

Elle porta son index à son front et décrivit quelques petits cercles dans l'air. Elle me regardait, pleine d'espoir.

« Non, dis-je, je ne crois pas, je n'en ai pas entendu parler. »

Elle eut l'air déçue.

« Peter... raccompagne M. Veum, s'il te plaît. Je suis fatiguée, je n'ai pas bien dormi cette nuit. Oh ! la vie est effroyable. »

Elle ne s'adressait pas à moi, mais à la table du petit déjeuner. Je n'avais plus rien à lui donner, et elle ne leva pas les yeux lorsque je me retirai.

Peter Grande me précéda dans l'escalier. À mi-chemin il s'arrêta et se retourna. Il gonfla un peu sa cage thoracique pour me montrer quel dur il pouvait être.

« Maman n'aime pas qu'on lui rappelle... ce temps-là, dit-il. Elle ne va pas s'en remettre de la journée. Ce soir il va falloir que je lui donne un calmant et que je reste assis près d'elle à lui tenir la main jusqu'à ce qu'elle s'endorme à force d'avoir pleuré. Ce n'est pas très amusant, croyez-moi. J'espère que vous ne reviendrez pas.

— Moi aussi », rétorquai-je.

Nous descendîmes quelques marches. Il s'arrêta à nouveau pour dire :

« Je n'ai jamais aimé mon père. Il était toujours occupé. Les jours de la semaine, il retournait à son cabinet, après le repas, pour travailler à ses affaires.

Ou bien il était à un conseil d'administration ou à des conférences et tout le saint-frusquin. Le week-end, il était rarement à la maison. Il avait toujours un séminaire ou une réunion du parti ou un congrès. Pendant toutes ces années nous n'avons pas fait une seule promenade ensemble. Nous n'allions jamais au cinéma, jamais au musée, au cirque ou quoi que ce soit. Il n'y avait que... maman. Mon père, pour moi, ça n'était pas grand-chose de plus que mon nom de famille, si bien que lorsque maman et lui se sont séparés, il allait de soi que je resterais avec elle. Et j'ai choisi moi-même de porter son nom à elle. Vous comprenez : je ne peux pas ressentir la moindre compassion pour mon père. Quand vous lisez l'annonce de la mort de gens qui vous sont totalement étrangers, ça ne vous rend pas triste non plus, n'est-ce pas ? »

Il s'exprimait de façon laborieuse, lentement, comme s'il voulait être tout à fait sûr que je comprendrais ce qu'il disait. Je comprenais. Je connaissais ce genre d'histoires. Elles m'avaient été racontées par des enfants que la drogue avait rendus invalides. La seule différence était que Peter Grande n'était pas devenu dépendant des drogues... mais de maman.

Je regagnai la lumière du jour, avec encore quelques pensées en tête. Des pensées qui réclamaient un endroit tranquille : il était temps d'aller au bureau.

38

Le bureau était resté inoccupé quelques jours, et quelques couches supplémentaires de patine s'y étaient déposées. J'enlevai la poussière de la chaise, posai les nouvelles factures sur les autres et regardai par la fenêtre. Fløien n'avait pas changé, et sur la place du Marché aux Poissons, les activités du samedi battaient leur plein. À l'angle de Harbitz se tenaient les marxistes-léninistes et l'Union de 1948, et ils distribuaient des tracts. Devant les toilettes publiques, un ivrogne non rasé rigolait tout seul, sans raison apparente. Le ciel était gris pâle, un peu sale, c'était l'un de ces jours gris, sans visage, sans précipitations, qu'on oublie avant de les avoir vécus à moitié.

J'essayai de réfléchir à ce que j'avais appris les derniers jours. Je pensai à Moberg et à son premier mariage, à ses relations avec la blonde platinée, actuellement Madame Kvam. Je songeai à son second mariage avec la défunte Margrete Moberg : des relations qui s'étaient refroidies très vite — à cause de la grande différence d'âge ? Pour d'autres raisons ? Je pensai à Margrete Moberg, qui était irrémédiablement morte. Assassinée. Et Moberg se trouvait à Stavanger quand elle avait été tuée, il n'y avait aucun doute là-dessus, mais Madame Kvam, où se trouvait-elle ? Et Kvam lui-même ?

Je réfléchis au fait que ç'avait vraiment été Henning Kvam qui avait loué l'appartement mystérieux au nom de Stein Wang. C'était donc avec lui que Madame Moberg avait eu rendez-vous. Pour se procurer de la drogue ? Ou bien était-ce tout simplement un rendez-vous ?

Et quel rôle Madame Grande et son fils Peter jouaient-ils dans cette histoire ? La haine du fils pour son père était-elle si grande qu'il aurait pu faire n'importe quoi pour lui faire mal ? Jusqu'à assassiner sa nouvelle femme ? Ou bien n'était-ce pas de la haine, mais ce même grand vide ?

Deux coups de téléphone interrompirent le cours de mes pensées. Le premier émanait de Finckel. Comme à son habitude, il démarra sans préambule particulier :

« Veum ? Je vais bientôt te faire concurrence, vieux forban. J'ai joué les détectives et fouiné de mon côté. Il me paraissait en effet extrêmement curieux qu'un homme comme Henning Kvam puisse passer directement de la prison à la direction de sa propre entreprise — et ne m'as-tu pas dit que c'est cette entreprise qui était propriétaire de tout l'immeuble ?

— C'est ce qu'il a dit.

— Bien. J'ai vérifié dans le registre du commerce. Tu devrais le faire, toi aussi, à chaque fois que tu tombes sur un nom d'entreprise. Il y a presque toujours quelques éléments intéressants à glaner. Crois-en un vieux renard qui connaît la plupart des terriers, Veum.

— Alors, qu'est-ce que tu as trouvé ?

— Devine un peu qui détient la majorité des actions dans cette Aide Familiale S.A. ?

— Eh bien ?

— Un autre nom qui est revenu constamment au cours des conversations que nous avons eues ces derniers temps.

— Quand même pas...

— Si, justement. William Moberg lui-même, l'avocat. Faut te faire à cette idée, Veum, et réfléchis-y posément. À mon avis, ça va te donner la migraine. Salut ! Bon week-end ! »

Il avait raccroché aussi abruptement que d'habitude. Et il avait raison : cette information me donnait mal à la tête. C'était au moins aussi efficace que les grands battoirs de Nounours Lund.

J'étais encore sous le coup lorsque le téléphone sonna pour la deuxième fois. Je ne reconnus pas tout de suite la voix. Elle m'était connue, mais voilée, et un peu pâteuse, comme si l'homme qui parlait était ivre.

« Veum ? Je voudrais... Je crois qu'il faudrait qu'on parle de... »

Les « r » roulés, l'articulation lâche, presque comme un murmure : c'était... c'était... c'était l'homme qui avait été assis en face de moi sur la chaise que je fixais à présent, c'était l'homme qui avait prétendu s'appeler Ragnar Veide mais qui n'était pas Ragnar Veide, mais qui était...

« Ah bon ? Et quel nom portez-vous à présent ? »

La voix dans le téléphone répondit :

« Oui, je comprends bien que vous soyez sceptique, mais c'est précisément de cela que je voulais parler. »

Son accent d'Ålesund était évident. C'était bien *lui*.

« J'y ai été contraint. Ils... ils avaient prise sur moi. Croyez-moi, je ne l'ai pas fait de bon cœur. Et puis j'ai vu dans les journaux... »

Les journaux avaient été tout à fait discrets. Seuls quelques faits, sobrement, avaient transpiré. Mais pour qui connaissait les dessous de l'histoire, ils pouvaient être assez bouleversants. Et l'homme qui s'était fait passer pour Ragnar Veide connaissait les dessous, ou en tout cas une partie de ceux-ci.

« Bien... et quel est votre nom ? »

Il émit un rire doux et modulé, comme un représentant en dessous féminins.

« Je ne peux pas vous le dire maintenant, pas ici. Mais il faut que nous nous rencontrions, Veum, le plus vite possible. J'ai... des informations.

— Bien. Rencontrons-nous. Quand ? Et où ? Pouvez-vous venir jusqu'ici ?

— Que diriez-vous du même endroit que la dernière fois ? Je préfère ne pas sortir.

— Dans la chambre d'hôtel ?

— Oui, chambre 223, vous vous rappelez ?

— Je me le rappelle. »

J'y avais été encore une fois dans l'intervalle.

« À quelle heure ?

— Je dois vérifier quelques informations avant, Veum. Disons... dans une heure ?

— Très bien. J'y serai.

— Bien. Et venez seul, Veum, s'il vous plaît.

— Vous êtes misanthrope ou quoi ?

— Oui, si vous ne venez pas seul, je ne serai pas là. Vous vous serez déplacé pour rien. Et j'emporterai mes renseignements, vous comprenez ?

— Je comprends. Je serai là dans une heure. Au revoir.

— Je vous attends, Veum. À tout de suite. »

Je raccrochai, restai à regarder par la fenêtre. La voiture rouge du funiculaire de Fløien avait dépassé la Promsgate et montait vers Fjellveien. La voiture bleue se trouvait dans la pente abrupte au-dessus de Skansemyren. Je me sentais nerveux, comme lorsque, consciemment ou inconsciemment, on se trouve devant des événements importants. J'avais le sentiment de m'approcher d'un point zéro, un point où tout était en jeu, où la partie se gagnerait ou se perdrait. Cartes sur table — ou passer la main.

J'espérais que ce serait le premier cas.

Je craignais que ce ne soit le deuxième.

39

Le réceptionniste s'était fait beau pour la circonstance. Il avait débarrassé les reliefs de son petit déjeuner, il n'avait pas de lecture devant lui et portait une veste. C'était peut-être son anniversaire — ou peut-être fêtait-il le décès d'un ennemi cher.

Je lui dis que j'avais rendez-vous avec Veide, il acquiesça sans mot dire, automatiquement. Si on lui avait fourré une pièce de cinquante øre dans le clapet, il se serait mis à chanter *Somebody Loves Me*. Mais je préférai monter au deuxième étage, parcourir le couloir jusqu'à la chambre 223 et frapper à la porte.

Personne ne répondit.

Je frappai un peu plus fort.

Toujours pas de réaction.

Je tournai la poignée, la porte était ouverte. Les gonds étaient si doux qu'ils devaient avoir été huilés de frais. La porte resta légèrement entrebâillée, je demeurai à l'extérieur. Cela sentait les ennuis. L'homme qui se prétendait Ragnar Veide avait insisté sur le fait qu'il ne voulait pas sortir. Il m'avait dit qu'il m'attendrait si je venais seul. Et j'étais venu seul. Il avait des informations, avait-il assuré. Vraisemblablement des informations importantes. Trop importantes... pour quelqu'un ? Ou bien tout cela n'était-il qu'un piège ?

J'ouvris la porte en grand d'une bourrade, entrai rapidement en faisant un pas vers la droite. Il n'y avait personne derrière la porte, pas le moindre signe de vie. Pas chambre 223.

La chambre 223 semblait éternelle et immuable, l'un des rares points fixes de l'existence. La petite table ronde se dressait devant la fenêtre non lavée. Le lavabo avait un cerne de poils de barbe et de mousse de savon séchée. Le lit n'était pas fait, et les draps pas aussi blancs et propres qu'ils auraient dû l'être. Le miroir présentait la même fêlure, et la même loque indéfinissable s'étirait devant le lit. Personne ne l'avait déplacée, personne ne l'avait touchée — sauf peut-être un détective curieux qui était passé par là quelques jours plus tôt dans la semaine.

À côté de la table ronde, il y avait la chaise. Et sur la chaise, il y avait un homme.

Ragnar Veide est le nom qu'il avait donné. Il avait les cheveux raides, peignés en arrière, largement dégarnis sur les angles du front. Il avait le visage long, maigre, et ses yeux qui avaient été brillants et nerveux n'étaient plus que brillants. Il était assis la tête légèrement penchée en avant, comme plongé dans le sommeil ou une profonde méditation. Sa main gauche reposait sur le guéridon. Les cinq doigts en étaient écartés comme s'il essayait d'y prendre appui. L'autre main pendait mollement vers le sol. Juste au-dessous de cette main se trouvait un revolver, un engin noir au nez camus, pour autant que je pouvais voir, un Smith & Wesson Police Special : souvenir d'un voyage, passeport pour un autre. Il faisait tout à fait déplacé là où il gisait sur le sol, à côté de la main de l'homme qui disait s'appeler Ragnar Veide. Aussi déplacé que le petit trou rond qu'il avait dans le front, deux centimètres au-dessus du sourcil gauche.

Les bords du trou n'étaient pas nets, et ils présentaient une frange grisâtre de restes de poudre. Ce n'était pas un grand trou. Mais il suffisait. L'homme qui disait s'appeler Ragnar Veide ne me donnerait pas de renseignements. L'homme qui disait s'appeler Ragnar Veide était mort.

40

Je tournais autour du mort comme un loup autour de sa proie. Je restai à distance égale et me gardai bien de toucher à quoi que ce soit.

Tout indiquait le suicide : le revolver dans le prolongement de la main droite, le cercle de poudre autour du point d'impact. Mais un suicidaire irait-il téléphoner pour arranger un rendez-vous avant de se poser le pistolet sur le front ? Pas vraisemblable. Et d'un autre côté, rien dans la chambre qui ressemblât à une lettre d'adieu. Cette information qu'il avait à donner était-elle sa propre mort ? Était-ce une façon d'avouer sa faute ? Mais dans ce cas, qui était-il ? Un amant dédaigné ? Un vengeur surgi du passé ?

Avec précaution je posai le bout d'un doigt sur le côté de son cou. La peau était encore chaude. C'était donc probablement bien lui qui avait téléphoné et non quelqu'un qui aurait contrefait sa voix.

Je me rappelai le léger nasillement de la voix dans le téléphone. Je me penchai en avant et flairai sa bouche. Elle sentait l'alcool. Je regardai de nouveau autour de moi. Il n'y avait pas de verre dans la chambre et je ne voyais pas de bouteille. Je me mis à genoux et regardai sous le lit. Ni bouteille ni verre. Et pourtant il sentait l'alcool.

Immobile, je le considérai. Les doigts me démangeaient de mettre la main dans sa poche intérieure pour voir s'il avait un portefeuille — et des papiers — sur lui. Une identité, un nom à mettre sur le cadavre. Mais je savais que ce serait une sottise. Même si Muus m'avait rayé, la veille, de la liste des suspects, rien ne disait qu'il ne pouvait pas changer d'avis.

Cette pensée me fit sursauter. Une nouvelle pensée se faisait jour. Et si l'homme qui se prétendait Ragnar Veide n'était pas mort de sa propre main mais de celle d'un autre ? Et si le propriétaire de cette autre main téléphonait aux flics et qu'ils trouvaient sur les lieux un dénommé Varg Veum en train de faire ce qui pourrait ressembler à une mise en scène de « suicide » ? Ça ferait du joli. Je quittai la chambre, en y jetant un dernier coup d'œil, mais je ne décelai rien de neuf.

Je descendis rapidement à la réception. Le réceptionniste me regarda d'un air désolé.

« M. Veide, dis-je, le client du 223, a-t-il eu d'autres visites ? »

L'homme secoua la tête.

« Il n'y a que quelques heures qu'il est arrivé.

— Et il n'a pas reçu de visite ?

— Personne. »

Je réfléchis.

« Y a-t-il d'autres clients dans l'hôtel ?
— Quoi ?
— Y a-t-il d'autres clients dans l'hôtel ? »
Il avait le registre à la main. Je le lui arrachai pour le feuilleter. Je regardai les dates. Il n'y avait que deux clients cette semaine, ce qui concordait avec la réalité puisque, grosso modo, l'établissement était occupé par des clients à l'heure. Les deux clients étaient Ragnar Veide, qui s'était inscrit le jour même, et une Madame Hansen, qui avait été enregistrée la veille.
« Cette Madame Hansen, qui est-ce ?
— De quel droit... commença-t-il.
— Écoute un peu, dis-je, en me penchant au-dessus du comptoir. Les flics seront ici dans un quart d'heure. Ils vont venir enquêter sur une affaire bien précise, mais je peux leur dire un mot de tout ce cirque ici, et ça leur fera ouvrir de grands yeux. Après leur passage, il ne restera plus beaucoup de sciure sur la piste, alors si tu veux conserver ton emploi d'Auguste, rends-moi le service de répondre quand je te pose une question. O.K. ? »
Il était pâle et sentait mauvais, mais il opina.
« Alors, dis-je, cette Madame Hansen ? »
Il haussa les épaules d'un air bougon.
« J'en sais rien. Elle est arrivée hier. Elle est dans le commerce, à ce qu'elle dit.
— Dans le commerce, ça peut vouloir tout dire. Où est-elle à présent ?
— Elle est partie, il y a une demi-heure. Un homme est venu la chercher, et elle est partie.

— Un homme est venu la chercher ? Qui était-ce ? À quoi ressemblait-il ? »

Encore une fois, il haussa les épaules.

« Rien de particulier, un type d'allure sportive, bien habillé, dans les quarante-cinquante ans. »

Je lui décrivis Kvam.

« Non, il ne portait pas de lunettes et il avait les cheveux grisonnants. »

Je décrivis Moberg.

« Ça pourrait être lui ?

— Ça pourrait, ça pourrait... ben oui, ça se pourrait...

— Et elle ?

— Elle était très jolie, une allure un peu artiste. Elle avait un foulard sur la tête, avec les cheveux remontés dessous, si bien que je n'ai même pas vu leur couleur.

— Si bien que... et merde. »

Je tentai de décrire Madame Kvam, mais comment décrire une jolie blonde platinée s'il n'avait pas même aperçu la couleur de ses cheveux ? C'était désespéré, je n'en tirerais rien de plus de cette façon.

« Est-ce qu'au cours de la dernière heure tu as entendu quelque chose ? Un bruit... qui pourrait rappeler une... euh... détonation ?

— Une détonation ? Non mais, dites-moi, qu'est-ce que c'est que cette histoire ? S'il est arrivé quelque chose à... c'est que... »

Il était devenu fébrile. Il avait commencé à comprendre que cette histoire de police était sérieuse et il imaginait toutes les chambres à l'heure qu'il ne louerait pas pendant l'après-midi, la soirée et la nuit, si ses clients voyaient le déploiement de voitures de police devant la porte.

« Un de tes clients est mort, dis-je, chambre 223. Fais-moi le plaisir d'appeler la police. »

Son visage avait pris une teinte grisâtre.

« Fais-le toi-même », murmura-t-il et il eut bien du mal à produire un son.

Je le fis moi-même, et, dix minutes plus tard, ça grouillait de policiers à la réception, dans les escaliers et les couloirs, sans oublier l'ascenseur et, *last but not least*, la chambre 223. Au milieu de tout cela, il y avait Dankert Muus. Et lorsqu'il me vit, il déclara :

« Ça fait le deuxième cadavre, Veum, en quatre jours. Statistiquement, ce n'est pas si mal pour un corniaud dans ton genre. Viens un peu par ici et sois très gentil avec nous. Tu pourrais en avoir besoin. Tu vas en avoir besoin. »

41

Les services techniques de la police sont parmi les plus efficaces. Les hommes en blouses gris-bleu se laissent rarement affecter par ce qui les entoure, et ces fourmis industrieuses avaient déjà pris possession de la chambre.

Les enquêteurs n'avaient guère d'autre ressource que de faire les cent pas en attendant d'éventuels résultats de ces activités. Et d'entendre d'éventuels témoins. Deux ou trois policiers se tenaient à la réception, le reste s'agglutina autour de moi. Momentanément, aucun ne disait quoi que ce soit. Ils se tenaient tout simplement en demi-cercle autour de moi, comme pour s'assurer que je n'allais pas leur tirer ma révérence. Sans y être invité, je racontai ce qui s'était passé : l'appel téléphonique, comment j'avais trouvé mon homme mort.

« Et c'est donc l'homme qui s'est fait passer pour Ragnar Veide ? dit Muus d'un ton sceptique. Ce n'est pas un quelconque clochard que tu as dégoté n'importe où pour te fournir à toi-même une preuve commode ? »

Il montra ses dents pour bien souligner qu'il plaisantait, mais ça n'était pas une plaisanterie.

« Exactement. Tu vas constater que le revolver est enregistré à mon nom. »

Il me jeta un coup d'œil vif.

« Dis-moi, tu as un permis ? »

J'attendis un petit moment, histoire de lui titiller les nerfs, puis secouai la tête et lâchai :

« Non.

— Non, bien sûr, émit-il, ou alors c'est que l'administration aurait complètement perdu la tête. On ne donne pas de grenades aux petits enfants.

— Mais bon sang, qui est-ce ? » demanda Andersen qui faisait tampon entre Muus et moi.

Personne ne pouvait fournir de bonne réponse

à cette question-là. Pendant ce temps, nous observions tous avec intérêt un technicien aux verres épais sertis dans une énorme monture noire — ce qui, combiné à son petit nez rond et à son menton fuyant le faisait vaguement ressembler à un raton laveur de dessin animé. Ce technicien passait en revue les poches du mort, une à une, systématiquement. Tout, du moindre grain de poussière à la plus grosse effiloche, se voyait placé soigneusement dans de petits sachets transparents pour être exploité plus tard dans un laboratoire spécialisé, mais il ne trouva rien d'autre que des grains de poussière et des effiloches. Pas de portefeuille, pas de permis de conduire, pas de papiers portant des numéros de téléphone. Au fur et à mesure qu'il allait de poche en poche, il faisait ses commentaires comme un chirurgien qui, d'une voix sèche, demande ses instruments au cours d'une opération de routine.

Un homme, qui, visiblement, était le médecin légiste, s'approcha de Muus et lui annonça, avec sur le visage une expression qui semblait due à un ulcère à l'estomac, que le cadavre était mort. Nous l'avions tous vu depuis longtemps, ce n'était donc pas un exploit de la médecine. Selon toute apparence, la cause de la mort était un coup de feu dans le front — cela aussi pouvait se constater sans réclamer une imagination débordante. Le cadavre n'était pas ancien, pouvait-il affirmer, mais cela je m'en étais rendu compte depuis longtemps. En d'autres termes : tant qu'il n'aurait pas le scalpel à la main et que les scialytiques n'éclaireraient pas de leur lumière tranquille la table d'autopsie, ce spécialiste ne nous apprendrait rien de neuf. Muus se contenta donc de hocher la tête sans mot dire et de l'ignorer comme un spécialiste en ignore toujours un autre lorsque ce dernier n'est pas tout à fait dans son propre domaine.

Entre-temps, le technicien en était arrivé à la poche intérieure droite. Les autres poches étaient vides, mis à part un mouchoir, délicatement plié et apparemment non utilisé, dans la poche droite de la veste. Mais dans la poche intérieure, il découvrit quelque chose : le technicien produisit l'objet prudemment et le tint en l'air afin que tout le monde puisse le voir. C'était une paire de lunettes assez semblables à celles que ce même technicien portait : de grands verres épais avec une solide monture noire.

La déception de l'assemblée était perceptible : le cadavre avait donc besoin de lunettes. Il avait donc été myope ou hypermétrope. Donc... Quelque chose se fit jour en moi. Un pressentiment. Je considérai le cadavre d'un œil neuf, la concentration me redonna la migraine, mais c'est à peine si je la remarquai. Une nervosité, une irritabilité, partie du ventre, gagna tout mon corps. Je regardai autour de moi.

« Est-ce que quelqu'un a un peigne ? »

Tous me regardèrent, stupéfaits. Muus dit :

« Tu veux te faire le plus beau possible pour l'album des criminels ? Oui, au fond, il vaut peut-être mieux que nous prenions la photo avant de commencer l'interrogatoire. Après, tu ne seras pas beau à voir. »

Andersen me passa un peigne sale, graisseux, l'ami intime de ce qui lui restait de cheveux. Mais c'était un peigne.

Je m'approchai du cadavre, me retournai.

« Vous permettez ?

— Permettez quoi ? aboya Muus.

— Vous pouvez lui mettre ses lunettes ? » demandai-je au technicien, qui avait la monture à la main.

L'homme regarda Muus, qui haussa les épaules tout en acquiesçant, puis il mit les lunettes au cadavre. C'était toujours le même homme — sauf que maintenant il avait des lunettes. Mais, malgré tout, c'était comme si son visage avait changé de caractère, comme un visage le fait quand il porte des lunettes.

Je ne demandai pas la permission une seconde fois. Je savais déjà ce que j'allais trouver, je l'avais reconnu. Je posai le peigne sur la nuque du cadavre et, en quelques coups rapides, je peignai ses cheveux vers l'avant, sur le front, de façon à cacher les parties dégarnies et à lui donner un air plus jeune — on aurait dit un tout autre individu.

Le groupe autour de Muus était sans voix. Seul Muus ouvrit sa grande gueule.

« Vingt dieux ! Où as-tu appris ce tour-là, Veum ? Dans *La Magie en dix leçons* ? »

Je regardai le mort. C'était encore un mort, mais

ce n'était plus l'inconnu qui s'était fait passer pour Ragnar Veide. C'était un tout autre homme. C'était Henning Kvam.

42

Nous restâmes plantés un instant devant le nouveau cadavre, ce cadavre qui n'était plus le pseudo-Ragnar Veide, mais Henning Kvam.

Andersen cherchait le nom :

« Kv...Ka...

— Kvam, dis-je, Henning Kvam. »

Muus acquiesça.

« Je le connais. Il a fait partie de nos clients. Un roublard. Toujours la poche vide, toujours une bonne idée, le roi des petits escrocs, le renard des petits malins, mais pas un gros poisson, pas une truite arc-en-ciel. »

Le technicien aux grosses lunettes se pencha, examina l'œil du mort, puis se retourna vers nous.

« Des verres de contact. Il a des verres de contact.

— Des verres de contact, répétai-je, et des lunettes dans la poche. Et il sent l'alcool, mais il n'y a dans la chambre ni bouteille vide ni verre sale. »

Muus me regarda fixement :

« Qu'est-ce que tu me chantes ? Ce type s'est changé et a utilisé des verres de contact pour dissimuler sa myopie. C'est un vieux truc. Et l'odeur d'alcool ?

— Oui, et l'odeur d'alcool ?

— N'as-tu pas dit qu'il avait l'élocution pâteuse quand tu lui as parlé ?

— Si.

— Eh bien ! Il avait dû aller boire un verre : nous pouvons vérifier à la réception si oui ou non il avait du plomb dans l'aile. Sais-tu autre chose sur cet abruti... quelque chose qui ait un rapport avec... avec Madame Moberg ? »

Je lui racontai tout — sans nommer Rigmor Moe et sans dire quand j'avais découvert ça. Je lui parlai de la maison à la porte verte et de ce qui s'y passait. Je lui dis que j'étais assez certain que Madame Moberg avait été toxicomane et qu'elle s'approvisionnait chez Kvam. Muus m'interrompit :

« Et il a donc dû s'en débarrasser, pour une raison ou une autre. »

Andersen émit une hypothèse à voix basse :

« Peut-être voulait-elle se faire désintoxiquer, peut-être voulait-elle que son mari mette un coup d'arrêt à toutes les sales affaires de Kvam. »

Muus avait l'air surpris de la facilité avec laquelle tout s'enchaînait.

« Et alors il a dû la tuer... Mais pourquoi diable a-t-il engagé notre corniaud national ici présent pour la filer ? Pourquoi a-t-il monté toute cette mascarade ?

— Je ne serais pas surpris, fis-je lentement, qu'il ait voulu avoir... un bouc émissaire. Quelqu'un qui serait vu sur les lieux juste avant le meurtre, quelqu'un qui ne pourrait peut-être pas en endosser la responsabilité mais qui viendrait suffisamment brouiller les pistes. »

Je m'interrompis. C'était trop bête. Ce genre de choses n'arrivaient pas, pas dans la réalité. Ça n'était pas une raison suffisante pour tout cela. Ça devait cacher quelque chose d'autre. J'en devinais les contours, flous, comme quelque chose qui se trouverait au fond de l'eau près d'un quai d'où, installé à plat ventre, je l'observerais. J'ajoutai pensivement :

« Mais dans ce cas... dans ce cas, il a fait entrer le loup... dans la bergerie. »

Muus et les autres avaient l'air de prendre ça pour argent comptant. Le visage de Muus s'éclaira.

« Parfait, parfait. Il l'a tuée et puis... quand nous avons commencé à tourner autour de lui et à nous rapprocher... »

Nous ? pensai-je.

« ... il a compris que ça ne tiendrait pas la route. Et au lieu de nous attendre, il a pris un raccourci pour l'enfer. Un aller simple, sans retour. Pan, pan ! »

Il plaça son index contre son front et fit comme s'il se suicidait.

« Mais... commençai-je.

— Ta gueule, Veum ! Tu nous accompagnes au commissariat. Nous allons résoudre ce puzzle en deux coups de cuiller à pot. Tout ce dont nous avons besoin, c'est d'un peu d'imagination, d'un certain nombre de faits...

— Et d'une sacrée bonne colle », complétai-je

Il m'ignora. C'est ce que faisait Kvam aussi. Assis sur sa chaise, il regardait avec résignation droit devant lui. Il avait un courant d'air dans le cerveau, et personne pour fermer la fenêtre. Je lui jetai un dernier regard lorsque nous sortîmes de la pièce. Ça n'avait pas été un ami, je ne l'avais pas aimé, si bien que je ne ressentais pas d'affliction. Mais il était mort et les morts me dépriment toujours, comme lorsqu'on ouvre une boîte d'allumettes et qu'on constate qu'elle est vide.

Il leur fallut bien du temps, ce soir-là, avant de me laisser repartir, mais ils ne me firent rien, ils se contentèrent de parler et d'écouter. Et moi aussi, j'avais parlé et écouté. Je leur avais indiqué tout ce que je savais sur la maison à la porte verte, Henning Kvam et Nounours Lund, à l'exception d'une chose. Je m'étais gardé de leur révéler qui était l'actionnaire majoritaire de la firme : ils le trouveraient tout seuls. Je leur avais appris la façon dont certaines des filles de la maison étaient payées, avec de la drogue, et que vraisemblablement des ventes directes de stupéfiants étaient organisées depuis cette maison. Je leur avais dit que Madame Kvam était une ancienne secrétaire de Moberg et que, selon toute vraisemblance, c'était avec Kvam que Madame Moberg avait rendez-vous dans le mystérieux appartement du centre-ville.

Ils avaient envoyé une patrouille à la maison à la porte verte, mais elle était vide. Aussi bien Kate

Kvam que Nounours Lund avaient disparu, mais Muus m'assura que sous peu ils seraient sous les verrous.

Dans l'intervalle nous avions échangé des théories, comme des petites filles échangent leurs bijoux dans les escaliers ; j'avais échangé quelques-unes de mes plus mauvaises hypothèses contre leurs meilleures — et tout le monde était content. Eux, en tout cas.

Les policiers considéraient l'affaire comme éclaircie. Ce qui subsistait n'était que routine : rassembler les preuves, recueillir les témoignages, préparer le dossier pour le procureur. Tous étaient donc gentils et contents. J'eus droit, en guise d'adieu, à une tape dans le dos et une bourrade dans les côtes. Quelques-uns même me serrèrent la main. Muus était rouge, le visage serein, comme s'il venait de se servir une rasade consciencieuse d'une bouteille cachée dans son bureau. Il était visible que lui aussi avait tiré un trait, du moins pour le gros œuvre.

« Si jamais, dit-il, il devait surgir encore davantage de cadavres, Veum, laisse-les donc où ils sont. Ils ne commencent à sentir qu'après quelques jours. »

Lorsque j'en eus fini avec tous ces discours, je me retrouvai à l'extérieur devant les marches du commissariat. La soirée avait été froide et l'on voyait les étoiles. Je relevai mon col et pris le chemin du retour.

C'était samedi soir et les rues étaient pleines

d'une clientèle de jeunes. Beaucoup étaient complètement ivres et ne se sentiraient plus particulièrement jeunes quand ils seraient malades dans la soirée.

J'eus une pensée pour la fidèle bouteille d'aquavit qui m'attendait à la maison, et cette pensée me réchauffa.

Ainsi, la police considérait l'affaire comme résolue. Oui, cela devait bien s'être passé de cette façon, mais il restait encore quelques points obscurs. Madame Moberg avait été droguée, désintoxiquée, puis elle était retombée dans le bourbier. Elle avait rencontré Henning Kvam, d'une manière ou d'une autre, probablement par l'intermédiaire involontaire de Moberg. Peut-être une liaison s'était-elle nouée entre eux, peut-être n'était-ce qu'une relation de vendeur à acheteur. Peut-être ne l'apprendrions-nous jamais. Tous deux étaient morts.

Puis une crise s'était produite. Elle voulait à nouveau se faire désintoxiquer, ou peut-être, s'il était son amant, voulait-elle rompre. Brusquement, ses relations avec l'avocat Moberg représentaient un danger, mais Kvam et elle avaient continué à se rencontrer, peut-être parce qu'elle était devenue trop dépendante... de son poison.

Puis Moberg était parti pour Stavanger, et Kvam était au courant. Mais déjà il m'avait rendu visite en se faisant passer pour Ragnar Veide et en me demandant de suivre Madame Moberg. Pourquoi ?

Pour avoir un bouc émissaire ? Ou bien avait-il d'autres raisons ? Et dans ce cas, lesquelles ?

Mais Moberg était parti pour Stavanger et Kvam avait rendu visite à Madame Moberg après minuit, à moins qu'il n'ait été déjà là à son retour de Flesland. Quelque chose s'était passé, et il l'avait tuée.

Et lorsque Hilde Varde l'avait trouvée, le lendemain matin, elle était dans sa voiture. Pourquoi était-elle dans sa voiture ? S'y trouvait-elle déjà quand elle avait été tuée ? Et Moberg était à Stavanger. Mais Moberg détenait la majorité des actions de l'affaire Kvam : un geste vis-à-vis d'un ancien client pour l'aider à repartir du bon pied ? Ou autre chose ? Trop de questions restaient sans réponse, trop de fils ne menaient à rien. Un écheveau que la police se faisait fort de démêler au cours de ses investigations.

Kvam était mort, de sa propre main. Probablement. Ce suicide apportait la preuve finale, décisive, de sa culpabilité. Il avait eu des remords ou, plus vraisemblablement, il avait senti que la nasse se refermait sur lui et...

O.K., c'est Henning Kvam qui avait assassiné Margrete Moberg.

O.K., donc il se suicide.

O.K., Varg Veum était un fichu sceptique.

La police avait sûrement raison. Il n'y avait plus rien à faire, je n'avais plus qu'à aller retrouver ma bouteille et compter mes factures. Je rentrai donc chez moi boire, mais ne trouvai pas l'apaisement, pas une seconde.

43

Le lendemain matin, les confidences irritées du réveil me tirèrent d'un coup du sommeil. C'était dimanche, et c'était le second jour de visite du mois, pour papa.

Je renonçai à me raser, mais enfilai une chemise propre. Le temps persistait à être gris et sans précipitations, mais l'hiver avait distribué ses petites cartes de visite froides dans l'air, comme de sombres avertissements. Ma voiture avait déjà pris sa mauvaise humeur hivernale et il me fallut la travailler au starter avant de réussir à la mettre en route.

J'allai jusqu'à Sudmanns vei et descendis de voiture. L'air était froid et vif, là aussi, dans l'ombre du versant le plus abrupt de Sandviksfjell, mais il n'était pas aussi humide que dans ma venelle : il était plus fort, avec un rien de mer en lui. Sudmanns veï se trouve directement au pied de Fjellveien et si haut placé au-dessus du bruit de la circulation de Helleveien que les prix des maisons sont en proportion. Celle qu'habitaient Thomas et Beate était entourée de buissons d'automne tardifs qui garnissaient la pente depuis la boîte aux lettres, et quelques roses très pâles s'accrochaient encore au mur badigeonné de blanc qui définissait le sous-sol. C'était une maison typique, et le nouveau mari de Beate était professeur agrégé.

Je sonnai. C'est Thomas qui ouvrit.

Il me donnait l'impression de grandir de quelques centimètres à chaque fois que je le voyais. Ses cheveux blonds lui tombaient presque dans les yeux mais étaient coupés très court autour des oreilles et dans la nuque. Il était vêtu d'une chemise de coton à carreaux, et dans l'encolure je voyais son T-shirt blanc. Son jean bleu venait d'être lavé et était raide. Il ressemblait à une édition de poche de James Dean.

Il me regarda avec cette expression guindée, bizarre, que prend son visage dans cette sorte d'occasions. Ses yeux me voient pour ainsi dire sans me voir et sa bouche prend la forme d'un sourire, mais c'est une représentation, pas un signe de joie.

« Salut », dit-il, en restant, pour ainsi dire, un pied aux aguets derrière l'autre.

Je m'accroupis sur le perron de l'autre homme et saisis mon fils par les bras.

« Salut ! » dis-je en essayant d'accrocher son regard.

Derrière lui, quelque chose froufrouta. Je levai les yeux. C'était Beate.

« Va voir... Lasse, dit-elle, et termine ton petit déjeuner, Thomas ! Pendant ce temps-là, je vais parler à... papa. »

Il disparut en courant. Beate était pimpante, comme à l'accoutumée le matin. Sa chevelure blonde rebelle était rejetée en arrière. Je la regardai : le petit nez qui s'aplatissait à sa base pour faire un minuscule et charmant tremplin ; ses yeux bleus lumineux, sombres comme des bleuets mouillés et clairs comme du verre fraîchement poli ; sa bouche sans maquillage qui pouvait aisément passer du rire aux pleurs ; et sa peau avec ses couleurs fraîches sur les joues et les taches de rousseur de l'été qui composaient encore des dessins discrets sur le dos du nez et des courbes douces sous les yeux.

Elle portait une robe de chambre longue en bouclette de couleur bleue, choisie pour s'assortir à ses yeux ; je le savais, car c'était le bleu qu'elle préférait. Son cou sortait, mince et blanc, de l'encolure et, au bas de la robe de chambre, je vis quelques ongles de pied sortir de ses sandales.

« Eh bien, Varg, comment ça va ? »

Je haussai les épaules.

« Comme d'habitude. »

Ma voix n'était pas tout à fait claire.

Je vis qu'elle se tenait droite, les épaules tendues.

« Et toi ? »

Elle referma un peu plus son encolure d'une main.

« Je vais bien, dit-elle.

— Et Thomas ?...

— Va bien. »

Je ne m'accroupis pas — ce n'était pas nécessaire — mais je fis la même chose avec elle qu'avec Thomas. Je la saisis par les bras et la regardai dans ses yeux bleu foncé. Elle était comme une poupée de chiffon dans mes bras et ses yeux étaient des fleurs. Lointains, inaccessibles.

« Reviens avec moi, Beate ! Reviens !

— Mais Varg... murmura-t-elle.

— Tout s'arrangera, tout sera différent, je... j'ai besoin de toi. »

Son visage se transforma, comme lorsque nous nous étions disputés. Sa bouche se crispa comme un fruit vert et ce fut comme si toute sa face se nouait autour de cette bouche contractée, comme si sa tête devenait un poing rouge gigantesque qui à chaque instant pouvait m'exploser au visage. Puis vinrent les pleurs, jaillissant de ses yeux, et ses vrais poings montèrent, hérissés de phalanges pâles, pour cacher sa bouche, cacher ce fruit vert non consommé. Et les sanglots qui semblaient prendre naissance dans son bas-ventre et monter en flèche jusqu'à la gorge où ils ressortaient comme de grands mouvements convulsifs de la glotte et comme des sons venus de l'autre côté de la mince paroi d'une maison sonore. Puis elle se dégagea, tourna les talons, s'éloigna de moi pour retourner en courant d'où elle était venue. Je restai sur place. Quelques minutes passèrent. Puis son nouveau mari fit son apparition dans l'entrée. Il était mince, osseux et ressemblait à un élève mal bâti. Il devait avoir l'air cocasse derrière son bureau. Ses cheveux bruns, mi-longs et un peu gras, étaient en train de s'éclaircir. Ils étaient peignés en arrière, si bien qu'ils pendaient un peu dans le cou. Il portait des lunettes, et elles avaient un peu glissé sur son nez gras et brillant de sueur. Il les remit en place lorsqu'il sortit et j'aperçus les taches d'encre de ses doigts. Il avait passé son samedi soir à corriger des fautes de style. Ç'avait dû être une joyeuse soirée.

Il portait une robe de chambre fatiguée et au-dessous j'entrevis les jambes de pantalon d'un pyjama dont, à tous les coups, sa mère lui avait fait cadeau quand il était parti faire son service militaire vingt ans plus tôt.

À travers ses lunettes, ses yeux paraissaient grands et irrités, sa bouche était de travers et amère comme s'il se disposait à régurgiter le déclin de l'Empire romain. Tout en s'approchant, il me jeta :

« Tu as encore fait pleurer Beate ! »

Je le regardai.

« C'est à chaque fois la même chose.

— Pas à chaque fois.

— Mais presque ! Tu la fais pleurer. Tu viens ici avec ton existence sale et méprisable et tu détruis l'équilibre de notre vie !

— Sale... méprisable... dis-je en y ajoutant des points de suspension.

— Sale et méprisable, exactement. Quand vous étiez mariés, elle ne te voyait jamais parce que tu courais les filles. Plus elles étaient jeunes, mieux c'était. Quand tu rentrais, tu lui débitais tes beaux discours sur tes mérites, ton idéalisme, tes pensées profondes sur toi-même, mais c'est elle qui restait seule à la maison, elle et Thomas. Et maintenant qu'elle a retrouvé la raison et qu'elle t'a quitté, tu viens la faire pleurer. Tu ne peux pas nous laisser un peu en paix ? »

Je lui rappelai que j'avais un droit de visite pour mon fils.

« Droit de visite, oui, malheureusement, mais pas droit de persécution ! La vérité c'est que Thomas revient tout pâle et renfermé à la maison et qu'on n'en tire pas un mot jusqu'au lundi soir. Tu devrais pourtant être content : tu as toutes les filles que tu veux sans avoir à rentrer à la maison. »

Il grimaça :

« Oui, tu es sale et méprisable, Veum. »

Je levai une main en l'air pour l'arrêter. Ma voix était calme et dominée :

« Tu te trompes, mon vieux. Si c'est l'opinion qu'elle veut que tu aies de moi, O.K., c'est son affaire. Mais tu fais erreur, je ne suis ni sale ni méprisable. Je suis un homme simple, Wilk. J'aime les choses simples et propres. Un match de foot simple et propre, une bouteille d'aquavit simple et propre, une fille simple et propre. Des choses simples, ordinaires. Un petit garçon qui me tient la main deux fois par mois. Ce n'est pas beaucoup, Wilk, mais c'est simple et c'est propre. »

Il s'apprêtait à ajouter quelque chose, mais la porte du salon s'ouvrit et Thomas ressortit. Il mit sa veste, son bonnet et ses bottines sans dire un mot, sans qu'on ait à lui dire quoi que ce soit. Puis il vint prendre place à côté de moi.

« On y va ? » demanda-t-il.

Je fis oui de la tête. Je dis au revoir au nouveau

mari de Beate et nous descendîmes vers la voiture. Je mis la main sur son épaule : c'était une timide caresse. Nous marchions sans dire un mot.

En retournant en ville, je lui demandai ce qu'il voulait faire :

« Si on allait à l'Aquarium ?

— On y est allés la dernière fois. »

Je ruminai ça et ajoutai :

« Au Musée zoologique, alors ?

— Si tu veux », dit-il du ton d'un adulte qui ne veut pas contrarier un petit enfant.

Nous allâmes au Musée zoologique. Nous passâmes dans l'escalier, devant le squelette d'un monsieur et le squelette d'une dame, et Thomas en étudia les différences avec la même fascination que d'habitude.

Nous montâmes au premier étage et entrâmes chez les mammifères, le lourd gorille mâle se tenait penché en avant et regardait sans broncher ses parents éloignés. La lionne montrait les dents, les renardeaux se culbutaient dans un jeu figé : tout était comme ç'avait toujours été, rien de vraiment nouveau.

Nous regardâmes le loup jaune-gris ébouriffé et je songeai à cet animal qui m'avait donné son nom. Il y avait des loups qui chassaient en hordes et des loups qui chassaient en solitaire. Je chassais en solitaire.

Je me rappelais les fois où j'étais venu au musée avec mon père. Il avait été conducteur de tramway du temps où il y avait encore des tramways, et il était mort avant que le dernier n'accueille ses derniers passagers et n'atteigne le terminus une fois pour toutes. Un petit homme rond au nez sévère et à la bouche rieuse, un homme qui avait passé ses loisirs à étudier la mythologie et l'histoire scandinaves anciennes, qui souhaitait avoir une fille mais avait eu un garçon. Un homme qui avait donné à son fils un nom à porter pour toute une vie, même quand l'homme aurait oublié qu'il avait voulu une fille — un nom qui par l'ironie amère de la trouvaille lui rappellerait toute sa vie qu'il était né « *varg i veum* », proscrit*, et qu'il traverserait la vie en proscrit. Lorsque l'homme qui était mon père eut oublié qu'il avait voulu avoir une fille, il m'emmena au Musée zoologique et me parla des animaux. Nous étions passés lentement d'un animal à l'autre, et il nous avait fallu bien des dimanches pour voir toutes les collections. J'avais essayé de faire la même chose avec Thomas, mais il s'était montré moins patient que je ne l'avais été — peut-être étais-je un plus mauvais conteur que le conducteur de tram qui avait consacré ses loisirs à étudier la mythologie et l'histoire scandinaves anciennes.

Après cela je lui proposai d'aller dans un salon de thé manger du *blotkake***, boire une limonade et un café. Thomas se déclara d'accord, non pas

* Voir note p. 12.

** Gâteau mousseline fait de lits de fruits et de crème Chantilly.

avec l'enthousiasme qu'on aurait attendu d'un gamin de son âge, mais avec une suffisance rompue à tout qui me mit mal à l'aise.

Il m'observait de ses grands yeux par-dessus son gâteau. Pour la première fois de la journée, il me regarda en face et me dit :

« Lasse dit que je dois l'appeler papa... »

Il mangea un peu.

« Qu'est-ce que tu en penses ? » poursuivit-il.

J'avalai le morceau que j'avais dans la bouche.

« Je... tu... tu dois faire comme tu le veux, toi », répondis-je.

Il hocha la tête d'un air pensif, comme s'il ne s'était pas encore décidé.

Ensuite nous allâmes quand même à l'Aquarium. Les poissons nageaient, ensommeillés, de-ci, de-là, dans l'eau tranquille et posaient un regard vide et fixe sur nous, qui les regardions. Thomas et moi traversâmes la pénombre de cette salle soporifique de la même manière que les poissons et nous ne reprîmes notre souffle qu'en sortant.

Nous déjeunâmes dans un autre café, puis fîmes une promenade en auto avant d'aller au cinéma, à la séance de 17 heures. On passait un film de Laurel et Hardy, et plus d'une fois je ris si fort que les gamins de la rangée devant nous se retournèrent pour me regarder. Thomas ne rit pas, et lorsque nous sortîmes du cinéma, il marcha à cinq ou six pas devant moi et fit celui qui ne me connaissait pas.

Ensuite je le raccompagnai chez lui. Je lui caressai la tête et le serrai brièvement dans mes bras avant qu'il ne rentre s'installer devant les émissions pour enfants.

C'est le professeur agrégé qui ouvrit. Il avait lavé les taches d'encre de ses doigts et portait un costume sombre, un nœud papillon noir et une chemise d'un blanc éblouissant. Il avait mouillé ses cheveux pour les peigner et portait des égratignures fraîches sur le menton. Il dit : « Nous sortons. C'est ma mère qui va garder Thomas. » Il n'en fallait pas plus pour me faire partir tout de suite. J'avais rencontré sa mère une fois et je n'avais nulle envie de renouveler l'expérience. Je pris congé et redescendis l'allée.

J'avais presque atteint la voiture lorsque j'entendis une voix derrière moi. Elle sonnait comme le murmure d'un ruisseau sur des pierres polies. Elle appelait :

« Varg ! »

Une femme inconnue descendait l'allée en courant. Elle portait une robe noire courte avec quelques fines rayures vertes et lilas autour du décolleté. C'était un décolleté généreux et sa chair ferme et blanche sautait tandis qu'elle me rejoignait en courant. Elle avait le souffle court et je sentis un parfum de fleur de pommier. Sa chevelure était noire comme le jais, mais ses yeux avaient le même bleu et la fleur de pommier était son parfum.

« Mais... je ne t'avais pas reconnue... »

Elle eut un petit rire.

« Vraiment ? » demanda-t-elle, et l'une de ses mains se porta vers la perruque comme une mouette monte vers un ciel d'orage.

« Ça fait tellement plaisir de changer d'allure de temps en temps. Vraiment, ça fait du bien. Tu devrais...

— Essayer, c'est ça ?

— Non, mais... »

Elle chassa cela d'un rire, puis redevint sérieuse. Elle posa une main longue et fine et blanche sur mon coude :

« Je voulais m'excuser pour ce matin. Je n'aurais pas dû me mettre à... Mais toi, Varg, il faut... il faut que... tu essaies d'oublier. Ce qui est passé est passé. Hier, c'est hier. C'est une nouvelle vie maintenant, pour toi, comme pour moi. »

J'acquiesçai en silence. Je considérais la femme brune, l'étrangère qui autrefois avait été ma femme. À nouveau je fis oui de la tête, accrochai son regard puis levai les yeux encore une fois sur ses cheveux.

« J'ai failli ne pas te reconnaître », dis-je.

Là-dessus je la quittai, gagnai rapidement ma voiture et rentrai chez moi. J'essayai de chasser leur image — Thomas, Beate — dans un flot d'aquavit. En vain. Un faible reflet en subsistait tout le temps, comme une trace d'éponge sur un tableau. Je m'endormis tard et dormis mal.

À 2 h 30 du matin, une idée fulgurante me réveilla. Subitement je me trouvai l'esprit clair. Je restai allongé sur le dos à regarder le plafond. Et je vis tout distinctement, si distinctement que j'aurais pu comprendre plus tôt si seulement j'avais réfléchi. « C'est comme ça que ça s'est passé, me dis-je à moi-même, comme ça. Ça nous crevait les yeux depuis le début, et nous n'avons rien vu, pas un seul d'entre nous. »

Quelques heures passèrent avant que je ne retrouve le sommeil, et ces retrouvailles ne furent pas grandioses. Le sommeil avait le goût d'une sucrerie qu'un chien a léchée avant vous, et j'en tirai à peu près autant de profit que je l'aurais fait d'une baignade dans Vaskerelven*.

44

Mon premier soin, le matin, fut de téléphoner à Jon Andersen, au commissariat. Quand il entendit qui était au bout du fil, son ton m'indiqua que, lui aussi, comme la plupart au commissariat, avait eu sa dose de Varg Veum pour un moment. Mais il répondit à mes questions. Non, ils n'avaient pas arrêté Kate Kvam au cours du week-end. Non, Nounours Lund non plus.

Je me carrai dans mon fauteuil pour réfléchir. Ma nouvelle vision du déroulement des événements m'amenait à penser qu'il n'y avait à Bergen

* Rue du centre de Bergen dont le nom signifie littéralement « rivière des lavandières ».

qu'un seul endroit où Kate Kvam irait se cacher. Un seul endroit.

Je garai ma voiture et m'approchai prudemment.

Novembre, 9 heures passées, et le matin était blême. Le temps était assez couvert avec, dans l'air, un pâle reflet de pluie et un gobelin gris sur Askøg. Il ne faudrait pas faire sécher son linge aujourd'hui.

Les fenêtres du quatrième étage étaient mortes et occultées, aucune lumière n'y brillait. Je grimpai rapidement les escaliers. Je passai devant le panonceau qui m'indiquait l'existence de l'atelier Bonanza, puis devant la porte du dentiste et du médecin au second, enfin devant celle de l'octogénaire dure d'oreille au troisième. Je montai avec précaution la dernière volée de marches, où une petite plaque sur la porte m'indiquait que c'est là qu'habitait M. Stein Wang, le tout à fait imaginaire M. Stein Wang. La porte gris-bleu ne comportait pas de vitre. Tout en bas, la peinture était égratignée comme si celui qui avait vécu là avait eu un chat. Je me sentais comme ce chat, mais je ne pensais pas que cela servirait à grand-chose de gratter à la porte.

À la hauteur de la ceinture, il y avait une fente horizontale pour le courrier, comme ça se pratiquait avant que les facteurs soient trop fainéants pour monter chez les gens. Je me penchai, ouvris précautionneusement le clapet de deux doigts parallèles et regardai par l'ouverture.

Je vis un corridor sombre, le coin d'une penderie

et sinon rien d'autre. Pas un mouvement, pas un son.

Je me redressai. Les possibilités étaient limitées et je choisis la plus facile en premier. Je sonnai. D'abord un coup long, soutenu. Puis trois coups brefs. Quelque chose qui pouvait rappeler un signal.

Pas de réaction.

Je me penchai pour regarder à nouveau par l'ouverture destinée au courrier. La même immobilité, le même silence. Même si l'on peut supposer que les appartements vides sont sans bruit ni mouvement, cela me semblait presque trop parfait.

J'essayai la méthode suivante. J'approchai ma bouche de l'ouverture et dit, d'une voix dont j'espérais qu'elle pouvait évoquer celle de Nounours Lund :

« Kate... Kate !... Ouvre, c'est moi, Nounours. Madame Kvam ! »

Je baissai ma bouche d'un cran et la remplaçai par mes yeux à hauteur de la fente. Rien. Ou bien il n'y avait personne, ou bien alors...

Il ne restait plus qu'une possibilité. Je reculai de quelques pas et épiai la cage d'escalier. Je n'entendis rien. Je revins à la porte.

Les portes munies d'une telle fente pour le courrier sont si faciles à ouvrir que c'en est presque irritant pour quelqu'un un peu habile de ses dix doigts. Et je ne suis même pas très adroit. J'utilisai une astucieuse pince longue et étroite au col recourbé, semblable à celles que les plombiers emploient pour des installations d'accès difficile. La porte s'ouvrit sans effort comme si elle n'avait pas été fermée à clef du tout.

D'une poussée, je l'ouvris en grand et m'assurai que personne ne se tenait derrière. Puis j'entrai dans le nid d'amour — ou ce que ça avait bien pu être.

L'entrée donnait l'impression d'être inhabitée. Il manquait un miroir sur le mur, ce qui laissait une grande trace rectangulaire sur la tapisserie. Quelques traces plus petites révélaient que des tableaux avaient été accrochés là aussi, mais le propriétaire du miroir et des tableaux les avait emportés, et personne ne s'était donné la peine d'en installer d'autres. L'odeur légèrement humide de vieille poussière prouvait que l'appartement n'était pas occupé, mais, couvrant celle de la poussière, il flottait une autre odeur, plus récente — cela sentait le parfum : non pas de la fleur de pommier, mais un parfum plus froid, celui d'un iceberg ou d'une blonde platinée.

Je jetai un coup d'œil par la porte entrouverte de ce qui devait être la cuisine. Sur une unique plaque chauffante mangée de rouille était posée une bouilloire. Je la touchai. Elle était tiède. Je me retournai vivement, mais il n'y avait personne derrière moi. Personne ne bougea. Personne ne dit un mot.

C'était un petit appartement. Hormis la porte de la cuisine, une seule autre porte donnait sur l'entrée. Et elle était fermée. Je m'approchai d'elle et tendis l'oreille. Pas un son — mais je n'en percevais pas moins cette sensation de présence qu'une personne silencieuse dans une pièce silencieuse provoquera toujours, même à travers des portes fermées. Il n'y avait qu'une façon de le savoir, et j'y recourus. J'ouvris la porte en grand et je fis un pas, non en avant dans la pièce, mais en arrière dans l'entrée.

Kate Kvam était assise à peu près dans la même position que son mari deux jours plus tôt. Elle était un peu renversée en arrière dans le fauteuil, ne portant qu'un déshabillé de ce tissu dont on fait les moustiquaires. Le déshabillé — ou ce qui en existait — était bleu, et à moitié ouvert. Elle avait croisé les jambes, dans une attitude nonchalante. Elle était nue sous le voile. J'apercevais la pointe de ses seins à travers l'étoffe, et je pus constater que sa blondeur n'était pas naturelle. Cela ne me surprit pas. Ç'aurait été la première vraie blonde platinée que j'aurais rencontrée.

Elle avait les yeux à demi fermés, et je la crus morte. Mais elle ne l'était pas, et ce fut comme un éclair d'irréalité qui me traversa lorsqu'elle leva la tête, ouvrit les yeux, humidifia ses lèvres et me regarda. Comme par hasard une de ses mains vint se placer sur son bas-ventre, mais elle ne referma pas son déshabillé.

« Monsieur Veum... » dit-elle d'une voix qui semblait suivre les spirales d'un papier tue-mouches.

C'était un mouvement très étudié, et pour un peu elle m'aurait hypnotisé.

« Une petite visite matinale... » poursuivit-elle.

La pointe de sa langue passa sur ses incisives — et je me demandai à quelle star de cinéma elle me faisait penser.

Puis elle se leva, et je sus que c'était Marilyn Monroe. Le déshabillé glissa et la dévoila comme on dévoile une statue sous les applaudissements.

Mais il n'y avait personne pour applaudir. J'avais un travail à faire. J'allai à elle, la repoussai durement dans le fauteuil, pris un plaid d'un autre fauteuil et l'en couvris. Il faisait froid dans la pièce et elle avait déjà la chair de poule. Le jeu était fini. Son visage avait repris son habituelle dureté. Nous pouvions parler affaires.

« C'est terminé Madame Kvam, dis-je, je sais comment vous vous y êtes prise. Je sais comment ça s'est passé.

— Mais qu'est-ce qui s'est passé, pauvre lopette ? » feula-t-elle à mon adresse.

Je fis des yeux le tour de la pièce nue. Ça ne ressemblait guère à un nid d'amour : deux fauteuils, une petite table de salon avec des cercles laissés par des verres et des bouteilles. D'un rideau en partie tiré et mangé par les mites dépassait un affreux divan. Si j'avais eu des rendez-vous d'amour avec Madame Moberg, j'aurais préféré des toilettes publiques plutôt que cet appartement. Je ramenai mon attention à Madame Kvam.

« Je sais comment ça s'est passé. Je sais comment vous vous êtes fabriqué un alibi. Je sais comment vous l'avez tuée. »

Elle était vraiment laide à présent. Son visage

était figé en une grimace pétrifiée, un numéro de clown qui avait tourné à l'aigre. Lorsqu'elle parla, sa voix vibrait :

« Qui avons-nous tué ? Et qui ça, nous ?

— Vous et William Moberg. »

Puis la grimace s'effaça d'un coup de son visage. De nouveau j'eus devant moi la même blonde froide et professionnelle qu'elle avait été derrière son comptoir. Mais de larges cernes bleus soulignaient ses yeux, comme si les dernières nuits y avaient laissé leur empreinte au papier carbone. Elle ne dit rien, mais bougea la tête. Elle la tourna vers la gauche, de façon à avoir une vue directe sur le rideau fermé.

Je suivis son regard. Le rideau était mité, troué et avait dû être bleu un jour, mais il n'était pas mité et troué au point d'empêcher quelqu'un de s'y dissimuler. Elle avait détourné mon attention avec son petit numéro de strip-tease. J'aurais dû me méfier. J'aurais dû réfléchir.

Elle siffla doucement, comme on siffle un chien, et le rideau s'écarta. Un homme entra dans la pièce, en deux grandes enjambées, car c'était un homme grand. C'était Nounours Lund, et il n'avait pas l'air de m'aimer beaucoup.

45

Nounours Lund prit place devant la porte. Kate Kvam se leva, la couverture autour des épaules comme un chef indien, pour aller se mettre en sécurité auprès de lui.

Je restai où j'étais.

« Assieds-toi... là », me dit-elle en montrant le fauteuil le plus proche.

Je restai debout. Nounours Lund fit un pas en avant. Je m'assis. Il était bien tel que j'avais imaginé l'avoir laissé la dernière fois. Une raie bleu jaunâtre bien nette traversait verticalement son front, s'élargissait en une croûte sombre sur les lèvres et redevenait bleu jaunâtre sur le menton. Il avait l'air de s'être fait rouler dessus par un train de banlieue.

Kate Kvam disparut derrière le rideau. Nounours Lund et moi échangions en silence des regards énamourés. Lorsqu'elle reparut, elle portait un manteau bleu, de hautes bottes de daim et sur la tête un foulard noir et rouge qui dissimulait ses cheveux. Elle s'était affublée d'une paire de lunettes rondes, à monture d'acier, de grand-mère. Elle ressemblait à une néoféministe et aucun policier normalement constitué n'aurait osé lui adresser la parole. Elle s'adressa à Lund :

« Je file chercher les passeports, Nounours. Il devait les tenir prêts pour aujourd'hui. Et j'ai aussi d'autres affaires à régler. Je serai de retour dans quelques heures. Prends bien garde à ne pas laisser sortir Veum de cette pièce. Je vous enferme et j'emporte les clefs pour parer à toute éventualité. C'est plus sûr. »

Là-dessus elle se mit sur la pointe des pieds, et

donna à Nounours Lund un gros bisou mouillé sur le coin de la bouche. Nounours Lund avait le regard rivé sur le mien, mais je vis sa pupille s'agrandir sous l'effet du baiser. La veuve joyeuse resta un instant le corps appuyé contre le sien. Elle tourna la tête et me jeta un regard scrutateur, puis haussa les épaules, passa sa main sur une joue et le front de Nounours, puis disparut. La porte se referma. La clef tourna dans la serrure, fut retirée et j'entendis juste après un nouveau bruit métallique, comme si on introduisait quelque chose dans le trou de la serrure. Je jurai intérieurement. Elle prenait toutes les précautions. Il s'agissait d'un verrou de sûreté. Elle le fit jouer, secoua la porte pour vérifier, puis nous entendîmes le claquement de ses bottes s'éloigner dans le couloir, la porte d'entrée se refermer, puis plus rien.

Je me retrouvai seul avec mon vieil ami Nounours, dans une pièce fermée à clef, quatre étages au-dessus de la rue.

Je restai assis à réfléchir un peu tandis que je regardais Nounours. Sa tête faisait penser aux boîtes de conserve que l'on trouve dans les tas d'ordures, cabossées et rouillées : on voit bien ce que c'est, mais pas ce que c'était.

Il m'apparut soudain que dans nos brèves entrevues nous n'avions guère manifesté autre chose l'un pour l'autre que des grognements et des violences. Je tentai de faire plus ample connaissance.

« Quels boniments elle t'a racontés, Nounours ? » demandai-je.

Il fronça ses sourcils broussailleux et avança sa lèvre inférieure.

« Ta gueule, moustique.

— Tu te rends compte qu'elle t'a raconté des histoires ? Tu ne la reverras plus jamais. Elle est en train de se tirer par le premier avion en partance de Flesland. Il décolle dans cinquante minutes. Le vol pour Copenhague. »

Il me montra un de ses poings, gros comme une chope à bière, et proféra :

« Un mot de plus, connard, et tu le prends sur la poire. Je vais écrabouiller ta sale gueule, le plus tôt sera le mieux. »

Ce qui me cloua le bec un moment.

Quelques minutes passèrent. Il faisait froid dans la pièce, mais j'étais en sueur. J'essayai de l'attaquer sous un autre angle en disant, plus gentiment :

« Je me souviens de toi du temps où tu boxais, Nounours. À l'Eldorado, le dimanche, en matinée. À la salle de Laksevågen, le mercredi soir. Tu étais bon à cette époque-là. »

Je n'y étais jamais allé, mais je faisais comme si. Ses yeux étincelèrent, mais il ne m'écrabouilla pas la gueule, et ne dit rien.

« Tu aurais pu être l'un des meilleurs, Nounours. »

Toujours pas de réponse. Je revins à la manière dure.

« Mais tu ne l'as pas été. Pourquoi, Nounours ? Trop de bière ? Trop de victoires fêtées et de trop mauvais adversaires, jusqu'à ce que les véritables adversaires apparaissent — hein, Nounours ? Ceux qui venaient de l'autre côté de la montagne avec leurs valises sombres et qui dansaient autour de toi comme des pantins ? Ceux qui te riaient au nez en te cognant dessus ? Ils riaient — parce que tu n'étais plus rien d'autre qu'un gros tas de barbaque pesante : tes muscles s'étaient avachis avant l'âge, la graisse t'avait envahi, tes mains n'étaient plus assez rapides ? Et tu encaissais, combat après combat, année après année. Et les autres n'en finissaient pas de se marrer. Tu étais un fantôme tabassé, une bille de clown rouée de coups, tu ne pouvais plus te montrer sur le ring sans que les gens crèvent de rire. Ils n'avaient plus ri autant depuis les premiers films muets, Nounours. Tu faisais sensation. Ils vendaient les billets pour tes matchs au marché noir, les gens faisaient la queue pour entrer, et dans la queue ils rigolaient déjà. »

Je repris mon souffle. Nounours faisait une sale tête, il était écarlate, je poursuivis :

« Et puis ç'a été la fin. Le show était terminé. Les lumières des couloirs se sont éteintes, l'une après l'autre. Ils connaissaient ta tronche par cœur, du moins ce qu'il en restait, et ils voulaient d'autres clowns pour rire. Alors tu as pris un coup de pied au cul et le rideau s'est levé sur de nouveaux actes. Ç'a été la série des cuites monumentales, des bagarres dans la rue pour un rien, des prises de bec avec les videurs, les premières condamnations pour trouble de l'ordre public, les dégueulis contre les murs et le goût de fromage pourri dans la bouche quand tu te réveillais le matin. Ton temps était révolu, Nounours, avant d'avoir jamais vraiment été à toi. Le temps t'a pris dans sa bouche, t'a mâchouillé et t'a recraché. »

Je repris à nouveau mon souffle. Son regard était en train de retrouver sa position normale, et Nounours ressemblait à un taureau qui prend dans sa ligne de mire un cueilleur de myrtilles lui tournant le dos.

« Et voilà qu'ils se sont encore foutus de toi, Nounours. Elle et son petit mondain d'avocat : William Moberg, Nounours. Né en haut de l'échelle et toujours en haut. Dans quarante minutes, ils seront dans le vol pour Copenhague, et ils vont rire pendant tout le trajet, je te le garantis. Ils vont rire à en faire vibrer tout l'avion. Elle et...

— Ta gueule ! hurla-t-il. Ta gueule, espèce de macaque bavard ! Elle se fiche pas de moi. Elle va revenir, revenir ! »

Il parlait lentement, avec difficulté, en cherchant ses mots. Mais même l'homme le plus courageux du monde n'aurait pas eu l'idée de l'interrompre.

« Elle m'aime. C'est la seule femme, de toute ma vie, qui se soit occupée de moi. Et Henning, il m'a aidé à sortir de la panade. Il m'a donné un travail, un logement — et c'était son mari. Alors j'ai attendu. Et maintenant il est mort, nous ne savons rien de plus, si ce n'est que la longue attente est terminée et que maintenant, Kate, elle est à moi... »

Quelque chose me fit mal, intérieurement.

C'était un homme de grande taille et il prononçait son nom comme un géant aurait caressé un chaton. Je les imaginais, un couple désassorti : la jolie blonde platinée froide et l'ex-boxeur amoché. Et il me fit de la peine. Mais pas au point de ne pas continuer mon boulot.

« Elle s'est tirée, Nounours, tu ne la reverras plus », dis-je aussi tranquillement que je pus.

Il explosa si vite et si violemment que je ne pus réagir à temps. En quelques secondes il fut sur moi et me décolla du fauteuil. Des jambes je ruai en prenant appui sur le bord du siège, ce qui augmenta la vitesse de mon mouvement vers le haut — et vers l'arrière, si bien que le coup de boule qu'il m'assena ne m'atteignit qu'avec la moitié de sa puissance. Sinon il m'aurait tué. Au lieu de cela, il me projeta contre le mur derrière moi. Je sentis un choc contre mon occiput et je m'affaissai le long du mur à la manière d'une allumette dont le soufre est mouillé et qu'on frotte sans arriver à l'allumer. Il pulvérisa une chaise contre le mur juste au-dessus de ma tête et les débris me tombèrent dessus en grêle.

J'esquivai en roulant sur moi-même puis me relevai. Il fondit à nouveau sur moi. Je fis un pas de côté. Son gros poing m'atteignit à l'épaule, et j'eus l'impression qu'elle partait en petits morceaux. Je m'aperçus alors que je tenais quelque chose à la main : l'un des pieds de la chaise. Je fis un autre pas de côté, brandis puis abattis le pied de chaise. Sa tête encaissa le coup avec un bruit sourd.

Il resta debout. Une seconde, ses yeux louchèrent, puis retrouvèrent leur position. Il balança au jugé un droite-gauche. Il se servait de son vieux radar. Il l'avait réglé sur la pointe de mon menton et fit mouche. Je fuis à reculons devant lui autant que je pus, puis le dos de ma tête porta contre le mur, tandis que le poing poursuivait sa route en avant. Je fus pris en sandwich entre le mur et le poing et je sentis que mon menton résistait mais que ma lèvre supérieure éclatait, et je vis mon sang éclabousser son poing. Dans ma tête valsaient des étincelles. Je le vis bander les muscles du bras droit. Sa main gauche pesait lourdement sur ma poitrine pour me maintenir en place tandis qu'il me visait du droit. À ce moment-là, mon genou monta et l'atteignit à un endroit qui m'aurait disqualifié à vie à l'époque où il faisait des combats de boxe. Mais il ne s'agissait pas de boxe. Il se plia en deux, non pas d'un coup avec un gémissement comme des hommes plus légers l'auraient fait, mais lentement, comme on ferme un canif rouillé. Je levai à nouveau mon genou et frappai derrière l'oreille : une fois, et encore une fois.

Puis je perdis connaissance quelques secondes. Quand je revins à moi, il était couché sur moi comme un arbre abattu et de grosses larmes rondes coulaient de ses yeux fermés.

Je me dégageai, regardai l'heure. Elle était partie depuis presque une demi-heure, et je me trouvais encore dans une pièce fermée au quatrième étage, avec un géant qui était au tapis, mais pas pour longtemps. Et j'aurais préféré être enfermé avec un gorille fou plutôt qu'avec Nounours Lund quand il s'éveillerait.

Par la porte, c'était hors de question. Restait une seule possibilité : la fenêtre. Je gagnai la fenêtre, défis le crochet et ouvris le battant d'une poussée. Quatre étages me séparaient du toit des voitures en mouvement. C'était le niveau du grenier et je me trouvai dans l'un des deux pignons que j'avais vus d'en bas. L'autre devait être celui de la cuisine ; il était à deux ou trois mètres à droite, séparé par des tuiles et plus bas, le long de la gouttière, par un garde-neige de dix centimètres de haut.

Ce n'était pas le moment de réfléchir. Je me hissai par la fenêtre et posai mes jambes sur le rebord supérieur du petit garde-neige. Il était assez mince et attaqué par la rouille. Il grinça légèrement lorsque je pesai sur lui, et je me cramponnai au cadre de la fenêtre.

J'évaluai la difficulté : deux à trois mètres ; c'était suffisamment proche pour que je puisse atteindre l'autre pignon d'un saut — en sautant bien. Mais pas suffisamment proche pour que je puisse y bondir depuis la position qui était la mienne, et pas suffisamment proche pour n'être pas trop loin. Mais derrière moi il y avait Nounours, et devant moi une tâche à accomplir. Je saisis le cadre de la fenêtre d'une main et étendis une jambe le plus loin en avant possible. Je fis suivre le tronc, lentement, lentement. La pluie avait rendu les tuiles extrêmement glissantes, et à leur base elles étaient couvertes d'une sorte de mousse noirâtre. C'était comme traverser une piste de danse fraîchement cirée après s'être envoyé une demi-bouteille de cognac derrière la cravate.

Je pris mon élan et me jetai en avant tout en lâchant le cadre de la fenêtre. Un de mes pieds glissa sur une tuile. J'eus soudain l'impression d'être suspendu dans un vide infini et que tout était silencieux. Je n'étais pas en mouvement, je n'entendais pas le bourdonnement de la circulation au-dessous de moi. J'étais tout simplement suspendu dans l'air, quelque part dans le monde, sans savoir pourquoi. Puis mes sens me revinrent : d'abord le bruit des voitures, comme une cacophonie assourdissante, puis le mouvement, comme Peter Pan volant élégamment autour de Big Ben.

Je franchis les deux ou trois mètres en partie en volant, en partie en me propulsant à grands coups de pied, et j'enlaçai le deuxième pignon comme j'aurais enlacé Rébecca.

Immobile, je comptai les secondes. Mon épaule et mon menton me faisaient un mal de chien et le sang coulait encore de ma lèvre éclatée. Je me cramponnais au pignon et la tête me tournait, mais les secondes passèrent et je n'entendis pas le bruit de mon corps qui s'écrasait dans la rue. Je soufflai.

D'un coup de pied, je cassai ensuite un carreau de la fenêtre de la cuisine, et me glissai à l'intérieur. J'ouvris le robinet d'eau froide et me mis la tête sous le jet. Je me frottai vigoureusement le visage et m'essuyai avec ma manche de veste.

Un mouchoir sur la lèvre et le visage encore dégoulinant d'eau, je quittai l'appartement. J'étais pressé. J'avais encore un travail à faire — espérais-je. Mais peut-être était-il déjà trop tard.

46

Je traversai à 70 km/heure les quelques rues qui me séparaient du cabinet de Maître William Moberg, avocat. Je parquai ma voiture de façon si épouvantablement illégale que cela me fit presque mal. Je n'avais pas le temps d'attendre l'ascenseur, je montai quatre à quatre l'escalier jusqu'au premier, et me retrouvai, souffle court et oreilles bourdonnantes, devant la porte de l'antichambre. À l'intérieur battait le pouls normal d'un bureau : le bruit régulier d'une machine à écrire. J'ouvris la porte et entrai.

Hilde Varde cessa d'écrire à mon arrivée. Elle eut sur le visage une expression de frayeur et se leva.

« Varg ! Mais qu'est-ce qui t'est... »

Une de ses mains voleta devant mon visage.

« Quelqu'un m'a invité à déguster le petit déjeuner sur ma propre lèvre. »

Elle eut l'air d'avoir envie de me consoler, mais nous nous rappelâmes tous deux la scène pénible du petit déjeuner. Et je n'avais pas le temps de me faire consoler. Je lui demandai à voix aussi basse que je pus :

« Moberg est là ? »

Elle fit oui de la tête.

« Seul ? »

Une pause avant son « Mm... oui » m'apprit que ce n'était pas le cas.

« Il est avec sa précédente secrétaire, Madame Kvam ? »

Sa loyauté s'évapora et elle opina du chef.

« Mais ils sont occupés. Il... ne veut être dérangé... sous aucun prétexte... par personne...

— Je ne suis pas personne, je suis le destin, j'entre. »

Elle me barrait le chemin.

« Dégage ou je t'embrasse ! »

Elle fit un pas de côté.

Avant d'ouvrir la porte du bureau proprement dit, je lui adressai un regard pénétrant :

« Si je ne suis pas ressorti d'ici une demi-heure, appelle la police. »

Elle eut l'air bouleversée.

« J'ai besoin d'une demi-heure. Mais après : préviens la brigade criminelle, et demande-leur de venir immédiatement. Salue-les de ma part, dis-leur où je suis et je te garantis qu'ils seront là avant que tu aies eu le temps de raccrocher. »

Son air bouleversé se maintint. Je la laissai s'occuper d'elle-même, ouvris la porte, entrai dans le bureau de William Moberg et refermai la porte.

William Moberg et Kate Kvam étaient assis de part et d'autre du grand bureau. Il exhibait à nouveau son costume gris mousse. Elle était habillée comme la dernière fois que je l'avais vue. Lui faisait face à la porte et n'eut pas besoin de se retourner. Elle me tournait le dos et fit volte-face. Ils avaient tous les deux l'air ébahi de me voir. Surtout elle. Je vis sa bouche articuler en silence : « Nounou-r-s. » Je lui fis un clin d'œil en me caressant le menton. Moberg jeta :

« Veum ? Qu'est-ce que ça signifie ? Qu'est-ce que vous faites ici ?

— Je viens faire mon rapport.

— Faire votre rapport ? aboya-t-il.

— Ouais. Il y a quelques jours — mercredi — vous m'avez engagé pour trouver l'assassin de votre femme. Eh bien, je l'ai... je les ai trouvés. Il est temps que je fasse mon rapport. Vous avez payé pour cela. Vous allez en avoir pour votre argent. »

J'avais des étourdissements, le plancher ondulait doucement sous mes pieds, comme si le tapis avait été en caoutchouc-mousse épais d'un mètre. Je montrai la chaise libre avec le joli dossier haut.

« Je peux m'asseoir ?

— Comme vous le voyez, dit Moberg, je suis occupé. »

J'eus un sourire en coin.

« Ce que j'ai à dire concerne aussi Madame Kvam. »

Il eut quelques secondes d'hésitation.

« C'est bon, asseyez-vous... »

Je m'assis.

« ... Mais ne soyez pas trop long. Pour ce qui est

de Madame Kvam, elle est ici pour une affaire strictement privée et je...

— Un meurtre n'est jamais une affaire privée... » l'interrompis-je.

Je me sentais mieux maintenant que j'étais assis.

« ... Il y a toujours quelqu'un qui s'en mêle », ajoutai-je.

Il prit un air subtil et écarta les bras. Kate Kvam était assise à un mètre cinquante de moi, sur la droite, un peu de biais dans son fauteuil, le regard rivé au mien comme si elle s'attendait vraiment à pouvoir y lire son destin. Peut-être le pouvait-elle.

« À vrai dire, je ne sais par où commencer. »

Moberg afficha un sourire supérieur.

« Le mieux est sûrement de commencer par ce qui m'a le plus désorienté : les deux enquêtes qu'on me confiait qui, toutes deux, aboutissaient à suivre Madame Margrete Moberg, née Veide. La première, qui venait de vous, Moberg, je l'ai refusée, parce que ça ressemblait à une affaire de divorce et que, par principe, je n'en accepte pas. En revanche j'ai accepté la seconde, parce que, étonnamment, ça paraissait crédible. Mais à présent, je sais que cette seconde enquête était un leurre et que le commanditaire en était — excusez-moi, dis-je à Madame Kvam — feu Henning Kvam. »

Ils me regardaient en silence tous les deux, la mine impénétrable. Je poursuivis :

« J'ai été assez bête pour tomber dans le panneau, j'aurais pourtant dû me méfier, mais passons.

La grande question que je me suis posée après le meurtre était : pourquoi ? Non pas tellement pourquoi Margrete Moberg a-t-elle été assassinée, mais pourquoi ai-je été engagé ? »

Je les regardai. Ni l'un ni l'autre n'avaient de réponse convenable à me donner. Ni l'un ni l'autre ne voulaient me le dire.

« Cela devait avoir un rapport avec le meurtre. Devais-je être le dernier à l'avoir vue en vie ? Un bouc émissaire éventuel ? Douteux, cela n'arrive que dans les romans policiers de troisième zone. Pour brouiller les pistes comme suspect et occulter le mobile du meurtre ? Possible, mais pas particulièrement plausible. Y avait-il alors une troisième raison ? »

Je commençai à me sentir en train et parlai plus facilement.

« Eh oui, il y avait une troisième raison. Quelqu'un avait besoin d'un alibi. »

Une courte pause avec un coup d'œil sur les deux autres.

« Et qui avait besoin d'un alibi ? Qui possède l'alibi le plus solide dans cette affaire ? Qui se trouvait à des kilomètres du lieu du crime quand Margrete Moberg a été tuée ? »

Je regardai William Moberg et il me renvoya un regard appuyé. Je voyais les muscles de ses mâchoires travailler. L'orage montait dans ses yeux. Kate Kvam, le visage glacé, ne trahissait aucun sentiment. J'opinai, satisfait de moi-même :

« Exactement ! William Moberg. »

Il y eut un éclair, puis l'orage éclata :

« Êtes-vous en train de dire... de dire... essayez-vous d'insinuer... bon sang, Veum ! Ça, vous allez...

— Le regretter ?

— Vous pouvez en être sûr !

— Fermez-la et écoutez ! Le rapport n'est pas complet, pas encore.

— Je n'en ai rien à...

— Si, si. Il doit être complet. Ici et maintenant. Je vais vous expliquer comment le meurtre de votre femme s'est déroulé, je vais vous expliquer pourquoi vous n'avez pas d'alibi du tout, je vais vous expliquer qui vous a aidé et pourquoi. En un mot : tout ce que vous savez déjà. Pour vous montrer que je le sais. »

Il se mordait l'intérieur des joues, mais ne disait plus rien.

« Je vais vous raconter l'histoire d'un homme qui s'appelait Henning Kvam. Henning Kvam a passé quelques années en prison pour une affaire de drogue. Il en est sorti, et peu de temps après il s'est rangé en créant une petite entreprise apparemment respectable à Møhlenpris, Aide Familiale S.A., pour venir en aide aux paumés, aux affamés. Les paumés recevaient de la drogue, distribuée avec bienveillance en récompense de divers services. Les affamés recevaient selon leur faim. Dans des chambres roses ou noires et Dieu sait quoi d'autre : selon les goûts, selon les besoins. Tous les besoins et tous les goûts. »

Courte pause pour mettre de l'ordre dans mon exposé.

« En bref, Henning Kvam servait d'entremetteur et distribuait de la drogue. Mais d'où la tenait-il ? Il avait déjà été condamné pour trafic de stupéfiants. Il n'avait plus la moindre chance de recommencer. Il lui fallait de l'aide, et il l'a obtenue. Il avait gardé des contacts, du temps où il était à Copenhague. Une autre personne impliquée dans cette affaire y avait séjourné : Margrete Moberg, quand elle s'appelait encore Veide. Et l'on voit naître ainsi la trinité des hypocrites : Henning Kvam, Margrete Veide épouse Moberg, et William Moberg. Comment leurs relations se sont-elles nouées, je l'ignore. Peut-être Kvam et Margrete Veide se sont-ils rencontrés là-bas et sont tombés d'accord pour essayer sur le front des ventes, à Bergen. Il faut beaucoup d'argent, dans ces affaires. Puis Kvam fut mis à l'ombre et le projet dut attendre quelques années. Dans l'intervalle, Kvam avait rencontré Moberg, qui était son avocat. Peut-être reprit-il contact avec Margrete Veide quand il fut libéré. Peut-être lui raconta-t-il qu'il connaissait un type, ici, qui grimpait aux rideaux dès qu'il apercevait un jupon : "Va à Bergen et marie-toi avec lui." Peut-être cela se passa-t-il autrement. Peut-être Margrete Veide en pinçait-elle plus pour Henning Kvam que lui pour elle. Peut-être vint-elle à Bergen lui rendre visite et s'aperçut-elle qu'entre-temps il s'était marié — puis elle rencontra Moberg. Je ne sais pas. Mais je sais que d'une façon ou d'une autre leurs destins se sont noués et des choses ont commencé à se passer... »

Ni Moberg ni Madame Kvam n'avaient de commentaires à apporter à mon récit. J'interprétai cela comme un bon signe :

« Margrete Moberg s'arrangeait pour faire entrer la drogue en Norvège, Henning Kvam et elle se rencontraient en un lieu déterminé : un appartement que Kvam louait par l'intermédiaire d'une relation sous le faux nom de Stein Wang. Ils se rencontraient dans cet appartement presque trop régulièrement pour qu'il n'ait pu s'agir que de livraison de drogue. Il est probable qu'elle touchait aussi de l'argent : un pourcentage du bénéfice, qu'elle rapportait ensuite chez elle à l'homme qui détient la majorité des actions de la firme : le pilier de la société, l'avocat des affaires de drogue... »

De la main je montrai Moberg.

« Tout cela est grotesque, Veum, dit Moberg, mais son ton manquait de conviction.

— Mais Henning... » commença Madame Kvam.

Je lui jetai un coup d'œil scrutateur.

« Je ne suis pas sûr de ce que vous savez... au début, mais après... Margrete Moberg et Henning Kvam se rencontraient dans cet appartement, et ils y passaient plus de deux heures. Peut-être couchaient-ils ensemble, peut-être... »

Moberg m'interrompit :

« Ça, je peux l'avaler, à la rigueur, mais toute cette histoire de livraison de drogue...

— J'ai assisté en personne à une livraison, sans m'en rendre compte, répondis-je. Votre femme a bu un café dans un salon de thé avec une amie qui — comme je l'ai appris plus tard — était venue de Copenhague uniquement pour cela. Rien que pour boire un café dans un salon de thé ? Difficile à croire. Mais les deux femmes portaient les mêmes sacs. Les ont-elles échangés ? C'est plus que probable. L'un contenait de l'argent, l'autre de la drogue, j'en mettrais ma main au feu. Le soir même, Margrete Moberg avait un nouveau rendez-vous galant dans le mystérieux appartement... »

De William Moberg, mon regard glissa à Kate Kvam, de l'avocat à son ancienne secrétaire.

« Mais alors... alors quelque chose s'est passé qui a détruit l'équilibre de la trinité. Je sais que les rapports entre votre femme et vous se refroidissaient, Moberg...

— Comment ?...

— Je le sais. Et Henning Kvam et votre femme passaient de longues heures ensemble dans cet appartement. Peut-être avaient-ils déjà eu une liaison à Copenhague. Quoi de plus naturel, en ce cas, qu'elle refleurisse ici ? Et vous vous en êtes aperçu, Moberg. Est-ce elle qui vous l'a dit ? »

J'indiquai Madame Kvam de la tête. Elle ouvrit la bouche. Il dit : « Je... »

Je leur coupai la parole :

« Était-ce un motif suffisant pour l'assassiner, Moberg ? La jalousie ?

— Vous remettez ça ? Vous ne m'avez pas encore raconté comment je l'ai assassinée, comme vous dites... »

L'ironie était évidente, mais sa phrase manquait de force.

« ... J'étais à Stavanger, lorsqu'elle... Quant à Kvam, j'ignore où il se trouvait.

— Il était à la maison ! »

Madame Kvam revenait brusquement à la vie. Moberg et moi la regardâmes.

« Nous étions chez nous, tous les deux. Je m'en souviens très bien. Après, quand nous avons appris ce qui s'était passé, nous nous sommes dit : "Et nous qui étions bien tranquilles à la maison et..."

— Et qui va confirmer cela ? demandai-je. Henning Kvam ? Nounours Lund ?

— Oui, Nounours, il peut... acquiesça-t-elle avec fièvre.

— Gardez ça pour le tribunal, Madame Kvam. Écoutez plutôt. J'ai été engagé, par l'intermédiaire de Henning Kvam, parce qu'il vous fallait absolument un témoin impartial, quelqu'un qui puisse corroborer l'alibi de Moberg, quelqu'un qui serait sur les lieux parce qu'il suivait Madame Moberg. »

Je les regardai. Ils écoutaient. Je poursuivis :

« Ce que j'ai vu le soir du meurtre, c'est une femme ressemblant à Madame Moberg qui est allée à son rendez-vous dans l'appartement, une femme ressemblant à Madame Moberg qui a quitté l'appartement — elle était en voiture quand je l'ai vue. Elle a un peu circulé dans le centre-ville, a pris Moberg, l'a conduit à Flesland, est rentrée chez elle. Plus tard, elle est descendue au garage, juste après minuit, au moment où une voisine passait en voiture... Une femme qui ressemblait à Madame Moberg, s'entend. Ce n'était pas nécessairement Madame Moberg, en tout cas pas après qu'elle eut quitté l'appartement. Selon la déclaration du médecin, le meurtre a eu lieu entre 19 et 2 heures. Cela aurait donc pu se passer pendant qu'elle était à l'appartement. Et c'est bien ce qui s'est passé. Tout simplement. Tout le reste n'était que mise en scène.

— C'est insensé, Veum. Vous auriez bien fait la différence entre ma femme et une autre ?

— Dans une voiture ? Le soir ? Avec la distance que je devais maintenir pour ne pas être découvert la seule fois où elle est descendue de voiture, c'est-à-dire chez vous, à Natlandsfjell ? Et avec une perruque rousse sur la tête ?

— Une perruque rousse ?

— C'est cela qui m'a vraiment fait tout comprendre. Hier, ma... euh... ma femme s'est mis une perruque. Et du coup elle s'est transformée en une tout autre femme, une tout autre personnalité, une inconnue. C'est comme les photos que j'ai vues sur le mur dans une des chambres du bordel de Kvam : c'était effectivement la même femme, mais sur chaque photo une autre femme avec une perruque différente. Il y en avait, des perruques, et notamment une rousse, à longs cheveux. Madame Kvam pouvait donc l'emprunter très facilement. »

Madame Kvam me regarda en ouvrant de grands yeux.

« Vous voulez dire... Vous voulez dire... que j'aurais...

— Oui ! Je ne sais pas exactement à quel moment Kvam fait son entrée. S'il a trempé dans le meurtre ou si lui aussi, dans la foulée, a été berné. Peut-être l'avez-vous persuadé que Margrete Moberg pouvait devenir gênante avec sa toxicomanie, un danger qu'il fallait écarter. Peut-être l'avez-vous seulement persuadé qu'il fallait la faire suivre. Vous la soupçonniez de ne pas vous livrer toute la drogue, mais d'en fournir à d'autres, à des concurrents... Quelque chose de ce genre. En tout cas vous l'avez déterminé à venir me trouver en se faisant passer pour un autre et à m'engager, après que Moberg lui-même eut échoué pour la raison que vous savez. Mais c'est Moberg qui, le premier, a essayé de m'engager, et cela aurait été plus simple pour vous, parce qu'ainsi vous n'aviez pas besoin d'y mêler Henning Kvam aussi tôt. De toutes les façons, c'est Moberg qui gagnait le plus à cette mascarade, car il se débarrassait d'une femme encombrante ; en outre il détenait la majorité des actions et très certainement les revenus les plus importants de cette prétendue firme de Kvam, que Margrete Moberg était en train de torpiller... »

Le visage de Madame Kvam avait pris une expression désespérée.

« Je ne savais rien de tout cela, Veum ! Jusqu'à maintenant. Je savais que quelqu'un était derrière lui, derrière Henning. Quelqu'un qui recevait la plus grande partie de l'argent, quelqu'un qui...

— Ne jouez pas les innocentes. Vous êtes dans le coup, depuis le début. Vous avez été la secrétaire de Moberg et sa maîtresse.

— Mais c'était fini, depuis longtemps. Quand j'ai rencontré Henning...

— Un vieil amour refleurit aisément, surtout quand on se sent bafoué. Et si Henning Kvam et Margrete Moberg avaient une liaison, quoi de plus naturel pour vous deux, dans votre commune frustration, que de vous retrouver ? Vous êtes retombés dans les bras l'un de l'autre, ensemble vous avez échafaudé un plan, où la victime était Margrete Moberg, elle qui jouait le serpent dans votre jardin d'Éden. Plus tard vous lui avez adjoint Henning Kvam, qui faisait un bouc émissaire parfait... ou presque. En tout cas, lorsque Margrete Moberg est allée à l'appartement ce soir-là, Henning Kvam n'y était pas. C'est vous Madame Kvam, qui pourriez avoir tendu le piège : en mettant quelque chose dans son café, un soporifique, ou autre chose ? Mais vous, vous étiez là. Et vous avez tué Margrete Moberg. L'un de vous l'a étranglée. Vous l'avez transportée dans la voiture par l'escalier de service. Dans la cour, vous l'avez installée sur le siège arrière, sous une couverture. Puis vous, Madame Kvam, vous avez pris le volant. Vous portiez les vêtements de Margrete Moberg et une perruque rousse. Vous avez franchi le porche, fait un tour en ville, m'entraînant à votre suite, comme prévu, de façon à ce que Moberg ait le temps de quitter l'appartement pour gagner son cabinet où vous passeriez le prendre. Ce fut habilement monté. Vous m'avez bien roulé et longtemps. Mais pas assez longtemps. Vous avez ensuite conduit Moberg à Flesland, lui avez gentiment dit au revoir, êtes revenue à Natland Terrasse, avez rangé la voiture dans le garage et fait semblant de rentrer chez vous. Vous avez allumé la télévision, éteint la lumière, tout ça en mon honneur — et vous m'avez finalement vu partir. Quand une voiture s'est approchée, vous vous êtes montrée encore une fois, pour mieux assurer l'alibi de Moberg qui était arrivé depuis longtemps à Stavanger — mais vous aviez encore une tâche déplaisante à accomplir. Il fallait disposer le cadavre de Margrete Moberg dans la voiture de façon à ce qu'il ait l'air naturel... si tant est qu'un cadavre puisse avoir l'air naturel. »

Elle prit une profonde inspiration. Elle était livide.

« Vous croyez... vous croyez que je serais capable de faire une chose pareille ?

— Pour être sûr que le cadavre soit découvert pendant que Moberg se trouvait encore à Stavanger, il a appelé sa secrétaire pour lui demander d'aller chercher quelques papiers chez lui. C'est elle qui a trouvé le corps. Et c'est tout, à vrai dire. Il y avait assez d'embrouilles : moi, Moberg avec son alibi en béton et, ce qui n'était pas la moindre chose, ce Ragnar Veide qui s'était révélé être un imposteur. Mais il s'est passé quelque chose d'imprévu : je suis remonté jusqu'à la maison à la porte verte et, selon ma vilaine habitude, j'ai commencé à fouiner. Vous avez pris peur. Moberg a joué les innocents et m'a engagé pour trouver le meurtrier. Et vous avez monté un piège avec un bouc émissaire — le seul qui pouvait avoir tous les pions, ou du moins la plupart — pour tomber au bon moment : le faux Ragnar Veide, c'est-à-dire Henning Kvam. Ça vous faisait perdre un joli réseau de distribution et les revenus du bordel, mais comme j'y avais fourré mon nez, c'était de toute manière déjà fichu. Vous aviez le contact avec les trafiquants de drogue, Madame Kvam connaissait l'ensemble du réseau de distribution, et vous Moberg, vous possédiez peut-être d'autres maisons à la porte verte en réserve. Dans tous les cas de figure, c'était faire d'une pierre deux coups : Henning Kvam a été assassiné, et moi, impliqué une fois de plus. Comment vous vous y êtes pris pour tromper Kvam, je l'ignore. Mais vous y êtes arrivés. Vous l'avez vraisemblablement persuadé de me jouer une nouvelle farce, c'est pourquoi il s'était de nouveau déguisé en Ragnar Veide. Quand il m'a téléphoné, il donnait l'impression d'être ivre, et le cadavre sentait l'alcool. Mais dans la chambre, il n'y avait ni bouteille ni verre sale. Aviez-vous mis à nouveau un tranquillisant dans sa boisson ? Dès lors, il était facile de maquiller le crime en suicide. Surtout que vous séjourniez dans le même hôtel. La cliente, c'était vous, Madame Kvam. Et l'homme qui est venu la chercher, c'était vous, Moberg. Quoi qu'il en soit, lorsque je suis arrivé, la seule chose que j'ai trouvée, c'est un cadavre tout frais : celui du faux Ragnar Veide. Et vous aviez pris soin de laisser sur lui un indice évident de sa véritable identité : les lunettes dans la poche de sa veste. Mais c'était trop. C'était invraisemblable. Il s'était donné un mal de chien pour éliminer tout détail pouvant l'identifier, il ne pouvait donc pas avoir gardé ses lunettes, alors qu'il portait des verres de contact ! C'est cela, joint à l'absence de bouteille et de verre, qui m'a suggéré l'idée qu'il ne s'agissait pas forcément d'un suicide, mais plutôt d'un meurtre. Trop de choses indiquaient que Henning Kvam avait été tué. Par qui ? La réponse tombait sous le sens.

« Et voilà, d'une pierre deux coups, comme je disais. Le prétendu suicide de Kvam équivalait à des aveux. Mon intervention permettrait à la police de faire le lien entre Kvam et Madame Moberg ou, au pire, je serais à nouveau soupçonné. Mais le jeu était risqué : vous deviez vous attendre à être placés sous surveillance pendant un bon bout de temps et vous douter que la police découvrirait qui était l'actionnaire majoritaire de...

— Ça, c'est facile à expliquer, Veum, intervint Moberg, ça n'a rien de suspect. La police sait que j'ai déjà fait cela par le passé, pour dépanner des gens en qui je croyais. J'ai fait bon nombre d'investissements fructueux, je dispose d'un capital important, et j'ai besoin de placer ce capital. J'aide les gens en qui je crois à revenir sur le droit chemin, je leur permets de s'installer, et ils rachètent mes actions quand ils en ont les moyens, si tout va bien. Et c'est ce qui se passe en général. C'est incroyable ce que les gens peuvent accomplir quand on leur témoigne un peu de confiance. Ils sont comme régénérés. Cela n'a rien de répréhensible, Veum. »

Je ne prêtai pas attention à ses propos :

« Le prétexte en or : le bon Samaritain du milieu. L'avocat de la drogue, le bienfaiteur et son ex-toxicomane de femme, qui irait les soupçonner de tirer les ficelles du trafic de drogue dans cette ville ? Et qui pourrait plus facilement se faire une vue d'ensemble des clients potentiels ? La seule chose dont vous aviez besoin, c'était d'un intermédiaire : Henning Kvam. Quelqu'un pour assurer la vente. Mais derrière Henning Kvam, il y avait Margrete Moberg, il y avait... vous, Moberg. C'était parfait. Presque...

— Elle était en train de craquer, dit Madame Kvam, doucement, avec un calme presque effrayant.

— Qu'est-ce que tu es en train de raconter ? aboya Moberg.

— La ferme, Moberg ! dis-je.

— Elle était en train de craquer... C'est Henning qui me l'a dit. C'est vrai qu'elle... je ne sais pas s'il y avait quelque chose entre eux, je ne le crois pas, mais elle servait de revendeur... pour la drogue et...

elle y a repris goût. Elle en faisait une consommation énorme. Henning m'a dit que...

— Mensonge ! C'est un mensonge, Veum ! Ne l'écoutez pas ! »

Moberg s'était à demi levé de son siège, j'avais fait de même. Mais Kate Kvam poursuivit :

« Elle a voulu réagir, elle avait déjà été désintoxiquée une fois, et elle s'en souvenait. Elle en était arrivée à ne plus pouvoir exister sans drogue, sa vie ne tenait... qu'à la pointe d'une seringue. Elle voulait aller trouver la police et tout raconter. Elle voulait tout... tout raconter. Henning était désespéré. Il disait que nous devions nous tenir prêts à décamper à la moindre alerte. Nous nous sommes procuré des passeports, des papiers d'identité, nous...

— Vous l'entendez, Veum ! Vous êtes témoin ! Ça doit être lui qui a fait le coup, Kvam. Il était aux abois, à ce qu'elle dit... »

Il retomba sur son siège. Elle poursuivait :

« ... Puis elle est morte. Assassinée. Ni Henning ni moi ne comprenions ce qui s'était passé, puisque Moberg était à Stavanger quand c'est arrivé, mais nous étions sur nos gardes, sur le qui-vive. Et vous avez surgi... »

Elle me regarda.

« ... Mais nous n'avions rien à voir avec ça, Veum, rien du tout.

— Ainsi, elle voulait tout plaquer et tout balancer aux flics », dis-je.

Les pensées fusaient dans ma tête. C'était

comme un spectacle avec lumières psychédéliques, où quatre ou cinq personnes sont sur la scène et où on les voit tout le temps sous des angles différents et dans des perspectives nouvelles : une image qui changeait constamment pour se transformer en une nouvelle. J'enchaînai :

« Vous étiez à la tête d'une belle fortune, Moberg, mais pas au point d'en rester là. Pas au point de renoncer à la source de revenus que représentait la vente de stupéfiants. Et vous n'aviez pas davantage envie de perdre votre charge d'avocat ni de passer en prison les dix années à venir. Un motif évident. Que Kvam et votre femme aient une liaison, cela n'avait aucune importance. La jalousie, c'était trop vieux jeu pour un homme de votre trempe, Moberg. Mais l'argent, ce motif-là était assez puissant. L'argent se multiplie comme les lapins, mais s'il disparaît tout à coup, alors sonne l'heure de la mort, l'heure du meurtre. »

Nous nous regardions fixement. Les yeux de Moberg étaient écarquillés et fatigués, ses pupilles paraissaient pourries. Kate Kvam reprit dans un murmure :

« Ce n'est pas nous qui l'avons fait, Veum, ce n'est pas nous...

— Vous peut-être pas, fis-je en la regardant, mais Moberg sûrement, il doit y avoir trempé, car il est allé à Flesland avec sa femme après qu'elle eut été assassinée... Mais quelle femme ?... »

Je m'abîmai dans mes pensées, le silence complet se fit dans la pièce. Le regard fixe des pupilles pourries de William Moberg ne me lâchait pas une seconde. Kate Kvam, toujours assise, jouait distraitement avec la fermeture du sac qu'elle tenait sur les genoux.

Puis le silence fut rompu, mais ni par William Moberg, ni par Kate Kvam, ni par moi. C'est une autre voix qui le rompit, aussi froide et claire que la glace. Une voix qu'aucun trouble n'altérait, une voix toute pénétrée d'ironie, de sarcasme et de confiance en soi. Cette voix disait :

« Brillamment raisonné, Varg. Tu as de l'imagination et un bon sens de la synthèse. Mais pas encore assez d'imagination, ni de faculté de synthèse. Ton raisonnement était remarquable, Varg. Il ne comportait qu'une seule erreur. Tu t'es trompé de femme. »

Nous regardions tous trois la vraie coupable. Ce qu'elle tenait à la main était un astucieux petit anachronisme : un derringer incrusté d'argent. Il devait être vieux d'un siècle, une pièce de collection. Mais pour l'instant il ne faisait pas du tout l'effet d'une antiquité, il avait l'air d'une efficacité redoutable. Un derringer ne comporte que deux cartouches, une dans chaque canon, mais les deux canons me visaient droit entre les deux yeux, et deux balles étaient plus qu'il n'en fallait pour moi. Je ne fis pas un geste. Je n'ouvris même pas la bouche.

Elle était de glace des pieds à la tête, si froide qu'on aurait pu la débiter en petits morceaux et les mettre dans un drink en main. Si on aimait son drink glacé, et si on avait un drink en main. Et ses cheveux étaient aussi froids, et aussi blancs, que les neiges du Kilimandjaro.

47

« Hilde... dit Moberg.

— J'ai tout entendu, William. Du moins la plus grande partie, répondit Hilde Varde sans me quitter des yeux, sans faire même le moindre mouvement avec le petit serpent venimeux décoré d'argent qu'elle tenait à la main.

— Tu ne vas donc pas appeler la police, Hilde... » fis-je.

Elle eut un petit sourire froid.

« ... Et ce n'était donc pas pour mes beaux yeux bleus... »

Elle ne souriait plus.

« Il fallait que nous sachions ce que tu savais. Et tu as tout déclenché en m'invitant à dîner. Tu m'en as tant raconté que nous n'avons plus eu qu'à imaginer la suite. Henning devait donc mourir... »

Kate Kvam feula :

« Henning devait donc mourir ! Voilà comment elle parle de lui, son propre frère ! Elle a tué son propre frère, Veum...

— Parce que c'était... »

La voix glaciale m'interrompit.

« Je t'ai parlé de lui, n'est-ce pas, Varg ?

— Mais tu n'as pas dit comment il s'appelait, que c'était Kvam.

— Non, il fallait bien te laisser quelque chose à trouver, toi le détective... »

Sa voix était ouvertement pleine de dérision.

« C'est donc toi qui l'as convaincu de venir... me trouver, la première fois. Et tu as aussi réussi à l'attirer dans... la chambre d'hôtel. Tu connaissais l'existence de l'appartement, aussi bien que Madame Kvam. Ce soir-là, c'était toi la fausse Madame Moberg, et tu l'as "découverte" le lendemain matin. Toi encore, qui étais la cliente de l'hôtel, le jour où Kvam a été tué. Mais... mais pourquoi ?

— Je savais tout. William m'avait mise au courant de tout, de toute l'organisation, après que nous avions engagé une... liaison. Nous devions nous marier, le moment venu, lorsque sa femme ferait une... overdose. Mais il a fallu agir plus vite, plus brutalement, parce qu'elle allait détruire l'organisation en racontant tout aux flics. Peut-être avait-elle compris ce qu'il y avait entre William et moi. Peut-être voulait-elle seulement... guérir. Il fallait donc qu'elle meure. Et maintenant, c'est toi qui dois mourir, Varg. Toi, et elle aussi. »

Elle ne jeta pas un regard à Kate Kvam en disant cela. Elle me regardait, ne me lâchait pas des yeux.

« William, commanda-t-elle, tape des aveux sur la machine. Nos amis ici présents vont se faire un plaisir d'avouer le meurtre de ta femme et de Henning. Ensuite, ils se suicideront. Un double suicide, comme Roméo et Juliette. »

William Moberg la regardait. Je vis des gouttes de sueur sur son front, ses yeux écarquillés.

« Encore deux... Hilde ? Encore deux ? dit-il.

— Tout ça, c'est pour nous, William, pour nous... Et l'avenir... et tout l'argent...

— Mais ne pouvons-nous pas...

— Ils en savent trop... lui...

— Quelle erreur avons-nous commise, Hilde, que...

— Vous avez commis pas mal d'erreurs, dis-je, mais la plus grosse a été de me choisir pour vous donner un alibi, Moberg. Je suis trop curieux. Vous avez introduit le loup dans la bergerie et...

— Taisez-vous ! intima la voix glaciale. Nous n'avons que trop parlé. »

Nous n'avions que trop parlé, il fallait agir. Et c'est Kate Kvam qui agit. Tout se passa en l'espace d'une brutale seconde. Kate Kvam se leva brusquement, son sac à main ouvert tomba à ses pieds sur le sol. Elle tenait à la main un couteau de cuisine monstrueux.

« Vous l'avez tué ! Vous avez tué Henning ! »

Et elle s'élança en trébuchant vers Hilde Varde. Du coin de l'œil, je vis William Moberg se lever derrière le bureau, et de l'autre le serpent venimeux décoré d'argent se braquer sur le côté et détourner ses crochets de moi. À cet instant je me jetai en avant dans les jambes de Hilde Varde.

Tout se passa en une seconde assourdissante :

j'entendis un coup de feu partir. J'entendis Moberg crier : « Hilde ! » J'entendis Kate Kvam pousser des hurlements hystériques. Et je sentis Hilde Varde donner des coups de pied et se débattre sous moi. Ma main glissa le long de son bras et empoigna la petite arme. Hilde feulait sous moi comme un chat sauvage : un chat sauvage en colère, fou furieux, criant sa rage. Sa main libre monta vers mes yeux avec des ongles comme des pointes de poignards. Je me rejetai en arrière, mais ses griffes me labourèrent la joue. J'arrachai le derringer. Je me dégageai en roulant sur moi-même. Je me relevai, dos au mur.

William Moberg se tenait derrière le bureau. Son visage était gris et malade, il avait l'air d'un très vieil homme. Kate Kvam sanglotait sur le plancher là où elle avait trébuché. Son couteau était devant mes pieds, aussi propre et immaculé que lorsqu'elle l'avait sorti de son sac à main.

Et sur le plancher où je l'avais laissée, gisait Hilde Varde. Elle ne me regardait pas, elle ne regardait aucun d'entre nous. Elle fixait sur le mur son image distordue, telle qu'elle la verrait sur des murs de pierre, sur des murs de pierre froids et morts, maintenant et pour l'éternité. Et ses cheveux étaient blancs comme les neiges du Kilimandjaro, mais ses yeux étaient noirs, aussi noirs que la nuit sans fin qui l'attendait, aussi noirs que la mort.

Je les regardais. Ils avaient été cinq, mais deux d'entre eux étaient morts. Ceux qui restaient formaient un étrange trio. Deux femmes et un homme, et tous trois me donnaient la nausée. Ils appartenaient à un monde que je n'aimais pas, un monde auquel je ne voulais pas appartenir. Je ne savais pas d'où ils venaient, mais je ne les aimais pas. Je ne voulais plus les voir.

Je me dirigeai lentement vers le bureau, vers le téléphone.

48

Ce soir-là encore, ils ne me laissèrent partir que fort tard. Il était presque 22 heures lorsque je sortis du commissariat de police, et je jetai un coup d'œil involontaire vers le ciel, j'étais resté si longtemps entre quatre murs. Entre-temps un soudain vent du nord était venu balayer tous les nuages de pluie. Un froid délicat avait investi la ville, comme si l'hiver avait dressé sa première table de l'année avec de la porcelaine neuve. Une mince pellicule de glace recouvrait les flaques d'eau, et lorsque l'on inspirait profondément par le nez, on ne sentait plus l'odeur des dernières fleurs en décomposition de l'automne. Tout ce qu'on percevait, c'était une senteur rude et froide, quelque chose où se mêlaient la fumée des cheminées, les gaz d'échappement et les vieux journaux mouillés. C'était la senteur de l'hiver.

Je rentrai chez moi. Les rues étaient quasiment vides. Les gens étaient chez eux, à regarder le film du lundi à la télévision, vieux de vingt ans, et pas particulièrement bon.

En bas, à Vågsalmenningen, se tenait un ivrogne au nez rouge et bleuâtre, la barbe mal rasée, vêtu d'un long manteau de laine noire et coiffé d'un chapeau gris cabossé rejeté sur la nuque. Il était penché en arrière et regardait fixement la statue vert-de-gris de Ludvig Holberg* :

« M'demande ben pourquoi qu'y-z-ont été faire une statue de toi, saloperie d'marchand d'esclaves, va ! »

De Stuteviken venait une ambulance, gyrophare bleu allumé et sirène hurlante. Quelqu'un était en train de mourir.

Sur Strandkaien, une pute de novembre trébucha sur le trottoir. Elle était complètement ivre et ses bas étaient troués aux genoux. Elle était à peu près aussi attirante qu'un dinosaure empaillé.

Je continuai mon chemin. Un petit homme en manteau gris traversa Vetrlidsalmenningen, un exemplaire du calendrier de l'année suivante sous le bras. Dans la cabine téléphonique en face de la gare du funiculaire du Fløien, une femme d'âge moyen, courbée, téléphonait à son destin, recomposant sans cesse le même numéro, mais personne ne répondait. Et dans le renfoncement de la porte d'une épicerie fine de Øvregaten, un jeune couple se dévorait goulûment le visage.

* Ludvig Holberg, 1684-1754, le Molière norvégien, né à Bergen.

Je rentrai, seul, chez moi. Je n'avais plus rien à faire. J'avais tout mon temps. J'avais rendez-vous avec une bouteille d'aquavit, mais une bouteille a des trésors de patience. Elle sait attendre. Car elle n'attend pas en vain.

« DU MÊME AUTEUR »

Chez Gaïa Éditions

Les enquêtes de Varg Veum

FACE À FACE, 2013.

COMME DANS UN MIROIR, 2012, Folio Policier n° 704.

L'ÉCRITURE SUR LE MUR, 2011, Folio Policier n° 669.

LES CHIENS ENTERRÉS NE MORDENT PAS, 2009, Folio Policier n° 607.

FLEURS AMÈRES, 2008, Folio Policier n° 598.

ANGES DÉCHUS, 2005, Folio Policier n° 509.

LA NUIT, TOUS LES LOUPS SONT GRIS, 2005, Folio Policier n° 448.

LA FEMME DANS LE FRIGO, 2003, Folio Policier n° 409.

LA BELLE DORMIT CENT ANS, 2002, Folio Policier n° 362.

POUR LE MEILLEUR ET POUR LE PIRE, 2002, Folio Policier n° 338.

LE LOUP DANS LA BERGERIE, 2001, Folio Policier n° 332.

Le roman de Bergen

1900 – L'AUBE, première partie, 2006, Points Seuil.

1900 – L'AUBE, deuxième partie, 2006, Points Seuil.

1950 – LE ZÉNITH, première partie, 2007, Points Seuil.

1950 – LE ZÉNITH, deuxième partie, 2007. Points Seuil.

1999 – LE CRÉPUSCULE, première partie, 2007 (à paraître en Points Seuil),

1999 – LE CRÉPUSCULE, deuxième partie, 2007 (à paraître en Points Seuil)

Aux Éditions de l'Aube

BREBIS GALEUSES, 1997.

Composition IGS-CP
Impression Novoprint
à Barcelone, le 16 mai 2014
Dépôt légal : mai 2014
1er dépôt légal dans la collection: avril 2004

ISBN 978-2-07-030699-8./ Imprimé en Espagne

272178